젊은 베르터의 고뇌 · 노벨레

GOETHE

DIE LEIDEN
DES JUNGEN
WERTHER

NOVELLE

젊은 베르터의 고뇌 · 노벨레

요한 볼프강 폰 괴테

홍성광 옮김

연암서가

옮긴이 홍성광

서울대학교 인문대 독문과 및 대학원을 졸업하고,「토마스 만의 장편 소설 『마의 산』의 형이상학적 성격」으로 박사학위를 취득하였다. 저서로『독일 명작 기행』,『글 읽기와 길 잃기』, 역서로 루카치의『영혼과 형식』, 쇼펜하우어의 『의지와 표상으로서의 세계』,『쇼펜하우어의 행복론과 인생론』,『쇼펜하우어와 니체의 책 읽기와 글쓰기』, 니체의『니체의 지혜』,『차라투스트라는 이렇게 말했다』,『도덕의 계보학』, 토마스 만의『예술과 정치』,『마의 산』(상·하),『부덴브로크 가의 사람들』(상·하),『베네치아에서의 죽음 외』, 괴테의『이탈리아 기행』,『젊은 베르터의 고뇌』, 헤세의『헤세의 여행』,『잠 못 이루는 밤』,『데미안』,『수레바퀴 밑에』,『싯다르타』, 카프카의『성』,『소송』,『변신 외』, 하인리히 뵐의『그리고 아무 말도 하지 않았다』, 레마르크의『서부전선 이상 없다』, 페터 한트케의『어느 작가의 오후』, 카트야 베렌스의『헬렌 켈러 평전』, 야스퍼스의『정신병리학총론』(공역), 크레펠린의『정신의학』(공역) 등이 있다.

젊은 베르터의 고뇌·노벨레

2022년 3월 20일 제1판 1쇄 인쇄
2022년 3월 25일 제1판 1쇄 발행

지은이 요한 볼프강 폰 괴테
옮긴이 홍성광
펴낸이 권오상
펴낸곳 연암서가

등록 2007년 10월 8일(제396-2007-00107호)
주소 경기도 고양시 일산서구 호수로 896, 402-1101
전화 031-907-3010
팩스 031-912-3012
이메일 yeonamseoga@naver.com
ISBN 979-11-6087-092-3 03850

값 13,000원

옮긴이의 말

　시간적으로나 내용적으로 멀리 떨어져 있는 괴테의 두 작품 『젊은 베르터의 고뇌』와 「노벨레」를 함께 묶어보았다. 새롭고 특이한 시도이다. 『젊은 베르터의 고뇌』는 괴테가 25세 때에, 「노벨레」는 77세 때인 1826년에 발간된 소설이다. 1774년에 나온 『젊은 베르터의 고뇌』는 질풍노도기의 대표 작품이고, 1826년에 나온 「노벨레」는 괴테의 고전주의 이념이 잘 녹아 있는 작품이다. 『젊은 베르터의 고뇌』가 나온 다음 해에 바이마르 궁정에 초빙받아 간 괴테는 위계질서가 엄격한 그곳에서 베르터의 정신적 태도를 부정하려 애쓴다. 이탈리아 기행 후에는 고전주의로 방향을 바꾼다. 예술가로서나 인간으로서 그를 규정하는 특성은 민감함과 민첩성이고, 그의 실존의 구심점이자 토대를 이루는 것은 '시적 형성 충동'이었다. 독자들은 그에게서 '베르터' 류의 소설을 계속 쓰기를 바랐지만 괴테는 그럴 수 없었다. 그는 자신의 길, 새로운 길을 걷고자 했고, 궁정의 귀족들 눈치도 봐야 했다.

단편 「노벨레」는 '노벨레'라는 장르와 소설 제목이 같은 특이한 소설이다. 특히 괴테의 「노벨레」는 우리나라에 거의 소개가 되지 않은 진주와 같은 소설이다. 괴테는 노벨레의 이론을 제시하여 노벨레를 '예기치 않은 전대미문의 사건'으로 규정했다. 독자들은 두 작품을 통해 질풍노도기의 소설과 고전주의 작품의 특성을 살펴보고 질풍노도와 고전주의 이념의 진수를 맛볼 수 있다. 「노벨레」는 장르 명칭이 그대로 작품명으로 사용되고 있는 것만으로도 괴테의 노벨레 이론이 작품의 실제 속에 충실히 반영된 작품임을 짐작하게 한다. 괴테는 이 소설로 노벨레의 전형을 보여주고자 한다.

괴테는 1770년 봄 슈트라스부르크 대학에서 헤르더와 렌츠를 알게 되어 질풍노도운동에 뛰어든다. 요한 고트프리트 폰 헤르더에게서는 호메로스, 성서, 오시안과 민요, 그리고 셰익스피어의 위대성에 눈뜨게 된다. 질풍노도운동의 비운의 작가 렌츠로부터는 그의 저서 『연극에 대한 주해』를 통해 질풍노도운동의 이론을 접한 것으로 보인다. 그 결과 나오게 된 소설이 그의 불멸의 역작이자 최초의 베스트셀러인 『젊은 베르터의 고뇌』이다. 렌츠는 자신의 저서 『연극에 대한 주해』가 괴테의 『괴츠』에 영감을 주었다는 인상을 풍길 수 있는 말을 했다. 머리끝부터 발끝까지 천재로 평가받는 괴테로서는 당연히 불쾌하게 생각할 수 있는 발언이었다. 『연극에 대한 주해』에는 셰익스피어 작품인 『사랑의 헛수고Love's Labour's Lost』의 번역과 그의 전반적인 극 이론이 담겨 있는데 거기에는 질풍노도 문학의 다른 작가들과 공유했던 연극에 대한 개념이 요약되어 있다. 렌츠는 그 책에서 프랑스 고전 드라마의 경직된 규범을 버리고, 셰익스피어 드라마로 전환할 것을 주장했는데, 이것이 실현된 작품이 바로 괴테의 첫 드라마 『괴츠 폰 베를리힝겐』이었다.

괴테가 활동했던 18세기 중반에서 19세기 초는 프랑스 혁명과 나폴레옹 전쟁, 산업혁명이 일어난 시기로 자유와 혁신의 분위기에 휩싸였던 시기였다. 괴테는 폭력 혁명에 부정적인 입장이었지만, 민중을 일시적으로 누를 수는 있어도 영원히 억압할 수는 없으며, 하층 계급의 혁명적인 봉기는 제후들이 저지른 부당한 행위의 결과라고 인식했다. 유럽 문학사에서 괴테는 낭만주의 시대에 해당하는 것으로 분류되지만, 독일 문학사에서는 세분하여 '질풍노도운동'과 '고전주의', '낭만주의'에까지 걸쳐 있는 것으로 평가한다. 『파우스트』에도 고전주의뿐 아니라 낭만주의의 특성도 담겨 있다. 계몽주의 시대의 후기(1740~1785)와 겹치는 질풍노도기(1770~1785)의 문학사조는 감정의 격정적 표출을 특징으로 한다. 이 운동은 형식적 질서와 규칙을 강요하던 당시 사회와 문학에 반발한 젊은 청년들이 중심이 된 것으로, 개성과 자유, 자유분방한 감정을 강조하였다. 그 대표적 작품이 『젊은 베르터의 고뇌』, 실러의 『도적들』, 『간계와 사랑』이다. 이루어질 수 없는 사랑에 격정적으로 매달리다 권총 자살을 선택하는 베르터의 모습에서 이 '질풍노도 문학'의 특징을 확인할 수 있다. 이는 단순히 짝사랑에 실패한 청년의 충동적인 자살이 아니라 사회적인 자아실현의 기회가 막힌 젊은이들의 저항 의식의 표출이라고 할 수 있다.

렌츠는 『젊은 베르터의 고뇌』를 높이 평가하며 "그 공로는 누구나 마음속으로 어렴풋이 느끼지만 뭐라고 딱히 말할 수 없는 격정과 감성을 우리에게 확인시켜 준 데 있다."라고 말한다. 독자들은 베르터를 괴테와 동일시하는 경향이 있었고, 또 베르터를 따라 자살을 하는 젊은이들도 더러 있었지만, 괴테는 자신의 체험을 문학적으로 가공한 것이지 체험을 그대로 반영한 것은 아니었다. 괴테와 직접 많은 대화를 나누며 그의 다양한 모습을 지켜본 에커만은 괴테에 대해 "어느 방향에서 보더라도 다른 색을 반사시키는 다면체의 다이아몬드에 비교해도 좋을 것"이라고 말한다.

괴테의 「노벨레」는 한편으로는 인간적이고 법 규정에 따르는 질서, 다른 한편으로는 이 인간 세계의 질서와 자연의 질서를 위협하는 근원적인 자연력과 야생적인 것의 갈등을 다루고 있다. 양자 대립의 화해는 완력을 통해 이루어지는 것이 아니라 사랑과 경건함 속에서 이루어진다. 따라서 이 작품은 평화롭게 인도주의적으로 끝을 맺는다. 이 작품은 사람과 맹수와의 교감을 소재로 인간과 자연이 평화롭게 공존하는 이상적 세계상을 그림으로써 세계의 조화와 균형이라는 고전주의 문학 이념을 고스란히 담고 있다. 피리 부는 소년은 무조건 맹수를 죽이려 하지 않고 지혜롭게 내부의 평화로운 의지가 깨어나도록 한다. 맹수는 신비로운 노래를 부르며 피리를 불어주니 다소곳해진다. 괴수라고 지칭되는 사나운 맹수도 때로는 압박과 강제력이 아니라 신의와 성실, 사랑과 경건한 마음으로 순화시켜 충분히 길들일 수 있다는 것이다.

1830년 괴테는 수상 프리드리히 폰 뮐러에게 이렇게 말한다. "인간은 정체하지 않기 위해 늘 자신을 변화시키고 새롭게 하고 젊게 해야 합니다."

차례

옮긴이의 말 ··· 005

젊은 베르터의 고뇌 ··· 013
제1부 ··· 015
제2부 ··· 111

노벨레 ··· 231

해설: 괴테의 삶과 『젊은 베르터의 고뇌』, 체험인가 가공인가? ··· 270
요한 볼프강 폰 괴테 연보 ··· 325

젊은 베르터의 고뇌

DIE LEIDEN
DES JUNGEN
WERTHER

불쌍한 베르터의 이야기에서 내가 찾아낼 수 있었던 것을
열심히 모아, 여기 독자 여러분 앞에 내놓습니다.
여러분은 나의 이런 노력을 고맙게 생각하여,
베르터의 정신과 성품에 경탄과 애정을,
그의 운명에는 눈물을 금치 못할 것입니다.
베르터와 같은 충동을 느끼는 그대 선한 영혼이여,
그의 고뇌에서 위안을 얻으십시오.
그리고 그대가 운명 때문에 또는 자신의 잘못으로
좀더 절친한 벗을 찾을 수 없다면
이 조그만 책을 그대의 벗으로 삼기 바랍니다.

제1부

1771년 5월 4일

 이렇게 떠나와서 얼마나 기쁜지 모르겠어! 이보게, 사람의 마음이란 참 알다가도 모르겠네! 자네를 너무 좋아하니 도저히 못 떨어질 줄 알았는데, 이렇게 떠나와선 기뻐하다니! 그래도 날 용서해 줄 것으로 믿네. 내가 누군가와 교분을 맺으면 으레 운명의 장난으로 내 마음이 아프지 않았던가? 불쌍한 레오노레! 그렇지만 내 잘못은 아니었어. 내 가슴은 그녀 여동생의 독특한 매력에 마냥 뛰었지. 그런데 불쌍한 레오노레의 가슴에 불길이 당겨졌으니 나더러 어쩌란 말인가? 그렇다고 내 잘못이 전혀 없다고 할 수 있을까? 내가 그녀의 감정을 키운 것은 아닐까? 그녀가 마음을 아주 진솔하게 표현하면 나 자신도 흥겨워하지 않았던가? 그럴 때면 우리는 그다지 우습지 않은 말에도 걸핏하면 웃음을 터뜨리곤 했지. 그리고 내가 …… 자신을 책망하다니, 인간이란 왜 이런지 알다가도 모르겠네! 이보게, 자네에게 약속하는데, 나 자신을 고쳐나갈 생각이야. 지금까지와는 달리 운명이 우리 앞에 펼쳐놓은 사소한 불행을 더 이상 곱씹지 않겠어. 나는 현재를 즐길 생각이야. 과거는 지나간 일로 생각해야지. 확실히 자네 말이 옳아. 인간들은 열심히 상상력을 발휘하여 지나간 과거의 불행을 되살리는 데 열심이야. 인간이 왜 이 모양 이 꼴인지 누가 알겠나. 그럴 게 아니라 아무렇지 않은 심정으로 현재를 감내해 가면 인간들 고통이 훨씬 줄어들 텐데 말이야.

　어머니께 말씀드려주면 고맙겠네. 맡기신 일은 잘 처리하고 있고, 조만간 소식을 전해드리겠다고 말이야. 숙모하고도 얘기를 해보았는데, 우리가 들은 것과는 달리 그리 나쁜 분이 아니었어. 지극히 선량한 마음씨를 지닌 쾌활하고 괄괄한 여자더군. 유산에 대한 지분을 내놓지 않아 어머니가 힘들어하신다고 말씀드렸지. 그러자 숙모는 그러는 이유와 원인을 말해 주었고, 어떤 조건이면 모든 걸 내놓을 용의가 있는지 말하더군. 우리가 요구하는 이상으로 내줄 수 있다는 거야. 요컨대 지금은 그 문제를 이러쿵저러쿵 말하고 싶지 않아. 일이 다 잘 될 거라고 어머니에게 말씀드려주게. 이보게, 이 사소한 일에서도 알게 된 것이 있어. 간계와 악의보단 오해와 태만이 세상에 더 많은 혼란을 일으킨다는 사실을 말이야. 적어도 간계와 악의가 더 드문 것은 분명하네.

그건 그렇고 난 여기서 잘 지내고 있네. 고독은 낙원 같은 이 고장에서 내 마음에 값진 진정제가 되고 있어. 그리고 청춘의 이 계절은 자꾸만 움츠러드는 내 마음을 온갖 풍요로움으로 따뜻하게 해준다네. 나무 한 그루, 울타리 하나하나가 활짝 핀 꽃다발 같아. 그러니 풍뎅이가 되어, 향기의 바닷속을 떠다니며 온갖 자양분을 얻고 싶은 심정이라네.

도시 자체는 그다지 호감이 가질 않아. 반면에 주변 경관은 말할 수 없이 아름다워. 고인이 된 M백작은 이런 경치에 마음이 끌려 어느 언덕에 정원을 꾸몄지. 언덕들은 다양한 모습으로 더없이 아름답게 포개져서 무척 사랑스러운 골짜기를 이루고 있다네. 백작의 정원은 소박해. 정원에 들어서면 전문 정원사가 아니라 가슴으로 느낄 줄 아는 자가 정원을 설계했음을 금방 알 수 있지. 자신이 스스로 즐기려고 한 자가 말이야. 쓰러져가는 정자에서 나는 벌써 몇 번이나 고인을 생각하며 눈물지었다네. 나 역시 고인이 즐겨 찾은 정자를 좋아한다네. 내가 곧 이 정원의 주인이 될 거네. 여기 온 지 며칠밖에 안 됐지만, 정원사는 내게 호의를 보이고 있어. 내가 주인이 된다고 해서 그는 언짢게 생각하지 않을 거야.

5월 10일

내 마음은 놀랄 정도로 명랑한 기분에 사로잡혀 있네. 벅찬 심정으로 즐기는 달콤한 봄날 아침 같아. 나는 혼자 이 지역에서 나의 삶을 즐기고 있어. 이곳은 나 같은 사람을 위해 만들어진 지역이야. 이보게, 난 너무 행복하다네. 조용한 생활감정에 흠뻑 빠져 있어 그림을 그릴 엄두가 나지 않아. 한 획도 그릴 수 없을 것 같아. 그렇지만 내가 이 순간만큼이나 위대한 화가인 적은 없었어. 나를 둘러싼 정겨운 골짜기에 안개가 피어오르고, 드높은 태양은 숲의 어두움을 뚫지 못하고 숲 바깥쪽에 머물러 있어. 몇 줄기 햇살만이 숲속의 성소(聖所)에 비쳐들지. 이럴 때 나는 흘러내리는 개울 옆 무성한 풀밭에 누워 땅에 보다 가까이 얼굴을 갖다 댄다네. 그러면 수천의 다양한 작은 풀들에서 색다른 느낌을 받는다네. 풀줄기 사이에서는 우글거리는 작은 세계, 조그만 벌레와 하루살이들의 불가사의한 수많은 형태들이 보다 가까이 가슴에 느껴져. 그리고 자신의 형상대로 우리를 창조하신 전능한 분의 숨결과, 영원한 기쁨을 누리며 살아가도록 우리를 지켜주시는 더없이 자비로우신 분의 입김이 느껴져. 이보게! 마침내 어둠이 내려앉고, 주위의 세계와 하늘마저 사랑하는 여인의 모습처럼 내 영혼에 온전히 깃들 때면, 나는 곧잘 그리움에 잠겨 이런 생각을 하곤 하지. 아, 내 마음속에 이렇게 충만하고 뜨겁게 살아 있는 것을 다시 표현할 수 없을까! 그런 내 마음을 화폭에 입김처럼 불어 넣어, 화폭이 내 영혼의 거울이 되고, 내 영혼이 무한한 신의 거울이 될 수 있다면! 이보게, 하지만 이런 생각을 하다 파멸할 것 같고, 이런 현상의 장엄한 힘에 쓰러질 것만 같네.

5월 13일

이 근방에 사람 눈을 속이는 정령이 살고 있는지, 아니면 주변의 모든 것을 낙원처럼 만드는 따뜻한 천상의 상상력이 내 마음속에 있는지는 모르겠네. 그곳 바로 앞에는 우물이 하나 있어. 나는 멜루지네[1]와 그 자매들처럼 이 우물의 매력에 사로잡혀 있지. 나지막한 언덕을 내려가면 아치형 문이 나오는데, 거기서 스무 계단쯤 내려가면 아래쪽의 대리석 바위틈에서 맑디맑은 물이 솟아 나와. 위쪽에 우물 주위를 둘러싸고 있는 작은 담장, 이곳을 빙 둘러 가려주는 높은 나무들, 이곳의 서늘함, 이 모든 것이 매력적인 동시에 뭔가 전율을 불러일으킨다네. 나는 날마다 이곳에 들러 한 시간씩 앉아 있곤

---

[1] 고대 프랑스 전설에 나오는 물의 요정으로, 금요일마다 인어가 되어 옛 자매와 만났다고 함.

해. 시내에 사는 소녀들이 그곳에 와서 물을 길어가네. 그건 옛날 공주들도 했던 더없이 순박하고도 꼭 필요한 일이라네. 거기에 앉아 있노라면 족장 시대[2]로 돌아간 듯한 느낌이 생생하게 살아나지. 당시에는 인류의 조상들이 다들 우물가에서 사귀고 구혼하며, 고마운 정령들이 우물과 샘 주위를 떠다니곤 했지. 아, 내 말에 공감하지 못하는 자는 여름날 힘든 방랑을 마친 뒤 시원한 샘물로 원기를 회복해 본 적이 없는 것이 분명하네.

5월 13일

내 책들을 이곳으로 보내주겠다고 묻는 건가? 제발 부탁인데 그런 소리는 하지도 말게! 더 이상 책에 의해 지도받거나 자극받고 고무되긴 싫어. 내 가슴은 저 혼자서도 충분히 끓어오르니까. 내게 필요한 것은 그걸 잠재우는 자장가야. 호메로스의 책에서 그런 노래를 충분히 발견했지. 그런 노래로 얼마나 자주 나의 들끓는 피를 잠재웠는지 몰라. 자네는 내 마음처럼 변덕스럽고 동요하기 쉬운 것은 보지 못했을 거야. 이보게! 자네에게 이런 말까지 할 필요가 있을까? 자네는 내

---

[2] 구약성경에 나오는 아브라함과 이삭의 시대.

모습을 지켜보며 걸핏하면 마음의 부담을 짊어져야 했지 않은가? 나는 걱정에 잠겼다가 무절제한 상태에 빠져들고, 달콤한 멜랑콜리에 젖었다가 파괴적인 열정으로 넘어가기도 했지. 내가 보기에도 나의 어린 마음은 병에 걸린 아이 같아. 아픈 아이는 무슨 행동을 해도 다들 너그러이 봐주거든. 이런 얘기를 다른 사람에게는 퍼뜨리지 말게. 나의 이런 모습을 고깝게 생각하는 사람들도 있을 테니까.

5월 15일

이 고장의 신분이 낮은 사람들은 벌써 나와 친해져 나를 좋아하는데, 특히 아이들이 그러하네. 그런데 한 가지 슬픈 일을 겪기도 했어. 처음에 그들과 어울리며 이것저것 다정하게 물어보기도 했어. 그러자 몇몇은 내가 자기들을 놀린다고 생각해서 나에게 사뭇 거칠게 대하기도 했지. 그렇다고 나는 이를 언짢게 여기지는 않았어. 다만 이미 종종 느껴오던 것을 아주 생생하게 느꼈을 뿐이야. 어느 정도 지체 높은 사람들은 하층민을 대할 때 항상 차갑게 거리를 두려고 하지. 마치 그들을 가까이 대하면 손해라도 보는 것처럼 말이야. 또한 자신을 낮추는 척하면서 불쌍한 사람들이 자신의 오만함을 더욱 민감하게 느끼도록 하는 경박한 자나 고약한 허풍쟁이들도 있어.

나는 우리가 평등하지 않으며, 평등할 수도 없다는 것을 잘 알고 있어. 하지만 이른바 천민과 거리를 두어야 존경을 받을 수 있다고 생각하는 자는 패배할까 두려워서 적으로부터 몸을 숨기는 겁쟁이처럼 비난받아 마땅하네.

얼마 전 우물가에 갔다가 젊은 하녀와 만났어. 그녀는 물동이를 맨 아래 계단에 놓아둔 채 머리에 얹는 것을 도와줄 동료가 오지 않는지 주위를 둘러보더군. 나는 계단 아래로 내려가 그녀를 쳐다보며 "도와드려도 될까요, 아가씨?" 하고 물어보았어. 그녀는 얼굴이 점점 빨개지며 말했어. "아, 아니에요, 도련님!" 나는 "사양하지 말아요"라고 말했어. 그녀는 머리 위의 똬리를 바로잡았고, 나는 그녀를 도와주었어. 그녀는 고맙다고 말하고 계단을 올라갔어.

5월 17일

나는 온갖 부류의 사람들을 알게 되었지만, 함께 어울릴 만한 사람은 아직 찾지 못했네. 사람들이 나의 어떤 점에 매력을 느끼는지 모르겠어. 그런데 아주 많은 사람이 나를 좋아하고, 내게 호의를 보이며 달라붙어. 우리가 조금밖에 길을 함께 걸을 수 없을 때면 내 마음이 아프다네. 이곳 사람들이 어떠냐고 묻는다면 다른 어느 곳과도 마찬가지라고 말할 수밖에 없네. 인간이란 어디서나 똑같은 존재이기 때문이지. 사람들 대다수는 살기 위해 대부분의 시간을 소모하고, 조금이라도 여가 시간이 생기면 불안해하지. 그래서 자유로운 시간으로부터 벗어나기 위해 온갖 수단을 강구하는 것이네. 아, 인간의 숙명이란!

　하지만 꽤 좋은 부류의 사람도 있기 마련이야! 나는 이따금 나 자신을 망각하고 그런 사람들과 함께 아직 우리에게 허용된 기쁨을 누리곤 하지. 깔끔하게 차려진 식탁에서 솔직히 속마음을 터놓고 즐거운 농담을 나누기도 하고, 때맞추어 마차 산책을 하거나 무도회를 열기도 하지. 이와 같은 일은 내게 무척 좋은 작용을 하네. 다만 내 안에 많은 다른 힘들이 들어 있다는 것은 떠올리지 말아야 하지. 사용하지 않아 썩어 가고, 내가 면밀하게 숨겨야 하는 온갖 힘 말이야. 아, 그런 생각을 하면 가슴이 답답해지네. 그렇지만! 오해받는 것이야말로 우리 인간의 운명이 아닌가.

　아, 내 젊은 시절의 여자 친구가 세상을 떠나다니! 아, 일찍이 내가 그녀와 사귀었다니! 나는 이렇게 말해야 할 것 같아. 너는 참 바보로구나! 이 지상에서 발견할 수 없는 것을 찾고 있다니! 하지만 나는 그녀를 차지했고, 그녀의 마음, 즉 위대한 영혼을 느꼈지. 그녀와 함께할 때면 내가 실제 모습 이상인 것 같았지. 내가 뭐든지 될 수 있었으니까. 아아! 그때 이용하지 않은 영혼의 힘이 조금이라도 남아 있었던가? 그녀 앞에서는 내 가슴이 자연을 얼싸안을 때와 같은 아주 놀라운 감정이 생겨나지 않았던가? 우리의 교제는 극히 섬세한 느낌과 대단히 예리한 기지의 영원한 결합이 아니었던가? 그러한 결합이 변형되어, 급기야는 무례하게도 모든 것에 천재의 낙인이 찍힐 정도까지 되지 않았던가? 그런데, 아, 나보다 나이가 많았던 그녀는 먼저 저세상으로 떠나고 말았어. 결코 그녀를 잊지 않을 거야. 그녀의 굳건한 마음과 숭고한 인내심을 결코 잊지 않을 거야.

며칠 전에 V라는 젊은이를 만났어. 꽤나 잘생긴 용모에 솔직한 젊은이였어. 대학을 갓 졸업한 그는 자신이 똑똑하다고 자부하지는 않았지만, 그래도 남보다 아는 것이 많다고 생각하고 있었어. 이모저모 살펴본 바로는 부지런하기도 했고, 요컨대 상당한 지식을 지니고 있더군. 그 친구는 내가 그림을 즐겨 그리고 그리스어를 할 줄 안다는 소문을 듣고(이 고장에서 그 두 가지는 혜성과 같은 주목을 받는 일이지) 나한테 조언을 청하면서 지식이 많다는 것을 과시했어. 바퇴[3]에서 우드[4]에

---

3   샤를 바퇴(Chales Batteux, 1713~1780): 프랑스의 철학자로 라플러에 의해 그의 작품이 소개됨.

4   로버트 우드(Robert Wood, 1716~1771): 영국의 고고학자 겸 정치가로 1768년 호메로스에 관한 그의 에세이가 독일에 소개됨.

이르기까지, 드 필레[5]에서 빙켈만[6]에 이르기까지. 그리고 줄처[7]의 미학 이론서 제1권을 완전히 독파했고, 하이네[8]의 고대 연구서 필사본도 가지고 있다고 큰소리쳤어. 나는 그의 말을 잠자코 들어주었지.

또 괜찮은 사람을 한 명 알게 되었어. 공국(公國)의 주무관으로 솔직하고 진솔한 사람이었어. 그는 자녀가 아홉 명이나 되었어. 사람들은 그가 자녀들 사이에 있는 것을 보면 마음이 흐뭇해진다고 하더군. 특히 그의 장녀에 대해서는 칭찬이 자자했어. 그가 자기 집을 방문해 달라고 해서 조만간 찾아가 볼 생각이야. 그는 여기서 한 시간 반쯤 떨어진 공작의 사냥 별장에 살고 있어. 그는 부인이 사망한 후 그곳에서 살아도 좋다는 허락을 받았지. 여기 시내의 관사에서 사는 게 너무 힘들었기 때문이야.

그 외에 몇몇 괴팍한 별종을 만나기도 했어. 다들 견디기 힘든 종내기들이었지. 친구인 척 다정한 모습을 보이는 것은 정말 참기 어렵네.

---

5   드 필레(Roger de Piles, 1635~1709): 프랑스의 화가 겸 미술 이론가.

6   요한 요아힘 빙켈만(Johann Joachim Winckelmann, 1717~1768): 독일의 미술사가로 『고대 미술사』를 남김.

7   요한 게오르크 줄처(Johann Georg Sulzer, 1720~1779): 독일의 미학 이론가.

8   하이네(Christian Gottlob Heyne, 1729~1812): 독일의 고전 어문학자.

그럼 잘 있게! 이 편지는 자네 마음에 들 거야. 겪은 일을 그대로 전하는 것이니까.

5월 22일

벌써 많은 사람들은 인생이란 한바탕 꿈[9]에 불과하다고 생각했지. 나 역시 그런 느낌이 가시지 않아. 인간의 활동력과 탐구력이 좁은 한계에 갇혀 있으니 그런 느낌을 지울 수 없어. 또한 인간의 모든 활동이 욕구의 충족만을 목표로 하는 것을 볼 때도 그러하지. 그런 욕구는 우리의 한심한 생존을 연장시키는 것 외에는 아무런 목표도 없어. 탐구가 어느 정도 이루어졌을 때 느끼는 온갖 위안마저 꿈꾸는 듯한 체념에 불과하다는 것을 알게 될 때도 인생이란 한바탕 꿈과 같다는 느낌이 들어. 인간은 사방 벽에 갇혀 있으면서도 벽에 알록달록한 형상과 밝은 전망을 그려놓기 때문이야. 빌헬름, 이 모든 것을 생각하면 말문이 막힌다네. 그러면 나 자신의 내면으로 돌아가서 하나의 세계를 발견한다네! 묘사나 생생한 힘을

---

9 『장자』 '제물편': 꿈을 꿀 때는 꿈인 줄 모르고 꿈속에서 그 꿈을 점치기도 하다가 깨어난 뒤에야 인생이란 한바탕의 큰 꿈인 줄을 안다오. 시편 90장 5절: 주께서 그들을 홍수처럼 쓸어가시나이다. 그들은 잠깐 자는 것 같으며 아침에 돋는 풀 같다.

통해서가 아니라 또다시 예감과 막연한 욕구 속에서 말이야. 그럴 때 모든 것이 나의 감각 앞에 어른거리고, 그러면 나는 꿈꾸듯이 내면세계를 향해 마냥 미소 짓는 거지.

어린아이들은 무엇을 원하면서도 그 이유를 모른다고들 하는데, 그 점에 대해선 학식 높은 교사나 가정교사의 견해가 모두 일치하네. 하지만 어른들도 어린아이처럼 이 땅에서 비트적거리며 살아가고, 어디서 와서 어디로 가는지 모르며, 참된 목적에 따라 행동하지 않고 비스킷이나 케이크, 자작나무 회초리에 지배당하기는 마찬가지야. 아무도 이런 사실을 믿고 싶지 않겠지만, 그건 너무도 명백한 사실이야.

자네에게 기꺼이 고백하겠네. 자네가 이 점에 대해 내게 뭐라고 말하고 싶어 할지 알기 때문이지. 사실 어린아이처럼 아무 생각 없이 그냥 되는 대로 살아가는 사람들이 가장 행복한 셈이지. 어린이들은 인형을 이리저리 끌고 다니고, 인형에게 옷을 입혔다 벗겼다 하고, 엄마가 쿠키를 넣고 잠가 둔 서랍 주위를 큰 관심을 가지고 살금살금 돌아다니며, 그러다가 원하던 것을 마침내 낚아채면 한입 가득 욱여넣고도 "더 줘!" 하고 소리치지. 이들이야말로 행복한 피조물들이야. 자신이 하는 하찮은 일이나 열정을 바치는 일에 거창한 이름을 달면서, 인류의 행복과 복지를 위한 막중한 사업이라고 뻐기는 자들도 행복하게 살아간다고 할 수 있어. 그렇게 할 수 있는 자에게 복이 있기를! 하지만 그 모든 일이 어떻게 끝날지

겸허한 마음으로 깨닫고 있는 사람, 자신의 조그만 정원을 낙원처럼 꾸밀 줄 아는 것에 만족해하는 시민이면 누구든 얼마나 행복한지 아는 사람, 또한 불행한 자도 무거운 짐을 지고 헐떡이며 자신의 길을 가면서도 아무런 불평이 없다는 것을 아는 사람, 그리고 햇빛을 일 분이라도 더 보는 것에 누구든 똑같이 관심이 있다는 것을 아는 사람……. 그래, 그런 사람은 자신의 내면세계를 조용히 만들어가지. 그 역시 한 사람의 인간이므로, 그런 자도 행복하지. 그런 사람은 아무리 제한된 환경에서 살아간다 해도 마음속에 언제나 자유라는 달콤한 감정을 지니고 있어. 그래서 원할 때는 언제라도 이 감옥 같은 곳을 떠나버릴 수 있는 것이야.

5월 26일

자네는 예전부터 마음을 붙이고 살아가는 나의 방식을 알고 있어. 어딘가 친밀한 곳에 조그만 오두막을 짓고 그곳에 틀어박혀 절제하며 살아가는 방식 말이야. 여기서도 마음을 끄는 호젓한 장소를 발견했어.

시내에서 한 시간 정도 떨어진 곳에 발하임[10]이라 불리는

---

10 독자 여러분은 여기서 언급한 지명을 찾으려고 애쓰지 않기를 바랍니다.

곳이 있어. 언덕에 자리하고 있어서 매우 흥미로운 곳이지. 오솔길을 따라 마을로 올라가다 보면 갑자기 골짜기 전체가 한 눈에 들어오네. 마음씨 좋은 여주인이 포도주나 맥주, 커피를 날라 오지. 나이는 들었어도 호감이 가는 명랑한 여자야. 그런데 무엇보다 마음을 끄는 것은 보리수 두 그루야. 교회 앞 조그만 광장을 넓게 뻗은 가지로 뒤덮고 있어. 광장은 농가와 헛간, 안뜰로 둘러싸여 있어. 이렇게 친밀하고 고향 같은 장소를 찾기란 쉬운 일이 아니야. 나는 여관에서 작은 탁자와 의자를 광장으로 내달라고 해서, 커피를 마시거나 호메로스를 읽기도 하네. 어느 화창한 날 오후에 어쩌다가 처음으로 그 보리수 아래로 가보니 그곳이 너무나 쓸쓸해 보였어. 다들 들에 일하러 나가고 아무도 없었지. 네 살쯤 되어 보이는 사내아이 한 명이 땅바닥에 앉아 있더군. 생후 육 개월쯤 되어 보이는 아이를 두 발 사이에 앉히고 양팔로 가슴에 끌어안고 있었어. 소년은 그런 식으로 아이에게 안락의자 구실을 해주고 있었어. 소년은 검은 눈동자로 주위를 명랑한 표정으로 두리번거리면서도 무척 차분히 앉아 있었어. 그 광경을 보자 마음이 흐뭇해졌어. 맞은편에 놓인 쟁기에 앉아 무척 즐거운 마음으로 형제의 모습을 그렸지. 그리고 나선 바로 옆의

베르터가 남긴 편지 원문에 있던 지명을 필요에 따라 바꾼 것입니다-원주. 발하임(Wahlheim)에는 베르터가 임의로 '선택한 고향'이라는 뜻이 담겨 있다-역주.

울타리와 헛간 문, 마차의 부서진 바퀴 몇 개도 그려 넣었지. 이렇게 주위에 있는 것을 하나하나씩 그려 넣었어. 한 시간쯤 지나서 보니 짜임새 있고, 매우 흥미로운 그림 한 점이 완성 됐더군. 나 자신의 주관은 조금도 보태지 않았는데도 말이야.

이런 경험으로 앞으론 오로지 자연에만 충실해야겠다는 결심이 더욱 굳어졌어. 자연만 무한히 풍요롭고, 자연만 위대한 예술가를 만드는 법이지. 규칙이 지닌 장점에 관해 많은 말을 할 수 있겠지. 하지만 그것은 시민사회를 칭찬하는 것과 대략 비슷한 의미를 지닐 뿐이야. 규칙에 따라 자신을 형성해 가는 사람은 몰취미한 것이나 조악한 것은 결코 만들어 내지 않겠지. 그러나 그것은 법과 예의범절에 따라 살아가는 사람이 견디기 힘든 이웃이나 별종의 불한당이 결코 될 수 없는 것과 마찬가지의 이치에 불과해. 반면에 규칙은 뭐든지 간에 진정한 자연감정과 자연의 진정한 표현을 파괴시켜 버릴 거야! 자네 같으면 "너무 심한 말이군! 규칙은 제한할 뿐이고, 웃자란 덩굴을 잘라 내는 것이야"라는 식으로 말하겠지.

이보게, 비유를 하나 들어볼까? 그건 사랑과 같은 거야. 한 젊은이가 어느 아가씨에게 완전히 빠져서 온종일 그녀 곁에서 시간을 보내고, 자신의 모든 것을 그녀에게 완전히 바치고 있음을 매 순간 표현하기 위해 자신의 모든 힘과 재산을 쏟아붓는다고 치세. 그런데 공직에 몸담고 있는 어느 속물이 나타나 젊은이에게 이렇게 말한다고 치세. '이보게, 젊은이! 사랑도 인간이 하는 일이니, 인간답게 사랑을 해야 하는 걸세! 시간을 잘 쪼개서, 한쪽은 일하는 데 쓰고, 휴식 시간을 아가씨에게 바치도록 하게. 자네의 재산을 따져보고 꼭 필요한 액수를 제하고 남는 돈으로 선물하는 것은 굳이 말리지 않겠네. 하지만 선물도 너무 자주 해서는 안 되고, 가령 아가씨 생일이나 수호성인의 날 등에나 해야지.'

만약 이런 충고를 따른다면 그는 쓸모 있는 젊은이라 할 수 있네. 나는 어떤 영주에게라도 그를 관직에 앉히라고 추천할 생각이야. 하지만 그의 사랑은 그것으로 끝장이지. 그가 예술가라면 그의 예술도 끝장이야. 아, 나의 벗들이여! 천재의 물줄기는 왜 그토록 드물게 터져 나온단 말인가? 그것이 높은 밀물처럼 콸콸 넘쳐흘러 그대들의 놀라워하는 영혼에 충격을 주는 일이 왜 그토록 드물단 말인가? 사랑하는 벗들이여, 강의 양쪽 기슭에는 의젓한 신사들이 살고 있어. 그들은 정자나 튤립 화단, 채소밭이 물에 떠내려 갈까 봐 제때에 둑을 쌓고 물길을 돌려 앞으로 닥쳐올 위험에 대비할 줄 아는 사람들이야.

5월 27일

그러고 보니 내가 흥분한 나머지 비유와 열변을 늘어놓느라 깜빡 잊고 말았군. 앞서 얘기한 아이들이 그 뒤 어떻게 되었는지 자네에게 끝까지 얘기하는 것을 말이야. 어제 자네에게 보낸 편지에서 극히 단편적으로 설명한 대로, 마치 화가가 된 느낌에 푹 빠져 쟁기 위에 족히 두 시간은 앉아 있었지. 저녁 무렵이 되자 젊은 부인이 아이들을 향해 달려오더군. 그래도 아이들은 꼼짝 않고 앉아 있었어. 조그만 광주리를 팔에 든 부인은 멀리서부터 소리쳤어. "필립스야, 참 착하기도 하지." 부인은 내게 인사를 했고, 나는 그녀에게 감사를 표하며 자리에서 일어났어. 그녀에게 좀 더 가까이 다가가 아이들의 어머니인지 물어보았지. 그녀는 그렇다고 하더군. 큰 아이에게 타원형의 긴 빵 반 조각을 주면서 작은 아이를 받아들고는 어머니의 넘치는 사랑으로 입맞춤을 하더군. 부인은 이렇게 말했어. "필립스한테 작은 아이를 맡기고는 맏이와 함께 시내에 나갔다 오는 길이에요. 흰 빵과 설탕이랑, 죽 끓일 질그릇을 사려고요." 그 모든 물건이 광주리에 담겨 있었어. 광주리는 덮개가 떨어져 나갔더군. "한스(그것이 막내의 이름이었다)에게 저녁으로 수프를 끓여주려고요. 어제 개구쟁이 큰 녀석이 필립스와 눌어붙은 죽을 놓고 다투다가 냄비를 깨어버렸지 뭐예요." 나는 맏이는 어디 갔는지 물어보았어. 풀밭에서 거위 몇 마리를 몰고 있다고 그녀가 대답하기 무섭게 녀석이 달려와서 둘째에게 개암나무 가지를 건네더군.

나는 부인과 계속 얘기를 나누었어. 학교 선생님의 딸이라

그러더군. 남편은 사촌의 유산을 물려받기 위해 스위스로 여행을 떠났다고 했어. "그들은 남편을 속이려 했어요. 남편의 편지에 답장도 하지 않았어요. 그래서 남편이 직접 그곳으로 간 거예요. 부디 아무 일 없으면 좋겠는데, 아무 소식도 받지 못하고 있어요." 부인 곁을 떠나기가 못내 마음이 무거워져서, 나는 아이들에게 1크로이처 동전을 하나씩 쥐여주었어. 그리고 막내 몫으로도 부인에게 일 크로이처를 주면서, 시내에 갈 일이 있으면 수프에 곁들일 흰 빵을 사주라고 했어. 우리는 이렇게 헤어졌다네.

이보게, 자네에게 하는 말이지만 마음을 다잡을 수 없을 때 이런 사람을 보면 온갖 혼란스러운 마음이 가라앉는다네. 좁은 생활 반경 안에서 행복하고 의연히 살아가는 사람 말이야. 이들은 하루하루를 그럭저럭 헤쳐가면서, 낙엽 떨어지는 것을 보고는 겨울이 다가온다는 것 외에는 아무것도 생각하지 않는 사람들이야.

그때부터 자주 그곳을 찾아갔어. 아이들은 나와 완전히 친숙해졌어. 내가 커피를 마실 때 그들은 설탕을 얻기도 하고, 저녁에는 버터 빵과 요구르트를 함께 나누어 먹기도 하지. 일요일이면 어김없이 아이들에게 일 크로이처씩 주고 있어. 혹시 예배 시간에 참석하지 못할 때면 여관 여주인에게 나누어 주라고 부탁하곤 하지.

아이들은 나와 친해져서 내게 별의별 이야기를 다 들려줘.

마을의 아이들이 더 많이 모일 때면 두 아이는 신이 나서 속에 담긴 말을 마구 털어놓는데, 그런 모습을 보면 특히 마음이 흐뭇해져.

아이들이 나를 성가시게 한다고 어머니가 걱정하는 바람에 나는 그렇지 않다고 무던히도 애를 써야 했어.

5월 30일

최근에 그림에 대해 자네에게 했던 말은 당연히 문학에도 적용되네. 탁월한 것을 알아채고 과감히 표현하는 것만 다를 뿐이야. 물론 이 표현에는 얼마 안 되는 말이지만 많은 의미가 담겨 있어. 나는 오늘 어떤 장면을 목격했어. 그런 장면은 있는 그대로 묘사하면 세상에서 가장 아름다운 목가적인 장면이 될 거야. 그렇지만 문학이니 장면이니 목가니 하는 것은 뭐란 말인가? 우리가 자연 현상에 관여해야 할 때마다 항상 공들여 세공할 필요가 있을까?

내가 이렇게 서두를 꺼내니 뭔가 고귀하고 고상한 것을 기대할지도 모르겠어. 그렇다면 자네는 또다시 보기 좋게 속은 셈이야. 이처럼 생생한 관심을 갖도록 내 마음을 사로잡은 것은 다름 아닌 어느 하인이니까 말이야. 언제나 그렇듯이 내 이야기 솜씨가 형편없을 거야. 그러면 자네는 언제나 그렇듯이 내가 과장을 한다고 여기겠지. 이것 역시 발하임에서 일어난 얘기야. 이런 진기한 일이 벌어지는 곳은 언제나 발하임이지.

보리수 아래서 한 무리의 사람들이 커피를 마시고 있었어. 그들이 나와 잘 맞지 않아 나는 어떤 핑계를 대며 뒷전에 머물러 있었지.

어느 하인이 인근의 집에서 나오더니 내가 전에 그린 적이 있었던 쟁기를 열심히 손보고 있었어. 나는 그의 모습이 마음에 들어 그에게 말을 걸며 그의 형편을 이것저것 물어보았어. 우리는 금방 친해졌어. 이런 부류의 사람들과 어울리면 으레 그렇듯 금세 친밀해졌어. 그는 어느 과부의 집에서 일하는데, 그녀에게서 좋은 대우를 받고 있다고 들려주었어. 그녀 이야기를 많이 하며 그녀를 칭찬하더군. 그래서 몸과 마음으로 그녀를 좋아하고 있다는 것을 금세 눈치챌 수 있었어. 그의 말로는 여주인은 그다지 젊지 않고, 첫 남편한테 학대를 당해 다시는 결혼할 생각이 없다고 했어. 그의 이야기를 듣고 있노라니 그녀가 그에게 얼마나 아름답고 매력적인 존재인지 분명히 알 수 있었어. 또한 자기를 남편으로 맞아들여 첫 남편이 잘못한 기억을 깨끗이 지우기를 그가 얼마나 간절히 바라는지도 분명히 드러났어. 이 총각의 순수한 애착과 사랑, 그리고 충심을 생생히 전달하려면 그의 말 하나하나를 그대로 되풀이해야 할 것 같아.

그래, 그의 외모에서 풍기는 분위기, 목소리의 조화로움, 눈빛에 담긴 은밀한 열정을 생생히 묘사하려면 가장 위대한 시인의 재능을 지녀야 할 것 같아. 아니, 그의 존재 전체와 표정에서 풍기는 사랑스러운 분위기는 어떤 말로도 표현할 수 없어. 그러니 내가 다시 글로 옮길 수 있는 것은 모두 어설프기 짝이 없어. 그는 내가 여주인과의 관계를 짝이 맞지 않는다고 생각하지 않는지, 또 그녀의 행실을 나쁘게 보지 않을까 우려했는데, 특히 그 모습에 내 마음이 움직였어. 그는 그녀의 자태와 몸매에 대해 말했어. 젊은 매력은 없지만 그 몸매가 자기를 강하게 끌어당기고 사로잡는다고 했어. 그렇게 말하는 그의 모습이 얼마나 매력적인지는 내 영혼의 깊디깊은 곳에서만 재현할 수 있을 따름이야. 나는 지금까지 살아오면서 이처럼 절실한 욕망과 뜨겁고 간절한 갈망이 이토록 순수하게 표현되는 것을 보기는 처음이야. 아니, 이처럼 순수하게 표현되리라고는 어쩌면 생각해 본 적도 꿈꿔본 적도 없다고 말할 수 있어. 이러한 순진무구함과 진실함을 기억에 떠올리자니 내 영혼의 깊디깊은 곳까지 뜨겁게 달아오르고, 어디를 가든 이 충실하고 애정 어린 모습이 뇌리에서 떠나지 않아. 나 자신에게도 그 불길이 옮겨붙은 듯 애간장이 타며 못 견딜 것 같아. 이런 말을 한다고 나를 책망하지는 말게.

이제 되도록 이른 시일 내에 그 여주인도 만나보고 싶어. 아니 곰곰 생각해 보면 오히려 그러지 않는 편이 나을지도 모르겠어. 그녀를 사랑하는 이의 눈을 통해 보는 것이 더 낫겠어. 직접 그녀를 보게 되면 지금 내 눈앞에 떠오르는 모습과 혹시 다를지도 모르거든. 그러니 왜 이 아름다운 영상을 망쳐버려야겠어?

6월 16일

왜 자네에게 편지하지 않았냐고? 글깨나 배운 사람이 그걸 질문이라고 하나. 짐작했겠지만 잘 지내고 있다네. 더구나, 간단히 얘기해서 어떤 사람을 알게 되었는데, 퍽 마음이 끌리는 사람이야. 그런데 어떻게 될지는 잘 모르겠어.

나는 더없이 사랑스러운 사람을 사귀게 되었어. 어쩌다 그럴 수 있었는지 조리 있게 들려주기는 어려울 것 같아. 나는 즐겁고 행복해. 그러니 훌륭한 역사가처럼 친절하게 설명해 줄 수는 없어.

천사 같은 존재야! 에이! 누구나 자기 연인한테 그런 말을 쓰지, 그렇지 않아? 완벽한 여성이야. 얼마나 완벽하고, 왜 완벽한지는 자네에게 말해줄 수 없어. 내 마음을 송두리째 사로잡았다는 것으로 충분하니까.

그토록 분별 있으면서도 너무 소박하고, 그토록 심지 굳으면서도 너무 친절해. 진정한 생명력과 활기를 지녔으면서도 너무나 차분해.

그녀에 대해 이렇게 말해봤자 모두 쓸데없는 괜한 말이고, 그녀의 진면목을 조금도 보여주지 못하는 듣기 싫은 추상적 표현에 불과해. 그러니 그녀 이야기는 다음으로 미루겠네. 아니, 다음으로 미룰 것도 없이 지금 당장 들려주겠네. 지금 하지 않으면 영영 기회가 없을지도 몰라. 우리끼리 얘기지만, 이 편지를 쓰기 시작하면서부터 벌써 세 번이나 펜을 내려놓고 말에 안장을 얹어 달려나가려고 했거든. 하지만 오늘 아침 나는 나가지 않겠다고 맹세를 했다네. 그러면서도 번번이 창가로 다가가서 해가 아직 얼마나 높이 떠 있는지 살펴보곤 한다네…….

나는 도저히 참지 못하고 그녀에게 달려갈 수밖에 없었어. 이제야 다시 돌아왔어, 빌헬름. 지금 저녁으로 버터 빵을 먹고 자네에게 편지 쓰려는 거야. 그녀가 사랑스럽고 쾌활한 아이들, 그러니까 여덟 명의 동생들과 함께 있는 것을 보면 내 마음이 얼마나 희열에 넘치는지!

이런 식으로 계속 이야기하면 자네는 내가 무슨 말을 하는지 도대체 알아차리기 어렵겠지. 그러니 좋든 싫든 자세히 이야기해 볼 테니 잘 들어보게나.

얼마 전 자네에게 보낸 편지에서 주무관 S를 알게 되었다고 썼었지. 조만간 자기 은거지 아니 자신의 조그만 왕국으로 찾아와 달라고 내게 부탁했다고 말이야. 나는 그 부탁을 대수롭지 않게 생각하고 있었어. 만약 이 고장에 숨겨져 있던 보물을 우연히 찾아내지 못했다면 어쩌면 그곳에 결코 가지 않았을지도 몰라.

이 지역 젊은이들이 무도회를 연다고 하기에, 나도 기꺼이 참석하기로 했어. 나는 이 고장 아가씨에게 파트너가 되어 달라고 부탁했지. 착하고 아름답지만 그것 말고는 대단찮은 아가씨였어. 그래서 마차를 한 대 빌려 나의 댄스 파트너와 그녀의 사촌 언니와 함께 흥겨운 무도회가 열리는 곳으로 가기로 했어. 그리고 가다가 도중에 샤를로테 S라는 아가씨를 태우기로 했어. 일행이 벌목한 넓은 숲을 지나 사냥 별장을 향해 가고 있는데 내 댄스 파트너가 이렇게 말하더군.

"아름다운 아가씨를 알게 될 거예요."

그러자 사촌 언니가 거들더군.

"사랑에 빠지지 않도록 조심하셔야 해요."

"어째서요?" 내가 말했지.

"이미 약혼한 몸이거든요. 매우 훌륭한 남자하고요. 지금은 여행을 떠나고 없어요. 그분 아버지가 돌아가셔서 뒷수습을 하고, 괜찮은 일자리도 알아보려고요."

나는 이런 이야기를 그냥 대수롭지 않게 흘려들었어.

우리가 별장 문 앞에 도착했을 때는 해가 서산으로 지기까지 아직 15분 정도 남아 있었어. 무척 무더운 날씨였지. 두 여성은 비바람이 치지나 않을까 걱정했어. 지평선 위 회백색의

뿌연 구름 주위로 뇌우가 몰려드는 것 같았지. 나는 어쭙잖은 기상학 지식으로 그들의 우려를 달래주려고 했지. 그렇지만 나 자신도 무도회의 흥이 깨질지도 모른다고 예감하기 시작했어.

마차에서 내리니 어느 하녀가 대문으로 나왔어. 로테 아가씨가 곧 나올 테니 잠시 기다려달라고 하더군. 나는 앞마당을 지나 잘 지어진 저택을 향해 걸어갔어. 앞쪽에 있는 계단을 올라가 문 안으로 들어갔지. 그때 지금까지 본 적 없는 더없이 매혹적인 장면이 눈 앞에 펼쳐지더군. 현관에 딸린 방에는 두 살부터 열한 살까지의 여섯 명의 아이들이 한 아가씨 주위에 오글거리고 있었어. 중키에 아름다운 자태의 아가씨였어. 팔과 가슴에 분홍색 리본이 달린 수수한 흰옷을 입고 있더군. 그녀는 흑빵을 들고 주위에 빙 둘러선 동생들에게 나이와 먹성에 따라 한 조각씩 잘라주고 있었어. 무척 다정한 모습으로 말이야. 다들 고사리 같은 손을 높이 쳐들고 진심이 담긴 소리로 "고마워!" 하고 외치고 있었어. 아가씨가 미처 빵을 자르기도 전에 말이야. 그리고 어떤 아이는 저녁 식사용 빵을 들고 만족해서 바깥으로 뛰쳐나가기도 했고, 성격이 조용한 다른 아이들은 차분히 대문 밖으로 걸어가기도 했어. 낯선 사람들과 그들의 로테가 타고 갈 마차를 보려는 것이었지. 그녀가 말했어.

"이렇게 일부러 들어오시게 하고, 여자분들을 기다리게

해서 죄송해요. 옷을 갈아입고, 내가 없는 동안 챙겨야 할 온갖 집안일을 하느라 동생들에게 저녁 빵을 주는 것을 깜빡 잊었지 뭐예요. 아이들이 내가 잘라주는 빵만 먹으려 하거든요."

나는 그녀에게 별 뜻 없는 칭찬의 말을 했어. 내 마음은 온통 그녀의 자태와 목소리, 행동에 쏠려 있었지. 그녀가 장갑과 부채를 가지러 방 안으로 들어갔을 때야 비로소 놀라운 기쁨을 진정시킬 시간적 여유가 생겼다네. 아이들은 조금 떨어져서 나를 곁눈질하며 쳐다보더군. 나는 그중 가장 잘생긴 막내에게 다가갔어. 아이는 흠칫 뒤로 물러나더군. 바로 그때 로테가 문밖으로 나오면서 말했어. "루이스, 사촌 형과 악수해야지." 그러자 꼬마는 무척이나 스스럼없이 그렇게 했어. 아이의 코에서 콧물이 흘렀지만 아이에게 진심으로 입맞춤하지 않을 수 없었어.

"사촌이라고요?" 그녀에게 손을 내밀며 물어보았네. "제가 당신의 친척이 되는 행운을 누릴 자격이 있다고 생각하세요?" 그녀는 가볍게 미소를 흘리며 말했어. "우리의 친척 범위는 무척 넓은 편이에요. 당신이 그중에서 가장 먼 친척이라면 제가 서운하지요."

걸어가면서 그녀는 소피에게 동생들을 잘 돌보고, 아빠가 승마 산책에서 돌아오면 잘 말해달라고 부탁했어. 열한 살쯤 되어 보이는 소피는 로테 다음으로 나이가 많았어. 다른 동생들에게는 소피를 자신으로 생각해 그녀 말을 잘 들어야 한다고 당부하더군. 그러자 몇몇 아이들은 꼭 그렇겠노라고 약속하기도 했어. 그런데 여섯 살쯤 되어 보이는 금발의 똑소리 나는 아이가 이렇게 말했어. "하지만 소피는 로테 언니가 아니잖아. 로테 언니, 우리는 언니가 더 좋단 말이야."

그사이 나이가 제일 많은 남동생 둘은 뒤쪽의 마차에 기어오르고 있었네. 내가 괜찮다고 하자 로테는 숲이 시작되는 곳까지만 함께 마차를 타고 가도 좋다고 허락해 주었어. 아이들이 장난치지 않고 마차를 꼭 붙잡고 있겠다고 약속한다면 말이야.

우리가 자리에 앉자마자 여자들은 서로 반가이 인사를 나누고는 번갈아 가며 웃으며, 특히 모자에 대해 의견을 주고받았어. 무도회에 참석할 사람들에 대한 얘기도 적당히 한 바퀴 돌았어. 그럴 때쯤 로테는 마차를 세우게 하고 동생들을 내려 주었어. 동생들은 다시 로테의 손에 입맞춤하려고 야단이었어. 가장 큰 아이는 열다섯 살이라는 나이에 걸맞게 대단히 깊은 애정을 보이며 입을 맞추었고, 다른 아이는 무척 격렬하면서도 경솔하게 입을 맞추었어. 로테는 동생들에게 다시 한 번 인사를 시켰고, 우리는 가던 길을 계속 갔어.

내 파트너의 사촌 언니는 로테에게 최근에 보내준 책을 다 읽었는지 물어보았어.

"아니에요." 로테가 말했어. "마음에 들지 않아서요. 다시 돌려드릴게요. 먼젓번 책도 더 낫지는 않았어요."

나는 무슨 책이냐고 물었고, 그녀의 대답을 듣고 깜짝 놀랐어.[11] 나는 그녀가 하는 모든 말에서 개성이 풍부하다고 생각했고, 그녀의 말 한마디 한마디에서 새로운 매력을 느꼈고, 그녀의 표정에서 정신의 새로운 광채가 분출하는 것을 보았어. 내가 자신의 말을 이해해 준다고 느껴서인지 그녀의 표정에는 점점 만족해하는 기색이 역력해지는 것 같았어.

그녀가 말했어. "제가 좀 더 어렸을 때는 소설만큼 좋아한 것이 없었어요. 일요일이면 방구석에 앉아 미스 제니[12]라는 여자의 행복과 불운에 온통 마음을 뺏기곤 했을 때 얼마나 행복했는지 누가 알겠어요. 아직 그런 유의 소설에 어느 정도 끌린다는 것도 부정하지 않겠어요. 하지만 지금은 책을 잡을 겨를이 없어 제 취향에 딱 맞는 것만 읽으려고 해요. 그런데 저는 제 주위에 일어나는 것과 비슷한 세계를 보여주는 작가를 제일 좋아해요. 제 자신의 가정생활만큼이나 흥미롭고 진실한 이야기를 쓰는 작가 말이에요. 물론 저의 생활이 낙원 같지는 않지만, 그래도 대체로 볼 때 이루 말할 수 없는 행복

---

11 누구에게도 불평의 실마리를 제공하지 않기 위해 편지의 이 부분은 부득이 삭제하기로 했다. 기본적으로는 어떤 작가도 한 소녀나 변하기 쉬운 어떤 젊은이의 평가를 그다지 중요하게 생각하지 않겠지만 말이다-원주.

12 감상적인 소설의 주인공으로 일반화된 이름.

의 원천이지요."

나는 이 말을 듣고 감동을 숨기느라 애썼어. 물론 언제까지나 숨길 순 없었지. 로테가 지나가는 말로 『웨이크필드의 시골 목사』[13]라든가 XXX[14]라는 작품에 대해 너무나 진실된 감정으로 말하는 것을 듣고 나는 완전히 제정신을 잃고 말았어. 그래서 해야 할 얘기를 그녀에게 다 하고 말았네. 그리고 얼마간 시간이 흐른 뒤 로테가 다른 두 아가씨에게 화제를 돌렸을 때야, 비로소 마치 그 자리에 없었다는 듯이, 이 두 여성이 눈을 동그랗게 뜨고 옆에 내내 앉아 있었다는 것을 깨달았어. 내 파트너의 사촌 언니는 조롱하듯 코를 찡그리며 몇 번이나 나를 쳐다보았지만, 나는 그것에는 전혀 아랑곳하지 않았어.

즐거운 춤 이야기로 화제가 넘어갔네. 로테가 말했어. "춤에 너무 열정을 보이면 잘못된 일이겠지만, 솔직히 고백하자면 저는 춤보다 더 흥겨운 것을 알지 못하겠어요. 머리가 복잡할 때 음이 맞지 않는 피아노일망정 요란하게 대무곡(對舞

---

13 아일랜드 출신의 영국의 소설가, 시인 겸 극작가 올리버 골드스미스(1728~1774)의 소설 제목. 선량한 시골 목사 집안의 파란을 유머와 경쾌한 풍자를 곁들여 묘사한 소설 『웨이크필드의 목사』, 『세계의 시민』, 시로는 『나그네』와 『한촌행(寒村行)』이 대표작이다.

14 여기서도 몇몇 독일 작가의 이름을 삭제했다. 로테의 칭찬에 공감하는 독자라면 이 대목을 읽을 때 마음으로 공감할 것이다. 그렇지 않은 독자라면 삭제한 작가가 누구인지 알 필요가 없을 것이다-원주.

曲)[15]이라도 추면 다시 기분이 좋아지거든요."

대화를 하는 동안 나는 까만 눈동자를 보고 얼마나 큰 기쁨을 맛보았는지 모르겠어. 또 그녀의 생기 있는 입술과 싱그럽고 활기찬 뺨이 얼마나 내 마음을 사로잡았는지. 그리고 그녀가 하는 말의 근사한 의미에 푹 빠져 그녀의 말들을 번번이 흘려듣기도 했어. 자네는 나를 잘 아니까 어떤 상황이었는지 상상이 갈 거야. 요컨대 우리가 별장 앞에 조용히 멈추었을 때 나는 꿈꾸는 사람처럼 마차에서 내렸어. 나는 주위가 어스름에 잠긴 세계에서 완전히 꿈속을 헤매고 있었어. 그래서 위층의 환하게 불이 켜진 홀에서 흘러나오는 음악 소리도 거의 귀에 들어오지 않았어.

사촌 언니와 로테의 댄스 파트너인 아우드란 씨와 아무개 씨—누가 일일이 사람들 이름을 기억하겠어.—란 신사 두 분이 마차의 문 옆에서 우리를 맞이하고는, 각자의 파트너를 데리고 갔어. 나도 내 파트너와 함께 위로 올라갔어.

우리는 서로의 몸을 휘감으며 미뉴에트를 췄어. 나는 여자들과 파트너를 바꿔가며 춤을 추자고 했어. 그런데 꼭 가장 마음에 안 드는 여자일수록 한 번 남자의 손을 잡으면 춤을 끝낼 줄 모르더군. 로테와 그녀의 파트너는 영국식 춤을 추기 시작했어. 로테가 우리와 같은 열에서 춤을 추기 시작했을 때

---

15 남녀가 두 줄로 마주 서서 추는 춤.

내가 얼마나 행복한 기분이었는지 자네도 느낄 수 있을 거야. 그녀가 춤추는 모습을 꼭 봐야 하는데! 말하자면 그녀는 혼신의 힘을 다해 춤추더군. 몸 전체가 얼마나 조화로운지 몰라. 근심 걱정을 잊고 홀가분하게 춤을 추더군. 마치 춤추는 것이 전부인 양, 그 외에는 다른 어떤 것도 생각하지도 느끼지도 않는 듯했어. 그 순간 다른 모든 것은 분명 그녀 앞에서 사라져 버리는 모양이야.

나는 로테에게 두 번째 대무(對舞)를 청했어. 그러자 그녀는 세 번째 대무 때 같이 춰주겠다고 했어. 독일식 춤을 정말 진심으로 좋아한다고 분명히 말하더군. 그 모습이 얼마나 사랑스럽고 솔직해 보이는지 모르겠어. 그러고는 말을 계속했어. "이곳에서는 독일식 춤을 출 때 한 번 파트너가 되면 짝을 바꾸지 않는 게 관례랍니다. 그런데 제 파트너는 왈츠에 서툴러서 제가 그의 수고를 덜어주면 고마워할 거예요. 당신의 파트너도 그 춤을 잘 못 추고 또 좋아하지도 않아요. 영국식 춤을 출 때 보니까 당신은 왈츠를 잘 추시더군요. 독일식 춤을 출 때 제 상대가 되고 싶으시면 제 파트너에게 가서 허락을 받아오세요. 그럼 저는 당신의 파트너에게 양해를 구해 볼게요." 난 그녀의 말에 동의했어. 그리고 우리가 춤추는 동안 그녀의 파트너가 내 파트너와 담소를 나누도록 해주었어.

이제 춤이 시작되었어. 우리는 갖가지 형태로 팔을 휘감으며 한동안 춤을 즐겼지. 그녀의 동작이 얼마나 매력적이고,

얼마나 날렵했는지 몰라! 그러다가 왈츠를 출 차례가 되어 마치 천구(天球)처럼 서로의 주위를 빙글빙글 돌았지. 왈츠를 제대로 출 수 있는 사람이 워낙 적었기에 물론 처음에는 서로 뒤엉키며 약간 혼란스러웠지. 우리는 이럴 줄 알았기에 그들이 멋대로 추도록 놔두었어. 가장 미숙한 이들까지 자리를 비워주었을 때 우리는 끼어들어 다른 한 쌍, 즉 아우드란 커플과 어울려 실컷 춤을 추었지. 지금까지 그토록 경쾌하게 춤춰본 적이 없었어. 나는 더 이상 이 세상 사람이 아니었어. 더 없이 사랑스러운 여성을 껴안고 날듯이 빙빙 돌아다니다 보니 주위의 모든 것이 사라져 버렸어. 그런데 빌헬름, 솔직히 말하자면 나는 이런 맹세를 했어. 내가 사랑하고 요구하는 여자가 나 이외의 다른 남자와는 왈츠를 춰서는 안 된다고 말이야. 그러다가 설령 내가 파멸하는 일이 있더라도. 자넨 내 심정 이해하겠지!

우리는 가쁜 숨을 고르기 위해 홀 안을 몇 바퀴 걸었어. 그런 뒤 로테는 자리에 앉았어. 내가 챙겨둔 것으로 이제 유일한 먹을거리였던 오렌지가 톡톡히 위력을 발휘했지. 다만 로테가 옆자리의 뻔뻔스러운 여자에게 예의상 몇 조각을 나눠줄 때마다 내 가슴이 콕콕 찔리는 느낌이었어.

세 번째 영국식 춤을 출 때 로테와 나는 두 번째로 쌍이 되었어. 우리는 열을 누비며 춤을 추었지. 그러는 동안 그녀의 팔을 잡고 눈을 들여다보면서 얼마나 큰 희열을 느꼈는지 아무도 모를 거야. 눈은 말할 수 없이 솔직하고 순수한 기쁨을 드러내는 더없이 진실한 표정으로 넘쳐 있었어. 그러다가 우리는 어떤 부인 곁으로 오게 되었어. 이제 아주 젊다고는 할 수 없지만 표정이 너무 사랑스러워서 금방 눈에 띄는 여자였어. 그녀는 미소 지으며 로테를 바라보더군. 그러고는 위협하듯 손가락을 치켜들고 휙 지나가면서 알베르트라는 이름을 두 번 말하더군. 대단히 의미심장하게 말이야.

"알베르트가 누구지요?" 나는 로테에게 물어보았어. "물어봐도 결례가 안 된다면 말입니다." 그녀가 막 대답하려는 순간 우리는 커다란 8자 대형을 만들기 위해 떨어져야 했어. 그리고 로테와 내가 서로의 앞을 교차해서 지나갈 때 보니 그녀는 뭔가 곰곰 생각에 잠긴 듯한 표정을 하고 있었어. 그녀는 회전 연결 동작을 하기 위해 내게 손을 내밀며 말했어. "당신께 뭘 감추겠어요. 알베르트는 저와 약혼한 사이나 마찬가지예요. 점잖은 분이에요." 그건 내게 새로운 사실은 아니었어(마차를 타고 이곳으로 오는 도중에 동행한 아가씨들이 이미 귀띔해 주었거든). 그런데도 그 말이 너무나 완전히 새롭게 다가왔어. 그 말을 이토록 짧은 순간 너무나도 소중하게 생각된 로테와 결부시켜 생각하지 않았기 때문이야. 그건 그렇고 나는 혼란에 빠져 제정신을 잃고 엉뚱한 조에 끼어들고 말았어. 그래서 모든 게 뒤죽박죽이 되고 말았지만, 로테가 기민하게 대처해 혼란을 수습해 준 덕분에 금방 다시 정상으로 돌아올 수 있었어.

 벌써 한참 전부터 지평선에서 번개가 번쩍였으나 나는 마른번개일 거라고 둘러대었네. 그런데 아직 무도회가 끝나지도 않았는데, 번개가 훨씬 강해지기 시작했고 음악은 천둥소리에 묻혀버리고 말았어. 세 명의 여성이 대열에서 빠져나갔고, 그들의 파트너들도 뒤따라갔어. 장내는 어수선해졌고, 음악도 중단되었지. 흥겨운 분위기일 때 갑자기 불행이나 어떤 끔찍한 일이 닥치면 평소보다 강한 인상을 주기 마련이지. 한편으로는 흥겨움과 불행의 대조가 그만큼 생생하게 느껴지기 때문이고, 다른 한편으로는 우리의 감각이 일단 느낌을 쉽게 받아들이도록 열려 있어서 어떤 인상을 그만큼 빨리 받아들이기에 더욱 그러하지. 몇몇 여자들이 기묘하게 찡그린 표정을 지은 것도 그런 이유 때문이라고 봐. 그중 가장 현명한 여자는 구석에 앉아 창을 등진 채 귀를 막고 있더군. 다른 한 여자는 그 여자 앞에 무릎을 꿇고 앉아 그녀의 무릎 사이에 머리를 파묻었어. 세 번째 여자는 두 여자 사이에 비집고 들어가 그들을 친자매처럼 부둥켜안고 하염없이 눈물을 흘리더군. 집으로 돌아가려는 여자들도 몇 명 있었어. 어쩔 줄 몰라 하던 다른 여자들은 거의 정신을 못 차리고 젊은이들의 뻔뻔스러운 행위에도 속수무책으로 당할 수밖에 없었어. 이 친구들은 겁에 질려 하늘을 향해 기도를 올리는 아름다운 여자들의 입술을 훔치기에 바빴거든. 몇몇 남자들은 조용히 파이프 담배나 한 대 피우려고 아래층으로 내려갔어. 나머지 일행은 여주인의 제안에 사양하지 않고 따라갔어. 그녀가 기지를 발휘해서 커튼과 덧문이 있는 방으로 가자고 했거든. 우리가 그 방에 들어서자마자 로테는 분주히 의자들을 둥그렇게 배열하더군. 일행이 그녀의 청에 따라 자리에 앉자 그녀는 게임을 하자고 제안했어.

몇몇 친구들은 달콤한 벌칙을 기대하며 입술을 뾰족하게 내밀며 사지를 쭉 뻗기도 하더군. 로테가 말을 꺼냈어. "우리 숫자 세기 놀이를 해요. 자, 주목하세요! 제가 오른쪽에서 왼쪽으로 돌 거예요. 그러면 여러분도 각자 돌아가며 자기 차례의 숫자를 말하는 거예요. 도화선이 타들어 가는 것처럼 빨리 해야 해요. 숫자를 대지 못하거나 틀린 사람은 뺨을 한 대 맞는 거예요. 그런 식으로 천까지 가는 거예요."

그리하여 흥겨운 광경이 벌어졌어. 로테는 한쪽 팔을 쭉 뻗고 원을 돌기 시작했어. 첫 번째 사람이 "하나" 하고 시작하자, 그 옆의 사람이 "둘", 또 다음 사람이 "셋" 하는 식으로 숫자놀이가 이어졌어. 그런 다음 로테는 더 빨리, 점점 더 빨리 돌기 시작했어. 그러다가 한 사람이 실수하자 찰싹! 하고 뺨을 맞았어. 그 모습을 보고 웃다가 다음 사람도 찰싹! 하고 뺨을 맞았지. 숫자놀이는 점점 더 빨리 진행되었어. 나 자신도 두 대를 맞았어. 로테가 다른 사람들보다 나를 더 세게 때리는 것 같아 은근히 기분이 좋았어. 그렇게 모두 웃고 떠드는 중에 천까지 다 세기도 전에 놀이가 끝났어. 서로 친한 사람들끼리 짝을 이뤄 자리를 떴고, 뇌우도 지나갔어. 나는 로테를 따라 홀로 돌아왔어. 오는 도중에 그녀가 이렇게 말했어. "다들 따귀 맞는 것에 신경 쓰느라 날씨나 그 외의 모든 것을 잊어버리고 말았어요!" 나는 그녀의 말에 아무런 대답도 할 수 없었어. 그러자 그녀는 말을 계속 이어가더군. "실은 가장 겁먹은 사람 중의 하나가 바로 저였어요. 다른 사람들에게 용기를 북돋워 주기 위해 용감한 척하다 보니 저도 대담해졌어요."

우리는 창가로 다가갔어. 멀리서 천둥소리가 들려왔어. 보슬비가 대지 위로 내렸어. 장관이더군. 더없이 상큼한 향내가 따스한 대기를 가득 채우며 우리가 있는 위층으로 올라왔어. 로테는 팔꿈치를 창틀에 괴고 바깥 풍경을 골똘히 응시하고 있었어. 하늘과 나를 번갈아 쳐다보더군. 눈에는 눈물이 그렁그렁했어. 그녀는 자기 손을 내 손 위에 얹으며 말했어. "클롭슈토크[16]!"

---

16 프리드리히 고틀리프 클롭슈토크(Friedrich Gottlieb Klopstock, 1724~1803): 독일의 희곡작가 겸 시인. 그의 주관주의적 시각은 18세기 초 독일 문학을 지배했던 합리주의와의 결별을 예고했다. 존 밀턴의 『실낙원』의 영향을 받은 서사시 『구세주』와 서정시 『송가』가 유명하다. 그의 송가는 애국적인 주제를 선택하고 게르만족 신화에서 파생된 주제들을 발굴함으로써 낭만주의를 예고했다. 그의 희곡은 고대 게르만족 영웅인 아르미니우스를 주로 다루고 있다.

나는 그녀의 마음속에 든 장엄한 송가(頌歌)를 금방 떠올렸어. 그리고 이 같은 암호로 내 가슴 속에 쏟아부은 감정의 물결에 빠져들었어. 나는 도저히 견딜 수 없어 허리를 굽히고 환희에 찬 눈물을 흘리며 그녀의 손등에 입을 맞추었어. 그리고 다시 그녀의 눈을 바라보았어. 고귀한 시인이여! 그대는 그대를 신처럼 숭배하는 그녀의 눈빛을 보았으면 좋았을 텐데. 그리고 이제 나는 누가 그대의 이름을 다시 들먹이는 것을 듣고 싶지 않습니다! 사람들은 너무나 자주 그대의 신성한 이름을 모독했지요!

6월 19일

지난번에 어디까지 이야기하다 말았는지 모르겠어. 새벽 두 시에 잠자리에 들었다는 것은 기억나네. 이렇게 편지를 쓰는 대신 자네 앞에서 떠들어댔다면 아마 날이 새도록 자네를 붙잡아 두었을지도 모르겠어.

무도회에서 집으로 돌아오는 길에 벌어진 일은 아직 들려주지 않았네만, 오늘도 그럴 시간이 없어.

해돋이 광경은 정말 장관이었어. 사방의 숲에서는 물방울이 떨어졌고, 들판은 생기를 되찾고 있었어! 같이 갔던 여자들은 꾸벅꾸벅 졸고 있었어. 로테는 나도 같이 잠을 자지 않겠느냐고 물었어. 그러면서 자기한테는 신경 쓰지 않아도 된다고 했어. 나는 그녀를 뚫어지게 바라보며 말했어. "당신이 그렇게 눈을 뜨고 있는 한 그럴 염려는 없습니다." 우리 둘은 그녀의 집 대문에 다다를 때까지 졸음을 견뎌냈어. 그러자 하녀가 조용히 문을 열어주었고, 로테가 묻는 말에 아버지와 아이들은 잘 있고 모두 아직 자고 있다고 말하더군. 나는 그녀와 헤어지면서 오늘 중으로 다시 만날 수 있으면 좋겠다고 했어. 그녀는 내 말에 동의해 주었고, 나는 집으로 돌아왔어. 그 뒤로도 해와 달과 별들은 차분히 제 할 일을 하고 있겠지만, 나는 낮인지 밤인지 분간할 수 없었고, 내 주위의 세상이 온통 사라진 것 같았다네.

6월 21일

나는 하느님이 자신의 성자들에게 베풀어주신 것 같은 행복한 나날을 보내고 있어. 내 인생이 앞으로 어떻게 될지는 알 수 없지만 내가 기쁨을, 더없이 순수한 삶의 기쁨을 맛보지 않았다고는 말할 수 없을 거네. 자네는 발하임이란 곳을 잘 알고 있지. 난 이곳에서 완전히 자리를 잡았네. 여기서 단 삼십 분 거리에 로테가 있어. 이곳에서 나는 나 자신을 느끼고, 인간에게 주어진 온갖 행복을 누리고 있어.

내가 발하임을 내 산책의 목적지로 골랐을 때만 해도 천국이 이처럼 가까이 있을 거라고 생각이라도 했겠는가! 멀리 산책을 할 때 나는 이제 내 모든 소망을 담고 있는 사냥 별장을 때론 산 위에서, 때론 평지에서 강 건너로 얼마나 자주 바라보았던가!

빌헬름, 나는 자신을 확장하고 새로운 발견을 하며 세상 곳곳을 돌아다니고 싶어 하는 인간의 내부에 깃든 욕망에 대해 갖가지 생각을 해보았네. 그런가 하면 제한된 환경에 기꺼이 순응하고 정해진 관습을 따라가며 좌우 어느 쪽에도 신경 쓰지 않으려는 내적인 충동에 대해서도 생각해 보았어.

이곳으로 와서 언덕 위에서 아름다운 계곡을 내려다보다니, 주위 풍경이 내 마음을 끌다니 참으로 신기하다네. 저기 조그만 숲이 있어! 아, 자네가 저 숲 그늘 속에 섞일 수 있다면! 저기 산봉우리가 있어! 아, 자네가 거기서 광활한 지역을 굽어볼 수 있다면! 사슬처럼 이어진 언덕들과 친밀한 골짜기들이여! 저 속에서 사라져 버릴 수 있다면! 그곳으로 서둘러 갔다가 돌아오기도 했지. 그런데 기대하던 것을 발견하지는 못했어. 우리의 미래는 이처럼 먼 거리와 같은 거야! 우리의 영혼 앞에는 어스름한 큰 전체가 놓여 있고, 우리의 눈과 마찬가지로 우리의 감각은 그 전체를 보며 희미해지지. 아! 그러면서 우리는 우리의 존재 전체를 바쳐, 유일하고 위대하며 장엄한 감정이 담긴 온갖 희열로 우리 자신이 충만해지기를 갈망하지. 아! 그러다가 우리가 막상 그곳으로 가서, 저곳이 이곳이 되면, 모든 것이 전과 진배없어. 우리는 여전히 제한된 환경에서 빈곤하게 살아가지. 그래서 우리의 영혼은 슬그머니 사라진 청량제를 갈망하는 거지.

그래서 정처 없이 떠돌아다니는 나그네도 결국에는 다시 자기 조국을 그리워하게 되지. 자신의 오두막에서, 아내의 품에서, 자식들이 있는 데서, 처자식을 먹여 살리기 위해 일을 하는 것에서 희열을 발견하지. 넓은 세상에서 그토록 찾아 헤맸지만 얻지 못한 희열을.

나는 아침마다 해가 뜨면 발하임으로 가서 그곳 여관 정원에 자라는 완두콩을 직접 딴다네. 그리고 자리에 앉아 콩 껍질을 까면서, 그사이에 호메로스를 읽기도 하지. 조그만 부엌에서 냄비를 골라 버터를 잘라 넣고 완두콩을 불에 올린 뒤 뚜껑을 닫고 가끔 콩을 저어준다네. 그럴 때면 페넬로페를 차지하려는 오만방자한 구혼자들이 황소와 돼지를 잡아 고기를 자르고 불에 굽는 장면이 너무나 생생히 느껴져. 족장 시대의 생활 방식만큼이나 조용하고 참된 느낌으로 내 가슴을 가득 채워주는 것은 없어. 다행히도 나는 아무런 허세 없이 그런 삶을 나의 생활 방식과 연결시킬 수 있어.

직접 키운 배추를 식탁에 올리는 사람이 느끼는 단순하고 소박한 희열을 내가 느낄 수 있다니 얼마나 행복한지 모르겠어. 그 희열은 배추에만 한정되지 않는다네. 모든 좋은 날들,

그러니까 배추를 심던 청명한 아침, 물을 주며 하루가 다르게 쑥쑥 자라던 것을 보고 기뻐했던 기분 좋은 저녁, 이 모든 희열을 한순간에 다시 함께 느끼는 거라네.

6월 29일

그저께는 의사가 주무관을 만나러 시내에서 이곳으로 왔어. 그는 내가 땅바닥에서 로테의 동생들 틈에 있는 것을 발견했어. 어떤 아이들은 내 몸에 매달려 버둥거렸고, 다른 아이들은 나를 놀리기도 했어. 나도 아이들을 간질이며 그들과 야단법석을 떨었어. 그 의사는 앞뒤가 꽉 막힌 멍청이 같은 자였어. 그는 말을 나누면서도 소맷부리의 주름을 만지거나 주름 잡힌 옷깃을 쉴 새 없이 잡아당기더군. 내 행동이 분별 있는 사람의 체통에 맞지 않는다고 생각하는 모양이었어. 그 사람의 표정에서 알아챌 수 있었어. 하지만 나는 그런 것에 전혀 개의치 않았어. 그가 잘난 척하며 떠들어대는 것을 내버려 두고 아이들이 부숴버린 카드 집을 다시 지어주었어. 그런 뒤에도 그 의사는 시내를 돌아다니며, 안 그래도 주무관 자식들이 버릇이 없는데 베르터라는 친구가 아이들을 완전히 망쳐놓고 있다고 험담을 늘어놓았어.

빌헬름, 정말이지 지상에서 내 마음에 가장 가까이 있는 것은 아이들이라네. 아이들을 지켜보며 조그만 존재 속에 언젠가 꼭 필요하게 될 온갖 덕목과 능력의 싹을 발견하네. 아이들의 고집은 장차 꿋꿋하고 굳건한 성격으로 변하고, 아이들의 짓궂은 장난은 세상의 위험을 헤쳐 나가게 해줄 기분 좋은 유머와 경쾌함으로 바뀔 것이네. 이 모든 것이 어린이에게는 손상되지 않고 온전히 보존되어 있어! 그런 모습을 볼 때마다 나는 인류의 스승[17]께서 말씀하신 금언을 되풀이하게 돼. "너희가 돌이켜 어린이들과 같이 되지 아니하면[18]!"

그런데 이보게, 아이들, 우리와 다르지 않고, 우리가 모범으로 간주해야 할 아이들을 하인처럼 다루고 있어. 아이들은 자유의지를 가져서는 안 된다니! 그럼 우리에게도 자유의지가 없다는 말인가? 그렇다면 어른들의 특권은 어디서 나오는 것인가? 우리가 좀 더 나이가 많고 분별력이 있기 때문이라니! 하늘에 계신 하느님이 보시기엔, 나이든 아이들과 어린 아이들이 있을 뿐 그 이상 다를 게 없네. 그런데 하느님이 누구에게서 더 큰 기쁨을 얻는지는 하느님의 아들이 벌써 오래전에 분명히 밝히셨지. 하지만 사람들은 예수의 존재를 믿으면서도 그분의 말은 듣지 않아. 옛날부터 그랬지! 그리고 어

17　그리스도를 가리킴.
18　마태복음 18장 3절. "진실로 너희에게 이르노니 너희가 돌이켜 어린아이들과 같이 되지 아니하면 결단코 천국에 들어가지 못하리라!"

른인 자신을 모범 삼아 아이들을 키우지. 잘 있게, 빌헬름, 이런 허튼소리를 더 이상 지껄이고 싶지 않아.

7월 1일

로테가 아픈 사람에게 얼마나 소중한 존재인지 나 자신의 가슴으로 느끼고 있어. 내 마음은 병상에서 병고에 시달리는 누구보다도 더 심각한 상태거든. 로테는 시내의 어느 올곧은 부인 집에서 며칠간 머물 예정이야. 의사의 진술에 의하면 임종이 머지않은 이 부인은 마지막 순간에 로테를 곁에 두고 싶어 한다고 그래. 나는 지난주에 로테와 함께 성(聖) XXX라는 마을 목사를 찾아갔어. 한 시간쯤 떨어진 산기슭의 조그만 마을이었어. 우리는 네 시경에 그곳에 도착했어. 로테는 둘째 여동생을 데리고 왔더군. 목사관 앞뜰에는 키 큰 호두나무 두 그루가 그늘을 드리우고 있었어. 우리가 그곳에 들어서 보니 선량한 노인이 대문 앞 벤치에 앉아 있더군. 노인은 로테를 보자 새로운 생기를 얻은 듯 지팡이도 잊고 벌떡 일어나 로테를 맞으려 했어. 로테는 얼른 달려가 옆에 앉으면서 노인을 억지로 자리에 앉혔어. 그녀는 아버지의 간곡한 안부 인사를 전하고는 노인의 늦둥이인 꾀죄죄하고 지저분한 꼬마를 안아주었어. 로테가 노인을 대하는 태도를 자네가 봤어야 하는 건데! 그녀는 반쯤 귀먹은 노인네가 자기 말을 알아들을 수 있도록 목소리를 높였어. 건장한 젊은이도 뜻하지 않게 죽을 수 있다는 이야기며 카를스바트의 온천이 얼마나 효험이 뛰어난지도 들려주더군. 또 이번 여름에 카를스바트로 가기로 한 노인의 결심을 잘했다며 칭찬해 주었어. 지난번에 뵈었을 때보다 훨씬 얼굴이 좋아 보이고 쾌활해 보인다고 말씀드리더군.

그사이 나는 목사 부인에게 정중히 인사했어. 노인은 무척 명랑해졌어. 나는 우리에게 그토록 사랑스럽게 그늘을 드리워주는 아름다운 호두나무에 대해 칭찬하는 말을 하지 않을 수 없었어. 그러자 노인은 약간 힘들어하긴 했지만 나무에 얽힌 이야기를 들려주기 시작했어. "두 그루 중 더 오래된 나무를 누가 심었는지 우린 모른다네. 어떤 사람들은 이 목사가 심었다고 하고, 다른 사람들은 저 목사가 심었다고 하지. 하지만 저 뒤쪽의 나무는 내 아내와 동갑이야. 시월이면 쉰 살이 되지. 장인어른이 아침에 저 나무를 심었는데, 아내가 그날 저녁에 태어났다더군. 장인은 내 전임 목사였는데, 이 나무를 얼마나 좋아하셨는지 이루 말할 수 없을 정도라네. 물론 나도 그분 못지않게 좋아하지. 내가 27년 전에 가난한 대학생 신분으로 처음 이 뜰 안에 들어섰을 때 내 아내는 저기 발코니 위에 앉아 뜨개질을 하고 있었지."

로테가 따님은 어디 있느냐고 물었어. 그러자 딸은 슈미트 씨와 함께 들판의 일꾼들한테 갔다더군. 그리고 노인은 하던 이야기를 계속 이어갔어. 전임 목사가 차츰 그를 좋아했고, 결국 그의 딸까지 자기를 좋아했다는 거야. 그는 처음에 그의 보좌 목사로 일하다가 그의 후계자가 되었다고 했어. 노인의 이야기는 끝날 줄 모르고 계속되었어. 한참 후에 목사의 딸이 조금 전에 말한 슈미트 씨와 함께 뜰을 가로질러 오더군. 그녀는 로테를 진심으로 따뜻하게 맞아주었어. 솔직히 말하자면 그녀의 인상이 나쁘지는 않았어. 생기발랄하고 튼튼해 보이는 갈색 머리 아가씨였지. 이런 시골에서 잠시나마 말동무가 되기에는 적격일 것 같았어. 그녀의 애인(슈미트 씨가 애인이라는 것은 금방 드러났어)은 세련되지만 조용한 사람이었어. 로테가 계속 말을 걸어보아도 우리의 대화에 끼려고 하지 않더군. 그러나 대단히 애처롭게도 그의 의사전달을 방해하는 장애물은 분별력이 모자라서라기보다는 센 고집과 언짢은 기분 때문임을 그의 표정에서 알아차릴 수 있었어. 그 뒤에 유감스럽게도 이런 사실이 분명해졌어. 프리데리케가 산책을 하면서 로테와, 때로는 나와도 함께 걸었을 때 안 그래도 갈색을 띤 그의 얼굴빛이 눈에 띄게 어두워졌거든. 그러자 로테는 내 소매를 잡아당기며 프리데리케에게 너무 다정히 대하지 말라고 알아듣게끔 일러주었어. 사람들이 서로를 괴롭히는 것보다 나를 화나게 하는 일은 없어. 그중에서도 나를 가장 화나게 하는 일은, 가장 열린 마음으로 온갖 즐거움을 받아들여야 할 꽃다운 나이의 젊은이들이 얼굴을 찌푸린 채 얼마 안 되는 좋은 시절을 망쳐버리고는, 뒤늦게야 비로소 그렇게 허비한 시간을 보상받을 수 없다는 것을 깨닫는 일이야.

그런 사실에 나는 화가 났어. 저녁 무렵 우리가 목사관으로 돌아와 식탁에서 우유를 마시면서 세상의 기쁨과 고통에 대해 대화를 나누게 되었을 때, 나는 실마리를 잡아 꽤 솔직히 언짢은 기분에 대해 반대하는 이야기를 하지 않을 수 없었어. 나는 말문을 열었어. "우리 인간들은 걸핏하면 불평을 늘어놓습니다. 행복한 나날은 너무 짧고 불행한 날들은 너무 길다고 말입니다. 그런데 제 생각에 그런 불편은 대체로 부당한 것입니다. 우리가 항상 가슴을 활짝 열고, 하느님이 매일 우리에게 베풀어주시는 좋은 것을 즐긴다면 불행이 생기더라도 그것을 감당할 힘도 충분히 생길 겁니다." 그러자 프리데리케가 대꾸했어. "하지만 우리는 우리의 기분을 뜻대로 할 수 없잖아요. 얼마나 많이 몸에 좌우되는지 몰라요! 몸 상태가 좋지 않으면 어딜 가든 기분이 좋지 않거든요." 나는 그녀의 말에 동의하고는 계속 말했어. "그렇다면 언짢은 기분을 일종의 병으로 보고 그에 대한 처방이 없는지 찾아보는 게 어떨까요?" 그러자 로테가 말했어. "그럴듯한 말이네요. 적어도 제 생각엔 많은 문제가 우리 자신에게 달려 있어요. 제 경우를 봐도 그래요. 뭔가가 저를 약 올리고 화나게 하려고 하면 저는 자리에서 벌떡 일어나 정원을 이리저리 오가며 춤곡을 몇 곡 부른답니다. 그러면 금방 기분이 풀리거든요." 내가 그녀의 말을 받았어. "제가 말하려고 했던 게 바로 그겁니다. 언짢은 기분은 나태함과 같은 것이지요. 그 기분은 나태함의 일종이거든요. 나태해지기 쉬운 게 우리의 본성입니다. 그러나 일단 용기를 낼 만한 힘만 있으면 일이 쉽게 풀리지요. 우리는 그런 활동에서 진정한 기쁨을 발견하지요." 프리데리케는 무척 주의 깊게 듣고 있었어. 그런데 슈미트라는 젊은이는 인간은 자기 자신을 마음대로 할 수 없으며, 자신의 감정은 도저히 다스릴 수 없다고 내게 이의를 제기했어. 내가 대꾸했지. "지금 문제가 되고 있는 것은 누구나 어떻게든 떨쳐버리고 싶어 하는 불쾌한 감정입니다. 그리고 자신의 힘을 시험해 보지 않고서는 그것이 어느 정도인지 아무도 알지 못합니다. 아픈 사람이라면 분명 백방으로 의사를 찾아다니고, 바라던 건강을 얻기 위해 어떠한 절제나 쓰디쓴 약도 마다하지 않을 겁니다." 나는 성실한 노목사가 우리의 토론에 참여하기 위해 귀를 쫑긋 기울이고 있다는 것을 알아챘어. 그래서 나는 노인네를 향해 말을 하면서 목소리를 높였지. "저는 수많은 악덕을 경고하는 설교는 많이 들어보았지만, 정작 언짢은 기분을 경고하는 설교는 여태껏 들어본 적이 없습니다.[19]"

---

19 이 문제와 관련해 현재 라바터의 뛰어난 설교문이 있습니다. 특히 '요나서'에 관한 설교가 그렇습니다-원주.

그러자 노인이 말했어. "그런 설교는 도시의 목사가 해야겠지요. 농부는 기분을 언짢아질 일이 없으니까. 하지만 그런 설교도 때로는 나쁘지는 않겠어요. 적어도 농부의 아내나 주무관에게는 도움이 되겠어요."

그러자 모두가 웃음을 터뜨렸고, 노인도 진심으로 따라 웃었어. 그러다가 기침이 나오는 바람에 우리의 토론은 잠시 중단되었어. 그런 뒤 슈미트가 다시 말을 꺼냈어. "언짢은 기분이 악덕이라 하셨는데, 제 생각으로는 지나친 말씀 같은데요." 그 말에 내가 대답했지. "결코 그렇지 않아요. 그런 기분으로 자기 자신과 바로 옆 사람에게 해를 끼치는 것에 악덕이라는 이름을 붙일 수 있다면 말입니다. 우리가 서로를 행복하게 해주기는커녕 각자 가끔이나마 누릴 수 있는 즐거움을 서로에게서 앗아가 버린다면 그게 바로 악덕이 아닌가요? 기분이 언짢으면서도 그걸 숨기고 혼자 감내해서 주변 사람의 즐거움을 망치지 않을 만큼 행실 바른 사람이 있을까요? 그런 사람이 있으면 한번 말해보십시오! 오히려 언짢은 기분은 우리 자신이 무가치하다는 것, 우리 자신이 마음에 들지 않는 것에 대한 마음속의 불만이 아닐까요? 우리 자신이 마음에 들지 않는 것은 어리석은 허영심에 의해 부추겨진 시샘과 항상 결부되어 있지요. 우리가 행복하게 해주지 않는데도 행복해하는 사람이 있는데, 그것이야말로 참기 어려운 일이지요." 로테는 내게 미소를 지어 보였어. 내가 말하면서 흥분한 모습을 보였기 때문이야. 프리데리케의 눈에 맺힌 눈물을 보고 힘을 얻은 나는 말을 이어갔어. "누군가에게서 싹터 나오는 소박한 기쁨을 앗아가기 위해, 그의 마음을 좌지우지할 수 있는 힘을 이용하는 자는 혼이 나야 해요. 세상의 어떤 선물이나 호의도 우리가 우리 자신에게서 얻는 즐거움을 단 한 순간도 대체하지 못합니다. 그런데 폭군 같은 자는 시기심에 불쾌한 기분을 이기지 못하고 우리의 기쁨을 망쳐놓는 거지요."

그 순간 내 가슴은 벅차올랐어. 지난날의 수많은 추억이 내 마음속에 밀려들어, 눈물이 흘러내렸어.

나는 소리쳤어. "날마다 자신에게 이렇게 말할 수 있는 자는 얼마나 좋을까요. '벗들의 기쁨을 방해하지 말고 행복을 함께 즐기면서 그들의 행복을 늘리는 것만이 벗들을 위하는 일이야. 벗들의 깊은 속마음이 불안한 열정에 고통스러워하고, 근심에 시달릴 때 그들에게 조금이라도 위안을 줄 수 있겠는가?

그리고 네가 꽃피어나던 청춘 시절에 망쳐놓은 어느 여성이 끔찍한 죽을병에 걸려, 너무 애처롭게도 쇠약한 몸으로 누운 채 감정 없는 눈은 허공을 향하고, 창백한 이마엔 사투를 벌일 때의 식은땀이 맺혀 있을 때, 네가 저주받은 사람처럼 침대 맡에 서 있는 경우를 생각해 봐. 그런 상황에서 너는 너의 온갖 능력으로 아무것도 해줄 수 없음을 뼈저리게 느끼고 마음속 깊이 불안에 떨면서, 죽어가는 여성에게 한 방울의 기력이나 조금의 용기라도 불어넣을 수 있도록 혼신의 힘을 다하고 싶겠지.'"

이런 말을 하는 동안 나는 그런 광경을 직접 지켜보았던 기억에 걷잡을 수 없이 사로잡혔어. 나는 손수건을 눈앞에 갖다 대며 그 자리를 떠났어. 돌아갈 시간이 되었다고 로테가 외치는 소리에 나는 겨우 제정신으로 돌아왔어. 돌아오는 길에 로테는 매사에 너무 열을 올린다며 나를 나무라더군. 그러다가 쓰러지고 말겠다는 거야! 나 자신을 아껴야 한다면서! 오, 천사여! 그대를 위해 살아가야겠어!

7월 6일

로테는 죽어가는 여자 친구를 늘 보살피고 있어. 그리고 늘 한결같고, 늘 그 자리에 있는 사랑스러운 존재야. 어디를 가든 고통을 덜어주고 행복을 안겨주지. 어제 저녁 그녀는 마리아네와 어린 말헨을 데리고 산책나갔어. 나는 그럴 줄 알았기에 그들을 만나 함께 산책했지. 한 시간 반쯤 걸은 뒤에 우리는 시내 쪽으로 돌아왔고, 내게 너무나 소중하게 된 이제는 수천 배는 더 소중하게 된 그 우물가로 갔지. 그녀는 나지막한 담장 위에 가서 앉았고, 우리는 그녀 앞에 섰지. 나는 주위를 둘러보았어. 아, 그러자 내 마음이 너무나 외로웠던 시절이 눈앞에 되살아났어. 나는 이렇게 말했지. "사랑스러운 우물아, 서늘한 네 곁에서 쉰 지도 한참 되었구나. 서둘러 지나가느라 너를 쳐다보지 않은 적도 많았지." 아래를 내려다보니 말헨이 물 한 잔을 들고 바삐 올라오고 있었어. 나는 로테를 바라보았어. 내가 그녀에게 느꼈던 온갖 감정이 되살아나더군. 그 사이에 말헨이 유리잔을 들고 다가왔어. 마리아네가 잔을 받아들려고 하자 말헨은 "안 돼!" 하고 너무나 귀여운 표정으로 말했어. "안 돼, 로테 언니가 먼저 마셔야 해!" 나는 그렇게 외치는 아이의 진실하고 착한 마음에 완전히 매료되었어. 그래서 달리는 내 마음을 표현할 수 없어 아이를 번쩍 들어 올리고 마구 입맞춤을 하는 것으로 대신했어. 그러자 아이는 소리를 지르며 울기 시작했어. "그러시면 안 돼요." 로테가 말했어. 당혹스럽더군. "이리 오렴, 말헨." 로테는 말헨의 손을 잡고 계단을 내려가며 그렇게 말했어. "시원한 샘물로 가서 얼른 얼굴을 씻어야지. 그럼 괜찮을 거야." 나는 그 자리에 서서, 아이가 고사리손으로 물을 적셔 열심히 뺨을 문지르는 것을 지켜보았어. 아이는 기적의 샘물로 더럽혀진 모든 것을 씻어내고 보기 흉한 수염으로 받은 수모를 지울 수 있다고 생각하는 것 같았어. 로테가 "그만하면 됐어!"라고 말해도 아이는 계속 열심히 씻더군. 마치 많은 것이 적은 것보다 낫다는 듯이 말이야. 빌헬름, 자네에게 말하는데, 일찍이 이보다 더 경건한 마음으로 세례식에 참석해 본 일이 없는 것 같아. 로테가 올라왔을 때 그녀 앞에 무릎이라도 꿇고 싶은 심정이었어. 한 민족의 죄를 씻어준 어느 예언자 앞에 무릎을 꿇듯이 말이야.

그날 저녁 나는 기쁜 마음에 그날 있었던 일을 어느 남자에게 들려주지 않을 수 없었어. 그는 분별력이 있는 사람이어서 나는 인간의 심성을 신뢰할 수 있었거든. 하지만 뜻밖의 대답이 돌아왔어! 그는 로테가 크게 잘못했다고 말했어. 아이들을 속여서는 안 된다는 거야. 그런 식으로 속이면 무수한 오류와 미신의 빌미가 되므로, 일찍부터 아이들을 그런 것으로부터 보호해야 한다는 것이었어. 그런데 그 사람이 일주일 전에 세례받은 일이 생각났어. 그래서 그냥 슬쩍 넘어가면서 내 마음속으로만 이런 진실을 간직했네. 우리는 하느님이 우리를 대하듯 어린이를 대해야 하네. 하느님이 우리를 즐거운 망상 속에 허우적거리게 하실 때 우리를 가장 행복하게 해주시는 것이야.

7월 8일

인간이란 참으로 어린아이 같아! 눈길 한 번 마주치려고 얼마나 애타게 바라는지! 어쩌면 그렇게 어린아이 같을까! 우리는 발하임으로 갔어. 여자들은 마차를 타고 갔어. 산책하는 도중 로테의 까만 눈동자에서…… 바보 같은 나를 용서해주게! 자네도 그것을, 이 까만 눈을 봐야 해. 요점만 얘기하자면(나는 지금 졸려서 눈이 감기려 하거든), 이보게, 여자들이 마차에 올랐어. 마차 주위에는 젊은 W와 젤슈타트, 아우드란과 내가 서 있었어. 여자들은 마차 문 너머로 물론 가볍고 경박하기 짝이 없는 이 친구들과 잡담을 나누고 있었어. 나는 로테와 눈길을 마주치려고 했어. 아, 그녀의 눈길은 이 사람 저 사람에게로 돌아다니더군. 하지만 혼자 체념하고 서 있었던 나, 나, 나에게는 눈길 한 번 주지 않았어! 나는 속으로 수천 번이나 그녀에게 작별을 고했어! 그런데 그녀는 나를 쳐다보지도 않더군! 마차는 내 곁을 지나갔고, 내 눈에는 한줄기 눈물이 고였어. 나는 그녀의 뒷모습을 바라보며 그녀를 떠나보냈어. 마침 로테가 머리 장식을 마차 문 쪽으로 기대는 모습이 보였어. 그러고는 돌아보려고 고개를 돌렸어! 아, 나를 보려는 것이었을까! 이보게! 확실히는 알 수 없지. 아마 나를 돌아보려고 그랬을지도 모른다고 위안 삼고 있어! 아마도! 잘 자게! 아아, 내가 어쩌면 이렇게 어린아이 같은지!

7월 10일

사람들이 모인 자리에서 그녀 이야기가 나오면 내가 얼마나 어리석어지는지 자네가 봐야 하는데! 그런데 그녀가 마음에 드느냐고 물을 때면? 마음에 들다니! 마음에 든다는 말이 나는 죽도록 싫어. 로테는 나의 모든 감각과 느낌을 가득 채우고 있는데 겨우 마음에 드느냐는 식으로 묻다니! 무슨 그런 인간이 다 있다는 말인가! 마음에 들다니! 얼마 전에 오시안[20]이 마음에 드는지 물어본 사람이 있었지!

7월 11일

M부인의 상태가 매우 위중하네. 나는 그녀가 살아나기를 기도하고 있어. 내가 로테와 함께 힘든 상황을 견디고 있기 때문이지. 로테는 여자 친구 집에 그리 자주 가지 않는다네. 그런데 오늘은 놀라운 이야기를 들려주더군. M부인의 늙은 남편은 인색하고 욕심 많은 구두쇠래. 그리고 평생 아내를 무

---

20 오시안은 고대 아일랜드 켈트족의 전사 시인이다. 그의 시는 핀과 핀의 전투부대 피안나 에이레안(Fianna Éireann)의 영웅담인 페니언 전설을 다루고 있다. 오시안이라는 이름은 1762년 스코틀랜드의 시인 제임스 맥퍼슨이 오이신(Oisín)의 시들을 발견해 『핑갈』이라는 제목의 서사시로 출판하고 이듬해 『테모라』를 출판함으로써 유럽 전역에 알려지게 되었다. 그러나 실제로는 그 시는 맥퍼슨이 독창적으로 지어낸 것이 대부분이며 호메로스와 밀턴의 작품 및 성서에서 따온 부분도 많았다. 맥퍼슨이 오시안의 것이라고 한 시들은 널리 찬사를 받았으며 초기 낭만주의 운동에 결정적인 영향을 미쳤다.

던히도 괴롭히고 억압했다는 거야. 그렇지만 아내는 언제나 그럭저럭 버티며 살아왔다더군. 며칠 전에 의사가 그녀에게 이제 살날이 얼마 안 남았다고 얘기하자, 그녀는 남편을 불러오게 해서(로테도 그 방에 있었어) 이렇게 말했다네. "당신에게 한 가지 고백할 게 있어요. 제가 죽은 뒤 혼란스럽고 언짢은 일이 생길까 봐서요. 저는 지금까지 될 수 있는 한 야무지게 또 절약하며 살림을 꾸려왔어요. 하지만 당신은 30년 동안 결혼 생활을 하면서 제가 당신을 속여 왔다는 것을 용서하실 거예요. 당신은 결혼 초기에 식비와 다른 생활비를 너무 적게 잡았어요. 살림이 늘어나고 장사 규모가 커졌어도 당신은 상황에 맞춰 주당 생활비를 올려줄 생각을 하지 않았어요. 요컨대 당신도 알다시피, 우리의 살림이 가장 불어났을 때도 당신은 일주일에 7굴덴으로 꾸려나가라고 했어요. 저는 그 돈을 군말 없이 받았어요. 그리고 모자라는 돈은 매주 물건을 판 돈에서 가져다 썼어요. 주인의 아내가 금고의 돈을 훔치리라고는 아무도 예상하지 않을 테니까요. 저는 한 푼도 쓸데없이 허비하지 않았어요. 내 뒤를 이어 살림을 꾸려갈 여자가 자기 힘으로 일을 해나갈 줄 아는 여자라면 저는 이런 비밀을 고백하지 않고 마음 편히 저세상으로 갔을 거예요. 당신은 첫 번째 아내는 살림을 그럭저럭 꾸려왔다고 자꾸만 고집할 테니까요."

나는 로테와 얘기를 나눴어. 인간의 심성이란 믿기지 않을 만치 흐려질 수 있으니 사람을 함부로 나쁘게 봐서는 안 된다고 말이야. 생활비가 두 배는 더 든다는 것을 뻔히 알 텐데도 일주일에 7굴덴으로 충분하다고 여긴다면 이면에 다른 곡절이 있지 않았겠냐는 것이네. 그러나 나는 선지자가 선물한 영원한 기름 단지를 집 안에 두고도 경탄할 줄 모르는 사람들을 직접 본 것이네.

7월 13일

아니야, 내 자신을 속이는 게 아니야! 나는 그녀의 까만 눈동자 속에서 나와 내 운명에 대한 진실한 관심을 읽어낼 수 있어. 그래, 나는 느끼고 있어. 그리고 이 점에 대해서는 내 마음을 믿을 수 있어. 그녀가―아, 천국을 이런 말로 표현해도 될까, 아니 표현할 수 있을까?―나를 사랑한다는 것을 말이야!

나를 사랑하다니! 그녀가 나를 사랑하게 된 이래로 내가 나 자신에게 얼마나 소중한 존재가 되었는지! 또 내가―자네에겐 어쩜 이런 말을 해도 되겠지, 자네는 이런 방면에 일가견이 있으니까.―나 자신을 얼마나 숭배하게 되었는지 몰라!

내가 주제넘은 생각을 한 것이 아닐까? 아니면 우리의 진정한 관계를 제대로 느끼고 있는 것일까? 나는 로테의 마음속에 들어 있지 않을까 우려되는 그 사람을 알지 못해. 그렇지만 그녀가 약혼자 얘기를 할 때면 너무나 따뜻하고 사랑스러운 모습으로 말해. 그럴 때면 나는 모든 명예와 품위를 잃고 단검마저 뺏긴 사람의 심정이 되고 말지.

7월 16일

아, 나도 모르게 내 손가락이 그녀의 손가락에 닿거나 테이블 밑에서 우리의 발이 서로 마주치기라도 하면 온몸의 피가 들끓는 느낌이야! 그러면 나는 불에 덴 듯 몸을 움찔하지. 그러다가 알 수 없는 힘에 다시 앞으로 이끌리는 거야. 이때 나의 온갖 감각은 아찔한 현기증을 느끼지. 아! 그런데 그녀의 순진무구함, 그녀의 구김 없는 영혼은 사소한 친밀감의 표현에도 내가 얼마나 곤혹스러워하는지 느끼지 못해. 심지어 그녀가 대화 도중 자기 손을 내 손에 올려놓거나, 상의할 요량으로 내게 좀 더 가까이 다가와 그녀의 입에서 나오는 천상의 입김이 내 입술에 닿으면, 나는 벼락에라도 맞은 듯 푹 쓰러질 것만 같아. 그런데 빌헬름! 내가 이 천상의 존재를, 이 신뢰를 어찌 감히……! 자네는 내 마음을 이해할 거야. 그래, 내 마음은 그렇게 타락하지 않았어! 약한 거지! 너무 약한 거지! 그런데 약한 것은 타락해서 그런 게 아닐까?

그녀는 내게 성스러운 존재야. 그녀 앞에서는 온갖 욕망이 잠잠해진다네. 그녀가 곁에 있으면 나는 어찌할 줄 몰라. 온몸의 신경 속에서 내 영혼이 마구 뒤집히는 느낌이야. 그녀가 천사의 힘으로 피아노곡을 연주하는 멜로디가 하나 있어. 너무나 소박하고도 재기 넘치는 연주야! 그게 그녀의 애창곡이지. 첫 소절만 연주해도 나의 온갖 고통, 혼란과 변덕이 말끔히 사라져.

옛 음악이 마법의 힘을 지녔다는 말이 내겐 허튼소리가 아닌 것 같아. 저 소박한 노래가 얼마나 내 마음을 사로잡는지! 가끔 내 머리에 총이라도 쏘고 싶을 때 그녀가 그런 노래를 들려줄 줄 알다니! 그러면 내 영혼의 혼란과 어둠은 사라지고, 나는 다시 좀더 홀가분하게 숨 쉴 수 있지.

7월 18일

빌헬름, 사랑이 없다면 세상이 얼마나 삭막할까! 불빛이 없다면 환등기가 무슨 소용 있을까! 조그만 램프를 집어넣으면 알록달록한 영상이 네 마음의 하얀 벽에 비쳐! 그 영상이란 그저 스쳐 지나가는 환영(幻影)에 불과해. 그럴지라도 우리가 호기심 많은 아이처럼 영상을 보며 불가사의한 현상에 황홀해한다면 그게 바로 우리의 행복이 아닐까. 오늘은 로테를 만나러 갈 수 없었어. 피치 못할 모임이 있어서 갈 수 없었지. 그럼 어떻게 했겠어? 하인을 그곳으로 보냈지. 오늘 그녀 가까이에 있었을 사람을 내 곁에 두기 위해서였어. 그를 얼마나 애타게 기다렸는지, 그를 다시 보고 얼마나 기뻤는지 모른다네! 창피한 생각만 들지 않았더라면 그의 머리를 잡고 입이라도 맞추었을 거네.

사람들 얘기로는 형광석은 낮에 햇빛을 받으면 빛을 흡수했다가 밤이 되면 한동안 빛을 낸다지. 내겐 로테의 집에서 돌아온 하인이 바로 그랬어. 녀석의 얼굴과 뺨, 상의 단추와 외투의 옷깃에 그녀의 눈길이 머물렀다고 생각하니 이 모든 것이 너무나 신성하고 소중하게 보여! 그 순간 천 탈러를 준다 해도 녀석을 내주지 않았을 거야. 녀석이 곁에 있는 것만으로도 너무나 행복한 기분이었어. 그런다고 나를 비웃질 않길 바라. 빌헬름, 이렇게 행복한 기분이 환영에 불과한 것일까?

7월 19일

"그녀를 만나야겠어!" 나는 아침마다 잠에서 깨어나 대단히 명랑한 마음으로 아름다운 태양을 바라보며 그렇게 외친다네. "그녀를 만나야겠어!" 그러면 온종일 더 이상 바랄 게 없어. 이런 소망이 다른 모든 것을 집어 삼켜버려.

7월 20일

자네는 내가 공사(公使)를 모시고 XXX로 갔으면 하는 모양인데, 나는 아직 그럴 생각이 없어. 나는 누구에게 예속되는 것을 그리 좋아하지 않아. 게다가 우리 모두 알다시피 그자는 역겨운 인간이잖아. 자네는 어머니께서 내가 무슨 활동을 하길 바라신다고 하는데, 그 말을 들으니 웃음이 나오더군. 그럼 내가 지금 아무 활동도 하지 않는단 말인가? 내가 완두콩을 세든 강낭콩을 세든 기본적으로 매한가지가 아닌가? 세상만사는 결국 쓸데없는 것을 지향하고 있어. 자신의 열정이나 욕구는 없이 다른 사람들을 위해 돈이나 명예 또는 그 외의 다른 것을 위해 자신을 혹사하는 자는 언제나 바보라 할 수 있어.

7월 24일

그림 그리기를 소홀히 하지 말라고 자네가 그토록 당부하니, 여지껏 별로 그림을 못 그렸다고 말하느니 이 문제는 차라리 그냥 넘어가고 싶네.

나는 여태껏 이렇게 행복해 본 적이 없었어. 작은 돌멩이 하나 작은 풀 포기 하나에 이르기까지 자연에서 느끼는 감정이 이렇게 충만하고 진지했던 적이 없었어. 그렇지만 이런 감정을 어떻게 표현해야 할지 모르겠어. 내 상상력이 너무 빈약해서 모든 것이 내 영혼에 어렴풋이 아물거리는 바람에 분명한 윤곽을 잡을 수 없어. 그러나 점토나 밀랍이 있다면 그 느낌을 잘 빚어낼 수 있으리라고 상상하네. 만약 이런 상태가 좀 더 오래 지속된다면 점토를 들고 반죽을 해볼지도 몰라. 그러다가 결국 케이크가 된다 해도 말이야!

로테의 초상화를 그리려고 세 번이나 시도해 보았어. 그런데 세 번 모두 실패하고 말았어. 얼마 전에 로테를 만나서 너무나 행복했기에 그런 만큼 더욱 화가 나. 그런 뒤 그녀의 실루엣을 그렸는데, 그것으로 그냥 만족해야겠어.

7월 26일

그래요, 그리운 로테, 무슨 일이든 처리할 테니 시켜만 주세요. 더 많은 일을 맡겨줘요. 더 자주요. 그런데 한 가지 부탁할 일이 있어요. 제게 보내는 편지에 모래[21]를 뿌리지는 말아줘요. 오늘 서둘러 편지를 입술에 갖다 대다가 그만 모래를 씹고 말았거든요.

7월 26일

 벌써 여러 번 다짐했어. 그녀를 너무 자주 만나지 말아야 겠다고. 하지만 누가 그런 결심을 지킬 수 있겠는가! 나는 날마다 유혹에 넘어가고 말아. 그러면서도 내일은 일단 찾아가지 않겠다고 성호를 그으며 약속하지. 그런데 아침이 찾아오면 다시 뿌리칠 수 없는 이유를 만들어 내. 그래서 나도 모르는 새 그녀 곁에 가 있는 거야. 저녁이면 그녀는 "내일 오실 거죠?"라고 말하는데, 어떻게 찾아가지 않을 수 있겠는가? 또는 내게 어떤 부탁을 할 때도 있는데, 나는 직접 가서 대답하는 것이 좋다고 생각하는 거지. 또는 날씨가 너무 좋은 날 발하임으로 산책갔는데, 일단 그곳에 가면 그녀의 집까지는 겨우 반 시간밖에 안 걸리거든! 그녀와 너무 가까운 대기 속에 있게 되지. 그럼 눈 깜빡할 사이에 그녀 곁에 가 있는 거야. 할머니한테서 자석산(磁石山) 동화를 들은 적이 있었어. 그 산에 너무 가까이 다가간 배들은 한꺼번에 모든 쇠붙이를 빼앗겼지. 쇠못도 산으로 딸려가 버렸어. 그러면 불쌍한 선원들은

---

21 당시 잉크가 번지지 않도록 편지에 모래를 뿌리곤 했음.

마구 무너져 내린 널빤지들 사이에서 난파하고 말았지.

7월 30일

알베르트가 돌아왔어. 나는 떠나야겠어. 그는 너무나 훌륭하고 고상한 사람이어서 내가 어느 모로 보나 그보다 못하다는 것은 인정할 용의가 있어. 그렇다 해도 그토록 수많은 완벽함을 소유한 그를 내 눈앞에서 지켜본다는 것은 견딜 수 없는 일이겠지. 소유라! 여하튼, 빌헬름, 약혼자가 돌아왔어! 누구나 호감을 가질 수밖에 없는 훌륭하고 사랑스러운 남자지. 다행히도 나는 그를 맞이하는 자리에 없었어! 만약 그 자리에 있었다면 가슴이 찢어졌을 거네. 그는 또한 너무 존경할 만한 사람이야. 내가 보는 데선 로테에게 한 번도 입맞춤하지 않았어. 하느님의 은총을 받을 거야! 그가 로테를 존중하는 마음으로 대하니 나는 그를 좋아하지 않을 수 없어. 그도 내게 호감을 보이더군. 그런데 그건 그 자신의 느낌이라기보다는 어쩐지 로테의 업적인 것 같아. 그런 점에서 여자들은 섬세하고, 올바른 판단을 하기 때문이지. 자신을 숭배하는 두 남자가 사이좋게 지낼 수 있다면 언제나 여자에게 득이 되는 거지. 물론 그런 관계가 유지되긴 어렵긴 하지.

그사이 나는 알베르트에게 경의를 표하지 않을 수 없어.

그의 침착한 표정은 불안한 내 성격과 뚜렷이 대조되거든. 난 그런 내 성격을 숨길 수 없어. 그는 감정이 풍부하고, 로테의 특별한 매력을 잘 알고 있어. 그는 기분이 언짢을 때가 별로 없는 것 같아. 자네도 알다시피 언짢은 기분은 죄악이야. 나는 그걸 인간의 어떤 죄악보다 더 싫어하네.

그는 나를 분별 있는 사람이라 생각해. 내가 로테에게 애착을 느끼고, 그녀의 행동 하나하나에 따스한 기쁨을 보이면 그의 승리감은 더욱 커지지. 그는 그럴수록 그녀를 더욱 사랑하게 돼. 그가 사소한 질투심으로 그녀를 괴롭히는지는 내가 관여할 일이 아니야. 하지만 적어도 내가 그의 입장이라면 이런 고약한 녀석에게 도저히 마음을 놓을 수 없을 거네.

알베르트의 사정이 어떠하든 이제 나는 로테 곁에서 기쁨을 느낄 수 없어. 그녀에게 집착하는 것을 두고 어리석다고 해야 할까 아니면 눈이 멀었다고 해야 할까? 하긴 뭐라 부르든 무슨 상관인가! 사실 자체가 너무나 뻔한데! 나는 알베르트가 오기 전에 이럴 줄 알았어. 로테에게 어떤 요구도 할 수 없다는 것을 알았고, 실제로 어떤 요구도 하지 않았어. 다시 말해 그토록 사랑스러운 존재를 눈앞에 두고 욕구를 단념하는 것이 가능한 한도에서 말이야. 그런데 다른 남자가 정말로 나타나서 그녀를 빼앗아가니까 나는 얼굴을 찡그리고 눈이 휘둥그레지는 거야.

나는 이를 꽉 다물고 나의 처량한 모습을 비웃고 있어. 하지만 이젠 다른 뾰족한 수가 없으니 나더러 체념하라고 말하는 이에게는 두 배 세 배로 비웃어줄 거야. 이런 허수아비 같은 작자들에게서 벗어나고 싶어! 나는 숲속을 이리저리 헤매고 다녔어. 그러다가 로테에게 가 봤더니 알베르트가 정자 밑 정원에서 그녀 곁에 앉아 있더군. 더는 어떻게 해볼 도리가 없었어. 그래서 바보같이 멋대로 굴기도 하고, 우스꽝스럽고 당황스러운 촌극을 벌이기도 했어. 오늘 로테가 내게 말하더군. "제발 어제저녁 같은 소동은 벌이지 마세요! 너무 우스꽝스러운 행동을 하니까 끔찍해 보였어요." 빌헬름, 우리끼리 얘기지만 알베르트가 할 일이 있기를 엿보다가 후다닥 달려간다네! 그리고 그녀가 혼자 있는 모습을 보면 언제나 행복한 기분이야.

8월 8일

어떻게 그럴 수 있겠어, 빌헬름. 내가 불가피한 운명에 순응하라고 요구한 사람들을 견딜 수 없다고 비난했던 건 결코 자네를 두고 한 말이 아니었어. 자네도 그와 비슷한 견해를 가질 수 있으리라고는 정말 생각지 못했어. 하긴 자네 말이 옳아. 하긴 한 가지만 말하겠네, 빌헬름! 세상에는 '이것 아니면 저것'이라는 식이 거의 통하지 않아. 인간의 감정과 행동 방식은 사람마다 매우 다르거든. 매부리코와 납작코 사이에도 여러 가지 차이가 있듯이 말이야.

그러니 나를 나쁘게 생각지 말게. 자네 논거를 전적으로 수긍하면서도 양자택일의 방식은 살짝 비켜 가더라도.

자네 말은 로테를 차지할 희망이 있든지 또는 없든지 둘 중 하나라는 거지. 좋아, 전자의 경우엔 어떻게든 희망을 끝까지 밀고 나가 소망을 실현하라는 거지. 후자의 경우에는 기운을 차리고 온 힘을 갉아먹을 뿐인 비참한 감정에서 벗어나라는 거지. 이보게! 좋은 말이네. 그런데 말하기는 쉬운 법이지.

그런데 자네라면 천천히 진행되는 병에 걸려 끊임없이 조금씩 죽어가는 불행한 사람에게, 단도를 사용해서 단번에 고통을 끝내라고 요구할 수 있겠어? 그리고 기력을 소진시키는 질환은 그 질환에서 벗어나려는 용기마저 앗아가 버리지 않는가?

사실 자네는 유사한 비유를 들어 나한테 응수할 수 있겠지. 머뭇거리며 겁내다가 목숨을 위태롭게 하느니 차라리 아픈 팔을 잘라내는 게 낫지 않느냐고 말이야. 글쎄, 잘 모르겠어! 이런 비유를 들며 서로 이러쿵저러쿵 다투고 싶진 않네. 이제 그만하지. 그래, 빌헬름, 나도 때론 모든 걸 훌훌 떨쳐버리고 싶은 용기가 솟아날 때도 있어. 그럴 때 어디로 가야 할지 알기만 하면 훌쩍 떠나고 싶어진다네.

8월 8일 저녁

오늘은 한동안 소홀히 한 일기장을 다시 손에 집어 들었어. 사태가 이렇게 진행될 줄 뻔히 알면서도 이 모든 상황으로 한 걸음 한 걸음씩 발을 들여놓은 것에 놀라움을 금할 수 없었어! 내가 처한 상황을 언제나 분명히 알면서도 어린아이처럼 행동했던 거야. 지금도 분명히 알면서도 개선될 기미가 아직 보이지 않는다네.

8월 10일

내가 바보처럼 행동하지 않았다면 더없이 행복한 최고의 삶을 영위할 수 있을 텐데. 현재 내가 처해 있는 상황만큼 여러 사정이 멋지게 들어맞아 한 사람의 영혼을 즐겁게 해주기는 쉽지 않을 거야. 아, 우리 마음만이 우릴 행복하게 해주는 건 분명해. 사랑스러운 가정의 일원이 되고, 아들처럼 노인의 사랑을 받고 아버지처럼 자녀들의 사랑을 받으며, 그리고 로테의 사랑을 받을 수 있다면! 그리고 점잖은 알베르트, 그는 변덕스럽고 무례하게 내 행복을 방해하지는 않아. 진심 어린 우정으로 나를 포용해 주고 있어. 그는 세상에서 로테 다음으로 나를 소중하게 여긴다네! 빌헬름, 우리가 산책하며 로테에 관해 담소 나누는 것을 듣는다면 재미있을 거야. 세상에 이런 관계만큼 우스꽝스러운 것도 없을걸. 하지만 그런 관계를 생각하면 이따금 눈물이 나온다네.

알베르트는 올곧은 로테 어머니 얘기를 해주었어. 로테 어머니는 임종 자리에서 살림과 아이들을 로테에게 맡겼고, 알베르트에게는 로테를 맡아달라고 했다는군. 그때부터 로테는 완전히 딴사람이 되었다는 거야. 살림을 돌볼 때나 중대사를 처리할 때 진짜 어머니처럼 처신했고, 매 순간 사랑을 베풀며 일을 손에서 놓지 않았다는군. 그러면서도 명랑한 표정이나 경쾌한 마음을 결코 잃지 않았다는 거야. 나는 알베르트와 나란히 걸으며 길가의 꽃을 꺾어서는 정성껏 꽃다발을 엮었어. 그걸 흘러가는 시냇물에 던지고는 꽃다발이 물결에 흔들리며 조용히 떠내려가는 것을 지켜보았네. 자네한테 얘기했는지 모르겠지만, 알베르트는 여기 머무르며 보수가 괜찮은 궁정 관직을 얻을 모양이야. 그는 궁정에서 크게 총애를 받고 있다네. 그처럼 일을 깔끔하고 열심히 하는 사람은 거의 보지 못했다네.

8월 12일

알베르트가 하늘 아래서 가장 훌륭한 사람인 것은 분명해.

어제 나는 그와 기묘한 말다툼을 벌였어. 나는 작별을 고하러 그를 찾아갔어. 불현듯 말을 타고 산속으로 들어가고 싶은 생각이 들어서였지. 지금 이 편지도 산속에서 쓰고 있어. 알베르트의 방안을 서성이는데 그의 권총이 눈에 들어오더군. 내가 말했어. "권총 좀 빌릴까요. 여행 갈 때 쓰려고요." 그가 말하더군. "좋을 대로 하세요. 총알을 장전하는 수고를 감수할 생각이면요. 그냥 장식용으로 걸어놓은 겁니다." 나는 한 자루를 끄집어 내렸고, 그는 말을 계속했어. "이제 저 물건에 손대고 싶지 않아졌어요. 딴에는 조심한다고 하다가 엉뚱한 불상사가 생긴 이후부터요." 나는 무슨 얘기인지 그의 말이 궁금해졌어. 그가 이야기를 들려주었어. "시골에 있는 한 친구 집에 석 달쯤 머무른 적이 있었어요. 장전하지 않았지만 총이 몇 자루 있어서, 마음 편히 잠을 잤지요. 어느 비 오는 날 오후 할 일 없이 앉아 있을 때였어요. 어쩌다 그런 생각이 들었는지 모르지만, 우리가 습격을 받을 수도 있고, 그러면 권총이 필요하겠단 생각이 들더군요. 그게 어떤 기분인지 당신도 알겠지요. 그래서 하인에게 총을 주며 닦고 장전하라고 했지요. 그런데 그 녀석이 장난으로 하녀들을 놀래주려다가 어쩐 일인지 그만 총이 발사되고 말았어요. 그래서 아직 총구 안에 들어 있던 꽂을대가 튕겨나가 한 하녀의 오른손에 맞으면서 엄지를 부서뜨리고 말았어요. 그러자 하녀는 울고불고 큰 소동을 벌였고, 나는 치료비까지 물어줘야 했지요. 그런 일이 있고부터 어떤 총기든 장전하지 않게 되었어요. 그런데 베르터, 조심한들 무슨 소용이겠어요? 위험이란 아무리 대비해도 언제 닥칠지 알 수 없으니까요! 하긴……" 그런데 자네도 알다시피, 난 무척 좋아하는 사람이라도 '하긴'이란 말은 질색이야. 모든 일반 명제에는 예외가 있다는 게 당연하지 않은가? 하지만 인간은 이처럼 빠져나갈 구멍을 마련해 놓는 거야! 무언가 너무 성급한 것, 일반적인 것, 또는 반쯤 진실인 것을 말했다고 생각하면 계속 제한하고 수정하거나 빼고 덧붙여서 결국에는 본론과는 더 이상 상관없는 것으로 만들어버리지.

그런데 알베르트가 바로 이런 경우에 깊이 빠져든 셈이었어. 결국 나는 그의 이야기에 더 이상 귀 기울여 듣지 않고 엉뚱한 생각에 빠져들었어. 그러다가 돌연 격한 동작으로 권총의 총구를 오른쪽 눈 위의 이마에 갖다 댔어. "아니, 이게 무슨 짓이오?" 알베르트가 총을 끌어 내리며 말했어. "장전이 안 돼 있어요." 내가 말했어. "그렇다 해도 뭐 하는 짓이오?" 알베르트는 초조해하며 대꾸했어. "나는 인간이 어리석게도 자신을 쏠 생각을 하는지 알다가도 모르겠어요. 그런 생각만 해도 혐오감이 든단 말이오."

나는 이렇게 소리쳤어. "사람들은 어떤 문제에 대한 얘기가 나오기만 하면 '그건 어리석어, 그건 현명해, 그건 좋아, 그건 나빠!'라고 말하지 않고는 못 배겨요. 하지만 그래 봤자 무슨 소용인가요? 그런 행동을 하게 된 속사정을 알아보기나 했단 말인가요? 왜 그런 행동을 하게 되었는지, 또 해야만 했는지 그 원인을 분명히 밝힐 수 있단 말인가요? 만일 그랬다면 그렇게 성급한 판단을 내리진 않을 거요."

그러자 알베르트가 말했어. "동기야 어떻든 간에 악덕인 행동도 있다는 걸 당신도 인정할 거요."

나는 어깨를 으쓱하며 그의 말이 옳다고 인정했어. 그러면서 하던 말을 계속했어. "하지만, 이보게, 그런 경우도 몇 가지 예외가 있긴 해요. 도둑질이 악덕인 것은 사실이오. 하지만 당장 굶어 죽을 형편인 자신과 가족을 구하기 위해 도둑질한 사람은 동정받아야 할까요, 처벌받아야 할까요? 부정을 저지른 아내와 그녀를 유혹한 비열한 남자를 비분강개해서 죽인 남편에게 누가 제일 먼저 돌멩이를 던질 수 있겠어요? 환희의 순간에 말릴 수 없는 사랑의 즐거움에 빠진 처녀에게 누가 먼저 돌을 던질 수 있겠어요? 우리의 법률과 냉정한 현학자조차 마음이 움직여 처벌을 삼가겠지요."

"그건 전혀 별개의 문제지요." 알베르트가 대꾸했어. "열정에 사로잡혀 분별력을 잃은 사람은 술 취한 사람이나 정신 나간 사람으로 간주되기 때문이지요."

"아, 당신처럼 합리적인 사람들이란!" 나는 미소 지으며 소리쳤어. "열정! 도취! 광기! 당신 같은 사람들은 동정심이란 조금도 없이 그냥 태연히 지켜보기만 하지요. 당신 같은 윤리적인 사람들은 술꾼을 나무라고, 정신 나간 자들을 혐오하지요. 사제처럼 그런 사람들 곁을 지나치며, 바리새인처럼 하느님께 감사드리지요. 자기를 그런 부류의 인간으로 만들지 않았다고 말입니다. 나도 가끔은 술에 취한 적도 있어요. 그럴 때 나의 열정이 광기에 가까웠던 적도 있어요. 그렇지만 열정과 광기를 후회하진 않아요. 왜냐면 나는 뭔가 위대한 일, 뭔가 불가능해 보이는 일을 해낸 비범한 사람들은 하나같이 예로부터 술 취한 자나 미친 사람으로 불려왔다는 것을 그 나름대로 깨달은 바가 있기 때문이지요."

하지만 평범한 생활을 하면서도 어느 정도 거침없고 고상하며 예기치 않은 행동을 하면 거의 예외 없이 '저 사람은 취했어, 바보같이 구는군!'이라는 뒷담화를 듣게 되지요. 그건 견디기 어려운 일입니다. 당신처럼 정신이 말짱한 사람은 부끄러운 줄 알아야 해요! 당신처럼 현명한 자들은 부끄러운 줄 알아야 해요!"

알베르트가 말했어. "또 엉뚱한 생각을 하는군요. 당신은 매사를 극단으로 몰고 가요. 적어도 이 문제에 관해선 당신 생각이 옳지 않아요. 지금 우리가 얘기하는 자살을 그런 위대한 행위와 비교하다니요. 자살은 단지 나약함에 지나지 않아요. 하기야 고통스러운 삶을 의연히 견디는 것보단 차라리 죽는 게 더 쉽겠지만요."

나는 대화를 그만할 참이었어. 나는 혼신의 힘을 다해 말하는데 상대방이 하찮은 평범한 말을 논거랍시고 들이대는 것보다 사람을 성질나게 하는 경우는 없기 때문이야. 그렇지만 나는 마음을 다잡았어. 그런 소리는 벌써 종종 들어왔고, 그에 대해 자주 화를 냈기 때문이지. 나는 다소 격한 어조로 대꾸했어. "그걸 나약함이라 부르다니요? 부탁하건대 겉모습만 보고 잘못 판단하지 않길 바랍니다. 폭군의 견디기 힘든 압제에 신음하던 백성이 마침내 격앙해서 쇠사슬을 끊고 일어선다면 그걸 나약하다고 할 텐가요? 집에 불이 났지만 두려움을 떨치고 평소에는 거의 움직이지도 못하던 무거운 짐을 온 힘을 다해 가뿐히 옮기는 사람, 모욕당한 것에 격분해 여섯 명과 맞붙어 제압한 사람을 나약하다고 할 텐가요? 이보게, 전력을 다하는 게 강함의 표시인데 극단으로 치닫는 게 어찌 나약함이라는 거요?" 알베르트는 나를 쳐다보며 말했어. "내 말을 나쁘게 생각하지 말아요. 당신이 든 예들은 우리의 화제와는 전혀 맞지 않는 것 같아요." 나는 말했어. "그럴지도 모르지요. 문제를 종합해서 판단하는 나의 방식이 허튼소리에 가깝다는 비난을 자주 들어왔으니까요. 그럼 평소에는 삶의 짐을 묵묵히 견디다가 이제 내려놓기로 한 사람의 기분이 과연 어떨지 다른 방식으로 상상할 수 있는지 생각해보자고요. 그런 사람의 입장에서 공감할 수 있을 때만 우리에게 그런 문제를 거론할 자격이 있는 거요."

나는 말을 계속 이어갔어. "인간의 본성에는 한계가 있는 거요. 인간의 본성은 기쁨과 고통, 괴로움을 어느 정도까진 참을 수 있지만, 한계를 넘어서는 즉시 파멸하고 말지요. 그러니까 이런 경우는 나약한지 강한지의 문제가 아니라, 도덕적으로든 신체적으로든 어느 정도까지 고통을 감내할 수 있는지의 문제인 거요. 그러니 자살하는 사람을 비겁하다고 말하는 것은 뭔가 사리에 안 맞는다는 거요. 이는 고약한 열병에 걸려 죽는 사람을 겁쟁이라고 부르는 게 적절하지 않은 것과 마찬가지인 거요."

"궤변이요! 터무니없는 궤변이란 말이오!" 알베르트는 크게 소리쳤어. "당신이 생각하는 것만큼은 그렇지 않아요." 내가 응수했지. "다음과 같은 경우를 우리가 죽음에 이르는 병이라고 일컫는 것에 당신도 인정하겠지요. 그 병으로 인해 본성이 심하게 타격받아 한편으론 기력이 소진되고, 다른 한편으론 제대로 기능을 발휘하지 못해 다시 기력을 회복할 수 없거나 어떤 획기적인 방법으로도 생명의 정상적인 순환 현상을 복구할 수 없을 때 말이오.

그럼, 이보게, 이런 경우를 인간의 정신에 적용해 봅시다. 제한된 환경에서 살아가는 사람을 한번 보도록 합시다. 외부의 인상에 영향을 받고 특정한 생각에 고착되어, 급기야는 열정이 점점 커져 차분한 분별력을 잃고 파멸로 치닫는 거지요.

침착하고 합리적인 사람이 불행에 빠진 사람의 상태를 파악한들 아무 소용없어요! 그런 사람에게 뭐라고 설득한들 아무 소용 없단 말이오! 이는 환자의 병상을 지키는 건강한 사람이 자신의 기력을 환자에게 조금도 불어넣을 수 없는 것과 마찬가지 이치란 말이오!"

알베르트는 이런 말을 너무 일반적인 말로 받아들이는 것 같았어. 그래서 나는 얼마 전에 물에 빠져 죽은 채 발견된 어느 소녀를 상기시키고, 그녀 이야기를 다시 들려주었어. "착한 소녀였어요. 가사를 돌보고 매주 정해진 일을 하며 협소한 반경에서 자랐어요. 낙이라고 해봤자 일요일이면 조금씩 사모은 옷이나 장신구로 치장하고 또래의 여자 친구들과 교외로 산책가거나, 큰 축제가 있을 때마다 빠짐없이 춤추러 가거나, 게다가 말다툼이 벌어지거나 남의 흉을 볼 일이라도 생기면 이웃집 여자와 몇 시간이나 정신없이 수다 떠는 것이 전부였어요. 그런데 그녀의 정열적인 본성은 결국 보다 내밀한 욕망을 느꼈어요. 남자들이 아첨의 말을 하자 그 욕망은 자꾸 부풀어 올랐어요. 그래서 이전에 누렸던 즐거움은 점차 시들해졌어요. 그러다가 마침내 한 남자를 알게 되면서, 여태까지 알지 못하던 감정에 휩쓸려 걷잡을 수 없이 그 남자에게 빠져들지요. 이제 그녀는 그 남자에게 온 희망을 걸었어요. 주변의 세계는 잊어버리고 그 남자 이외에는 아무것도 듣거나 보거나 느끼지도 못하게 되었어요. 세상에 하나뿐인 그 남자만 그리워했어요. 변덕스러운 허영심에서 비롯되는 공허한 즐거움에 물들지 않은 그녀의 욕망은 곧장 목표를 노리지요.

그의 아내가 되겠다는 목표 말이지요. 영원한 결합에 의해 지금까지 그녀가 맛보지 못한 온갖 행복을 얻고, 그녀가 그리워한 온갖 기쁨을 한꺼번에 맛보려고 했지요. 그는 이 모든 희망을 확실히 보증해 주겠다고 거듭 약속했고, 대담한 애무로 그녀의 욕구를 키웠어요. 그녀의 영혼은 이런 약속과 애무에 완전히 사로잡혀 버렸어요. 그녀는 온갖 기쁨을 예감하며 몽롱한 의식으로 두둥실 떠다니는 느낌이었어요. 그녀는 잔뜩 기대에 부푼 상태에서 결국 두 팔을 활짝 벌립니다. 온갖 소망을 껴안기 위해서요. 그런데 그녀의 애인은 그녀를 버리고 말았어요.

이제 그녀는 마치 온몸이 마비된 듯 의식을 잃고 심연 앞에 서게 됩니다. 그녀 주위에는 모든 게 암흑뿐입니다. 어떤 전망이나 위안도 없었고, 어찌해야 할지 알 수 없었어요! 애인에게 버림받았기 때문이지요. 그녀는 애인에 의해서만 자신의 존재를 느꼈거든요. 자기 앞에 놓인 넓은 세계가 보이지 않았어요. 이런 상실을 보상해 줄 많은 사람들도 보이지 않았어요. 그녀는 온 세상으로부터 버림받아 혼자라고 느꼈어요. 끔찍한 심적 고통으로 막다른 궁지에 몰린 그녀는 앞뒤 재지 않고 심연으로 몸을 던졌어요. 주위를 에워싸는 죽음으로 온갖 고통을 끝내기 위해서였지요. 이보게, 알베르트, 이것이 바로 적지 않은 사람들의 이야기지요! 말하자면 이것이 병의 경우가 아닌가요? 본성이 이처럼 혼란스럽고 모순되는 힘들의 미로에 갇혀 출구를 찾지 못하면, 인간은 죽을 수밖에 없는 거요.

그런데도 이런 여성을 지켜보며 이런 말을 하는 자는 혼이 나야 해요. '어리석은 여자로군! 좀 기다리면 시간이 해결해 줄 텐데. 그러면 절망감도 진정되고 다른 남자를 만나 위로를 받을 수 있을 텐데.' 그건 다음 말과 다르지 않아요. '바보 같으니, 열병으로 죽다니. 좀 기다리면 결국 기력이 회복되고 활력이 생겨, 들끓던 피가 가라앉을 텐데. 그러면 모든 게 순조롭게 진행되어 오늘날까지 살아 있을 텐데!'

이런 비유를 얼른 납득하지 못한 알베르트는 몇 마디 이의를 제기했어. 특히 내가 들려준 이야기는 아둔한 소녀 이야기일 뿐이라는 거야. 그 소녀처럼 시야가 협소하지 않고 더 많은 사정을 내다볼 수 있는 분별 있는 사람이라면 그런 변명이 통할지 자못 의심스럽다는 거였어. 그러자 내가 큰소리로 외쳤어 "이보게, 인간은 다 똑같아요. 조금 더 분별 있는 사람이 있을 수 있겠지만, 열정이 끓어올라 인간의 한계를 넘어서면 분별 있다 해도 별로 소용없거나 아예 소용없어요. 차라리…… 그 이야기는 다음 기회에 하기로 해요." 나는 그렇게 말하고 모자를 집어 들었어. 아, 가슴이 터질 것 같았어. 우리는 서로를 이해하지 못하고 헤어졌어. 이 세상에서 타인을 쉽게 이해할 수 있겠는가.

8월 15일

 세상에서 사랑만큼 인간에게 꼭 필요한 것은 없을 걸세. 로테는 나를 잃고 싶지 않은 눈치야. 그리고 동생들도 내가 늘 아침마다 와 줄 것으로 굳게 믿고 있어. 오늘 로테의 피아노를 조율해 주러 그곳으로 갔어. 하지만 그럴 수 없었어. 아이들이 동화를 들려달라고 졸랐기 때문이야. 로테도 아이들 청을 들어주라고 했어. 나는 아이들에게 저녁 빵을 잘라주었어. 아이들은 이제 로테가 나누어줄 때와 거의 다름없이 내가 나누어주는 빵도 잘 받는다네. 그런 뒤 나는 여러 손들의 시중을 받는 공주 이야기[22]의 골자를 들려주었어. 그러면서 나는 많이 배운다네. 그건 자신 있게 말할 수 있어. 그리고 아이들이 그 동화에 얼마나 큰 감명을 받는지 놀라울 정도라네. 같은 이야기를 두 번 들려줄 때도 있어. 그럴 때 지엽적인 내용은 가끔 까먹기도 해서 나 스스로 지어낼 경우도 있는데, 그러면 아이들은 먼젓번 내용과 다르다고 곧 지적하거든. 그래서 이제는 틀리지 않고 이야기를 들려주기 위해 노래하듯 가락을 넣어 유창하게 암송하는 연습을 하고 있어. 이런 경험

---

22 마리 카트린(Marie Catherine)의 「흰 고양이」에 나오는 내용. 공주가 갇혀서 굶주릴 때 천장에서 많은 손이 내려와 먹을 것을 주었다는 동화.

으로 깨달은 게 있어. 작가가 원래 이야기를 고친 개정판을 내면 비록 문학적으로 더 나아졌다 해도 결국은 작품을 훼손하기 마련이라고 말이야. 우리는 첫인상을 순순히 받아들이거든. 인간은 아무리 기상천외한 것이라도 자꾸 설득하면 믿게 되어 있어. 하지만 또한 믿은 것은 곧장 단단히 붙어버리지. 그러니 그것을 다시 긁어내거나 지워버리려고 하다간 혼이 나게 마련이지!

8월 18일

인간에게 행복을 안겨주는 것이 다시 불행의 원천이 되어야 한단 말인가?

생기 있는 자연에서 가슴으로 느끼는 충만하고 따뜻한 감정은 나를 커다란 희열에 넘치게 했고, 주위의 세상을 낙원으로 만들어주었어. 그런데 그 감정은 이제 내게 참을 수 없는 고통을 안겨주고, 가는 곳마다 따라다니며 나를 괴롭히는 유령이 되고 있어. 전에는 바위 위에서 강물 너머 언덕들에 이르기까지 비옥한 계곡을 내려다보고, 내 주위의 모든 것이 싹을 틔우고 솟아오르는 것을 보았지. 기슭에서 봉우리까지 산들은 키 큰 나무들로 빽빽이 덮여 있고, 이리저리 굽이치는 계곡들은 더없이 사랑스러운 숲으로 그늘져 있는 것을 보았지. 그리고 강물은 살랑거리는 갈대밭 사이로 미끄러지듯 고요히 흘러가고, 부드러운 저녁 바람에 실려 와 하늘에 걸려 있는 정겨운 구름을 비춰주었지. 그런 뒤 숲을 활기 있게 해주는 새소리가 주위에서 들려왔지. 그리고 무수한 모기떼가 붉게 물든 저녁노을 속에서 어지러이 춤을 추었고, 마지막 햇빛이 번쩍일 때면 풀숲에 있던 딱정벌레가 붕붕거리며 날아올랐지. 주위에서 벌레들이 윙윙거리며 움직이는 소리에 나는 땅바닥에 주의를 기울였어. 내가 서 있는 단단한 바위에서 자양분을 흡수하는 이끼와 메마른 모래언덕 밑에서 자라는 관목은 자연의 내부에서 이글거리는 성스러운 생명력을 보여주었지. 이 모든 것을 나는 따뜻한 가슴으로 받아들였어. 그때 넘쳐흐르는 충만함으로 마치 신이라도 된 기분이었어. 그리고 그 무한한 세계의 장엄한 형상들이 내 영혼 속에서 매우 활발하게 살아 움직였어. 엄청나게 큰 산들이 나를 에워쌌고, 심연들이 내 앞에 놓여 있었어. 불어난 계곡물이 콸콸 쏟아져 내렸고, 저 아래엔 강물이 흘러갔으며, 숲과 산에서는 그 소리의 메아리가 울려왔어. 그리고 나는 수수께끼 같은 온갖 힘들이 대지 깊은 곳에서 서로 어울려 작용하며 이 모든 걸 만들어 내는 모습을 보았어. 그리고 땅 위와 하늘 아래서는 다양한 피조물들이 우글거리고 있어. 온갖 생명체가 수많은 형태로 살아가고 있어. 그런데 인간들은 조그만 집에 함께 안전을 확보하고 보금자리를 만들며, 자기들이 넓은 세상을 지배하고 있다고 생각하는 거야. 가련한 바보인 거지! 인간이 모든 것을 하찮게 여기는 것은 자신이 너무 미미한 존재기 때문이야. 그런데 영원히 창조하는 정신은 접근할 수 없는 산으로부터 발을 들여놓을 수 없는 황무지를 거쳐, 급기야는 머지의 대양 끝까지 바람에 날리듯 옮겨 다니며, 살아서 자신의 말에 귀 기울이는 티끌 하나에까지도 기뻐하는 것이지. 아, 그 당시에 나는 얼마나 자주 내 머리 위로 날아가는 두루미의 날개를 빌려 망망대해가 시작되는 해안까지 날아가고 싶었던가. 그리하여 영원한 분의 거품 이는 잔에 든 용솟음치는 생명의 환희를 마시고, 모든 것을 제 안에서 스스로 만들어 내는 존재의 축복 한 방울을 단 한 순간이나마 내 가슴의 협소한 힘으로 느껴보기를 얼마나 바랐던가.

벗이여, 이젠 그 순간의 추억만이 나를 행복하게 해줘. 저 형언할 수 없는 느낌을 되살려 다시 말로 표현하려고 애를 쓰기만 해도 내 영혼은 한껏 고양되네. 그러고는 나를 지금 둘러싸는 상황이 곱절로 두려워진다네.

내 영혼 앞에 드리워졌던 장막이 걷힌 것 같아. 그리고 무한한 생의 무대가 내 앞에서 영원히 아가리를 벌리고 있는 무덤의 심연으로 바뀌고 있어. 이처럼 모든 것이 휙 스쳐 지나가는데 '이것은 존재한다'고 자넨 말할 수 있을까? 모든 것이 번개처럼 순식간에 지나가 버리고, 존재의 힘이 온전히 지속되기는 무척 어려워. 아, 모든 것은 물결에 휩쓸려 가라앉

왔다가 바위에 부딪쳐 산산이 부서져 버리지 않는가? 자네와 자네 주위의 가족을 갉아먹지 않는 순간은 없어. 자네가 파괴자가 아닌 순간, 파괴자가 될 필요가 없는 순간은 없어. 아무런 악의 없이 산책할 때도 수천 마리의 아주 조그만 불쌍한 벌레들이 목숨을 잃지. 한 발짝 걸으면서 개미들이 애써 지은 건물을 망가뜨리고, 어느 조그만 세계를 짓밟아 치욕스러운 무덤으로 만들어버려. 아, 세상의 드문 큰 재난이나 마을을 휩쓸어가 버리는 홍수, 도시를 집어삼키는 지진이 내 마음을 뒤흔드는 게 아니야. 내 마음을 무너뜨리는 것은 자연의 모든 것에 숨겨져 있는 파괴적인 힘이야. 그 힘은 이웃과 자기 자신마저 예외 없이 파괴해 버리지. 그리하여 나는 이렇게 불안에 떨며 비틀거리고 있어. 하늘과 땅, 내 주위에서 작용하는 힘이 두렵다네. 내 눈에 보이는 것이라곤 영원히 집어삼키고, 영원히 되새김질하는 괴물뿐이라네.

8월 21일

아침에 악몽에서 어렴풋이 깨어나면 그녀를 향해 헛되이 팔을 벌리네. 꿈속에서 나는 풀밭에서 그녀 곁에 앉아 그녀에게 수천 번이나 입맞춤한다네. 밤에 그런 순진무구하고 행복한 꿈에 빠지면 나는 침대에서 헛되이 그녀를 찾아보네. 아,

그러고서 아직 잠이 덜 깬 몽롱한 상태에서 그녀를 찾아 더듬다가 잠이 깨면 답답한 가슴에서 하염없이 눈물이 터져 나오지. 그러면 나는 암울한 미래를 생각하며 절망적인 심정으로 눈물짓는다네.

8월 22일

참으로 비통한 일이네, 빌헬름, 언짢게도 나의 활동력은 불안한 무기력 상태로 바뀌고 말았네. 한가히 있을 수도 없고 그렇다고 무슨 일을 할 수도 없어. 상상력도 없어졌고, 자연에서 아무런 감흥도 느끼지 못하며, 책을 보면 구역질이 나네. 우리가 우리 자신을 잃으면 세상 모든 것을 잃는 거야. 맹세하건대, 나는 가끔 일용직 노동자가 되었으면 하고 바랄 때가 있어. 그러면 아침에 깨어나면서 그날에 대한 기대며 어떤 욕구나 희망이라도 가져볼 수 있을 테니. 가끔 알베르트가 부러울 때가 있어. 서류 더미에 파묻혀 지내는 그를 보면 말이야. 그럴 때면 내가 그의 자리에 있으면 얼마나 좋을까 상상하곤 하지. 나는 벌써 몇 번이나 자네와 장관에게 편지를 쓰고 싶었네. 공사관에 자리를 알아봐 달라고 말일세. 자네도 자신 있게 말했듯이, 그 자리 정도라면 내가 거절당하지 않겠지. 나 자신도 그렇게 생각하네. 장관은 오래전부터 나를 총애하셨고, 어떤 일이든 해야 한다고 다그쳤거든. 그래서 한때 그런 일을 해볼까 생각해 보기도 했어. 하지만 잠시 뒤 다시 생각해 보는데, 불현듯 말에 대한 우화가 떠오르더군. 자유를 견디지 못한 말이 안장과 마구(馬具)를 얹고 녹초가 되도록 달리다가 결국 죽고 말았다는 이야기지. 어떻게 해야 할지 나도 모르겠어. 그런데 이보게! 마음속에서 상태의 변화를 절실히 바라는 것은 어쩌면 어디를 가든 나를 따라다닐 내면의 언짢은 초조감 때문이 아닐까?

8월 28일

만약 내 병을 고칠 수 있다면 고쳐줄 사람은 분명 이 사람들이리라. 오늘은 내 생일이야. 아침 일찍 알베르트가 보낸 소포를 받았어. 열어보니 곧 분홍색 리본이 눈에 들어왔어. 로테를 처음 만났을 때 그녀가 달고 있던 리본이었어. 그 이후로 몇 번이나 달라고 졸랐던 거였어. 사륙판 크기의 책도 두 권 들어 있더군. 베트슈타인[23] 출판사에서 펴낸 호메로스 책이었어. 산책할 때 에르네스티 판본을 갖고 다니기가 불편해서 너무나 갖고 싶었던 거였어. 이것 봐! 두 사람은 이처럼

---

23 암스테르담 출신의 출판인.

나의 소망을 미리 들어주고, 우정의 표시로 이런 온갖 자잘한 호의를 베풀지 않은가. 이런 호의는 주는 사람의 허영심으로 우리에게 굴욕감을 안겨주는 눈부신 선물보다 수천 배나 소중하네. 나는 이 리본에 수없이 입맞춤했어. 그리고 숨을 쉴 때마다 더없는 행복의 추억도 함께 들이마시지. 짧지만 행복했던, 이젠 돌이킬 수 없는 며칠 동안 내 가슴을 가득 채워주었던 추억 말이야. 빌헬름, 내 처지가 이렇다네. 그렇다고 불평하지는 않아. 인생의 꽃 피는 한창때란 단지 현상에 불과하니까! 흔적도 남기지 못하고 스러져가는 꽃들은 얼마나 많고, 열매를 맺는 꽃은 얼마나 적은가! 그리고 열매가 제대로 무르익는 꽃은 얼마나 적은가! 하지만 그것만으로도 충분하지 않은가. 아, 친구여! 그렇지만 우리가 잘 익은 열매를 소홀히 하고 업신여기며, 맛도 보지 않고 썩힐 수 있단 말인가?

잘 있게! 화창한 여름날이네. 나는 가끔 로테의 과수원에서 과일나무 위에 앉아 과일 따는 장대를 들고 꼭대기에 달린 배를 따곤 하네. 로테는 나무 아래 서서 내가 내려주는 배를 받는다네.

8월 30일

불행한 이여! 넌 바보가 아닌가? 너 자신을 속이는 게 아닌가? 왜 이렇게 끝없이 미쳐 날뛰는 열정에 사로잡힌단 말인가? 나는 오직 그녀만을 위해 기도하지. 머릿속에는 오직 그녀의 모습만이 떠올라. 그리고 내 주위의 세상 모든 것을 오로지 그녀와의 관계 속에서만 바라본다네. 그러면 얼마 동안 행복하게 지낼 수 있어. 그러다가 결국 다시 그녀에게서 벗어나야 한다네! 아, 빌헬름! 때로 내 가슴이 왜 이다지도 나를 몰아붙이는지! 두세 시간 그녀 곁에 앉아 그녀의 자태와 몸가짐, 천사 같은 말투에 취해 있노라면, 차츰 모든 감각이 팽팽히 긴장되어 눈앞이 아득해지고 귀도 거의 들리지 않아. 그리고 암살자가 내 목이라도 조르는 듯 숨이 막히면 내 가슴은 사납게 고동치며 답답해하는 감각에 숨통을 틔우려 하지. 하지만 그럴수록 더욱 혼란스럽기만 하네. 빌헬름, 나는 내가 과연 이 세상에 살고 있는지 알 수 없을 때가 가끔 있어! 그리고 때로는 슬픔에 사로잡혀 로테의 손을 잡고 실컷 울어서라도 답답한 심정을 달래보려 하는데, 그녀가 이런 한심한 위안도 허락해 주지 않으면 나는 바깥으로 뛰쳐나갈 수밖에 없어. 그리고 저 멀리 들판을 이리저리 헤매고 다닌다네. 그럴 때면 가파른 산을 기어오르고, 몸에 상처를 내는 산울타리와 내 몸을 찌르는 가시덤불을 헤치며, 길 없는 숲속에 길을 내며 뚫고 나아가는 것을 나의 즐거움으로 삼는다네! 그러면 기분이 조금 나아지네! 조금일 뿐이야! 그러다가 지치고 목이 마를 때면 가끔 도중에 드러눕기도 하지. 때로는 보름달이

휘영청 밝은 한밤중에 고적한 숲속에서 구부정하게 자란 나뭇가지에 걸터앉아 발바닥의 상처를 조금 매만져 주기도 하지. 그러고는 지친 몸으로 쉬다가 어스름한 달빛 아래 스르르 잠들기도 하지! 아, 빌헬름! 내 영혼이 목말라하는 청량제가 뭔지 아는가? 수도사의 외로운 독방, 거친 털로 만든 수도복, 가시 달린 허리띠라네. 잘 있게! 이런 비참한 상태는 무덤에 들어가야 끝날 것 같네.

9월 3일

난 떠나야만 하네! 빌헬름, 흔들리는 내 결심을 다잡아줘서 고마워. 그녀 곁을 떠나야겠다는 생각을 벌써 보름째나 하고 있어. 난 떠나야만 해. 그녀는 다시 시내의 여자 친구 집에 가 있어. 그리고 알베르트는—그리고—난 떠나야만 하네!

9월 10일

힘든 밤이었네! 빌헬름! 이제 모든 어려움을 견뎌냈어. 그녀를 다시는 보지 않을 거야! 아, 친구여, 자네 목을 와락 끌어안고 복받치는 격정에 하염없이 눈물 흘리며 내 가슴에 밀려드는 느낌을 표현하고 싶네. 하지만 난 여기 앉아 가쁜 숨을 몰아쉬며 가슴을 진정시키려 하면서 아침이 밝아 오기만을 기다리고 있어. 해가 뜨면 마차가 오기로 되어 있어.

아, 그녀는 고요히 잠들어 있고, 나를 다시는 보지 못할 것이라곤 생각조차 못 하고 있어. 나는 뿌리치고 나왔어. 나는 두 시간 동안 대화를 나누면서도 내 의향을 발설하지 않을 정도로 의연한 모습을 보였어. 그런데 대관절 얼마나 어이없는 대화였던가!

알베르트는 저녁 식사를 마치는 즉시 로테와 함께 정원에 나와 있겠다고 약속했어. 나는 높다란 밤나무 아래 테라스에 서서 사랑스러운 골짜기 너머, 잔잔한 강물 위로 이제 마지막으로 저물어가는 해를 바라보고 있었어. 나는 얼마나 자주 그녀와 함께 여기에 서서 장엄한 광경을 지켜보았던가. 그런데 이제는―나는 너무나 정겨웠던 가로수 길을 이리저리 거닐었어. 로테를 알기 전에도 왠지 마음이 끌려 이곳에서 자주 발길을 멈추곤 했지. 그런데 우리가 처음 서로를 알게 된 무렵 둘 다 이곳을 좋아한다는 사실을 알고 얼마나 기뻐했던가. 정말이지 이곳은 예술 작품에서 그대로 가져온 듯한 가장 낭만적 장소 중의 하나야.

우선 밤나무 사이로 전망이 탁 트여 있어. 아, 내 기억에 여기서 보이는 광경에 대해 벌써 여러 번이나 편지에서 얘기한 것 같아. 키 큰 너도밤나무들이 벽처럼 주위를 에워싸고 있고, 그것에 연이은 덤불 숲에 의해 가로수길이 점점 어두워지

다가, 결국 길이 끝나는 곳엔 사방이 막힌 조그만 공터가 나오지. 공터에는 소름 끼치는 적막감이 감돈다네. 대낮에 그곳에 발을 들여놓기는 처음이었어. 얼마나 무시무시한 기분이 들었는지 지금도 기억이 생생해. 이곳이 장차 더없는 행복과 고통이 벌어질 무대가 될 것임을 아주 어렴풋이 예감했던 것이지.

나는 약 반 시간 동안 이별과 재회라는 애잔하면서도 달콤한 상념에 젖어 있었어. 그때 두 사람이 테라스를 올라오는 소리가 들렸어. 나는 그들 쪽으로 걸어가서, 떨리는 심정으로 그녀의 손을 잡고 입을 맞추었지. 테라스 위에 막 오르자 관목이 우거진 언덕 뒤로 달이 떠오르고 있었어. 우리는 이런저런 이야기를 나누는 중에 어느새 어둠침침한 정자에 다다랐어. 로테가 안으로 들어가 자리에 앉자 알베르트가 그녀 옆에 앉았고, 나도 그 옆에 앉았지. 하지만 나는 마음이 불안해 오랫동안 앉아 있을 수 없었어. 나는 자리에서 일어나 그녀 앞쪽으로 가서 이리저리 거닐다가 다시 자리에 앉았어. 안절부절못하는 상황이었지. 로테는 달빛이 멋진 효과를 내고 있다고 우리에게 주의를 환기시켰어. 달빛은 벽처럼 늘어선 너도밤나무들의 끝자락에서 우리 앞의 테라스 전체를 환히 비추어주고 있었어. 정말 멋진 광경이었어. 우리 주위가 짙은 어둠에 싸여 있어서 더욱 확연한 대비를 이루고 있었어. 우리는 조용히 침묵을 지키고 있었어. 그런데 얼마 후 그녀가 말문을 열었어. "달빛 아래서 산책하다 보면 언제나 돌아가신 분들 생각이 나요. 꼭 죽음이며 내세에 대한 느낌에 휩싸여요. 우리도 언젠가는 저세상으로 가겠지요!" 그녀는 더없이 장엄한 감정이 담긴 목소리로 말을 이었어. "하지만, 베르터, 우리 저세상에서도 다시 만나게 될까요? 다시 서로를 알아볼까요? 어떻게 생각하세요? 뭐라고 말씀 좀 하세요!"

나는 그녀에게 손을 내밀며 눈물이 그렁그렁한 눈으로 말했어. "로테, 다시 만날 겁니다! 이 세상에서도 저세상에서도 다시 만날 겁니다!" 나는 더 이상 말을 이을 수 없었어. 빌헬름, 그녀가 하필 이런 질문을 해야만 하다니! 나는 이처럼 불안한 이별을 마음속에 품고 있는 마당에!

그녀가 말을 이었어. "그런데 돌아가신 분들은 우리에 대해 알고 있을까요? 우리가 잘 지내는지, 따스한 사랑으로 그분들을 기억하고 있다는 것을 느끼실까요? 아, 고요한 밤이면 언제나 어머니 모습이 눈앞에 아른거려요. 내가 어머니의 자식들, 나의 아이들 틈에 앉아 있고, 그들이 그녀 주위에 모여 있을 때처럼 내 주위에 모여 있을 때면 말이에요. 그럴 때면 그리움의 눈물을 흘리고 하늘을 바라보며, 내가 임종의 자리에서 어머니에게 한 약속을 지키고 있다는 걸 잠시라도 내려다보실 수 있기를 바라요. 그때 난 어머니의 자식들의 어머니가 되겠다고 약속했지요. 나는 감정이 북받쳐 이렇게 소리친답니다. '어머니, 제가 어머니가 하시던 것만큼 아이들에게 잘해주지 못하고 있다면 절 용서해 주세요. 아! 하지만 저는 할 수 있는 일은 뭐든지 하고 있어요. 옷 입혀주고, 먹여주고, 아, 이 모든 것보다 더 중요한 일인 보살핌과 사랑을 주고 있어요. 자애로운 어머니, 우리가 화목하게 지내는 모습을 보실 수 있겠지요! 그러니 어머니는 더없이 뜨겁게 감사하는 마음으로 하느님께 영광을 돌리실 거예요. 어머니는 더없이 쓰라린 최후의 눈물을 흘리시며 아이들이 잘 지내게 해달라고 하느님께 기도하셨잖아요.'"

로테는 그렇게 말했어! 아, 빌헬름, 그녀가 했던 말을 누가 그대로 옮길 수 있겠는가! 차갑게 죽은 문자가 어떻게 이처럼 천상에 핀 정신의 꽃을 묘사할 수 있겠는가! 알베르트가 부드럽게 그녀의 말에 끼어들었어. "너무 감정이 격해졌어요, 로테! 이런 생각에 심하게 빠져드는 심정은 알겠지만, 그러면 안 돼요." 그러자 로테가 말했어. "오, 알베르트, 아버지가 여행을 떠나시면 아이들을 재운 뒤에, 우리 둘이 작고 둥근 탁자에 함께 앉아 있던 저녁 시간들을 잊지 않으셨겠지요. 당신에겐 가끔 좋은 책이 있었지만 그걸 읽는 경우는 드물었어요. 이 멋진 영혼과의 만남이 무엇보다 소중하지 않았나요? 아름답고 온화하고 명랑하며 늘 활동적인 우리 어머니 말이에요! 하느님은 제가 흘리는 눈물의 의미를 아실 거예요. 저는 종종 눈물을 흘리며 저의 침대에서 하느님 앞에 무릎을 꿇고 기도를 드리거든요. 제가 어머니를 닮게 해달라고요."

"로테!" 나는 이렇게 소리치며 그녀 앞에 무릎을 꿇고 그녀 손을 잡고는 하염없이 흐르는 눈물로 그 손을 적셨어. "로테! 당신은 하느님의 축복을 받을 거고 어머니의 혼령도 당신을 지켜 줄 것입니다." 그러자 그녀는 내 손을 꼭 쥐며 말했어. "당신이 어머니를 아셨더라면 좋았을 거예요. 어머니는 당신이 알고 지내도 될 만큼 훌륭한 분이었어요!" 나는 정신이 아득해지는 것 같았어. 나를 이보다 더 위대하고 자랑스럽게 생각하는 말을 들어본 적이 없었거든. 그녀는 말을 이어갔어. "어머니는 꽃다운 나이에 돌아가셨어요. 막내아들이 채 여섯 달밖에 되지 않았거든요! 그다지 오래 앓지도 않았어요. 어머니는 차분히 모든 걸 운명에 맡기셨어요. 다만 아이들이 마음에 걸렸어요. 특히 막내 때문에요. 임종이 다가오자 '아이들을 데려와다오!'라고 말씀하셨어요. 저는 아이들을 데리고 들어갔어요. 어린아이들은 무슨 영문인지 몰랐고, 큰 아이들은 분별력이 없었지요. 아이들은 침대 주위에 빙 둘러 섰어요. 어머니는 두 손을 들어 올리고 아이들을 위해 기도했어요. 어머니는 한 명씩 입을 맞춘 뒤 밖으로 내보내고는 저에게 '아이들의 어머니가 되어다오!'라고 말씀하셨어요. 저는 어머니의 손을 잡고 그러겠노라고 말했어요. '애야, 너는 어려운 약속을 한 것이다. 어머니의 마음과 어머니의 눈을 가져야 하니까. 너는 가끔 감사의 눈물을 흘리더구나. 어머니가 된다는 것이 무슨 의미인지 잘 안다는 게지. 동생들을 위해 그 마음을 잘 간직하고, 아버지를 위해서는 아내처럼 충실하고 순종하여라. 아버지를 잘 위로해 드려야지.' 그러고 나서 아버지를 찾으셨어요. 아버지는 견딜 수 없는 슬픔을 우리에게 숨기기 위해 밖에 나가 계셨어요. 아버지는 말할 수 없이 상심하셨어요."

알베르트, 당신도 그때 방에 있었지요. 어머니는 발소리를 듣고 누구냐고 묻더니 당신을 부르셨어요. 어머니는 우리가 행복할 거라고, 함께 행복하게 살 거라고 안심한 표정으로 당신과 나를 차분히 바라보셨지요." 알베르트는 로테의 목을 껴안고 입을 맞춘 뒤 소리쳤어. "우리는 행복해요! 앞으로도 행복할 거요!" 차분하던 알베르트도 완전히 제정신이 아니었고, 나 역시 어찌해야 할지 갈피를 잡을 수 없었어.

로테가 말을 계속했어. "베르터 씨, 이런 어머니가 돌아가시다니요! 어찌 이런 일이! 인생에서 가장 사랑하는 사람을 잃는다는 것이 어떤 의미인지 가끔 생각해 보면 아이들이 가장 예민하게 느끼는 것 같아요. 검은 옷을 입은 남자들이 엄마를 데려갔다고 아이들이 두고두고 불평하지 뭐예요!"

로테는 자리에서 일어섰어. 제정신으로 돌아온 나는 깊은 감동을 받아 그대로 앉은 채 그녀의 손을 잡고 있었어. 그녀가 말했어. "그만 가봐야겠어요. 시간이 늦었어요." 그녀는 손을 빼려고 했지만 나는 더욱 꼭 잡으면서 외쳤어. "우리는 다시 만날 겁니다. 우리는 서로를 발견할 겁니다. 아무리 많은 사람 틈에서도 서로를 알아볼 겁니다. 이제 가겠어요." 나는 말을 계속했어. "기꺼이 가겠어요. 하지만 영원한 이별이라면 견디기 힘들 겁니다. 잘 지내요, 로테! 잘 지내요, 알베르트! 우리는 다시 만날 겁니다."

그러자 로테가 농담처럼 대꾸했어. "내일 보자는 말이겠지요." 나는 그 내일이라는 의미가 무엇인지 느끼고 있었어. 아, 그녀는 내 손에서 자기 손을 빼내면서 아무것도 몰랐어. 두 사람은 가로수 길을 걸어나갔어. 나는 멍하니 서서 달빛 아래 걸어가는 두 사람의 뒷모습을 물끄러미 바라보았어. 그러고는 땅바닥에 털썩 주저앉아 꺼이꺼이 울었어. 그러고는 벌떡 일어나 테라스 위로 달려갔지. 저 아래 키 큰 보리수나무 그늘에서 로테의 하얀 옷이 정원 문 쪽으로 어렴풋이 비치고 있었어. 나는 두 팔을 뻗었지만 그녀 모습은 사라지고 없었어.

제2부

1771년 10월 20일

　우리는 어제 이곳에 도착했어. 공사는 몸이 좋지 않아 며칠간 집에 틀어박혀 있을 거래. 그분은 성미만 그리 고약하지 않으면 모든 일이 순탄할 텐데. 보아하니 운명이 내게 가혹한 시련을 안겨줄 모양이야. 그래도 용기를 내야지! 마음을 가볍게 먹으면 뭐든지 감당할 수 있는 법이지! 마음을 가볍게 먹는다고? 내가 이런 표현을 쓰다니 절로 웃음이 나오네. 아, 내가 조금만 더 가벼운 기질을 타고 났더라면 세상에서 가장 행복한 사람이 될 텐데. 이게 무슨 꼴인가! 다른 사람들은 형편없는 능력과 재능을 갖고도 내 앞에서 마음 편히 거들먹거리며 돌아다니는데 나는 나의 능력과 재능에 절망한단 말인가? 내게 이 모든 것을 베풀어주신 자비로운 신이시여, 차라리 그 절반을 도로 거두어 가실지언정 왜 자신에 대한 믿음과 만족감은 주지 않으셨나요?

참아야지! 참고 견뎌야지! 더 나아질 거야. 자네에게 밝히는데, 이보게, 자네 말이 옳아. 매일 사람들 틈에서 부대끼며 그들이 무슨 일을 어떻게 하는지 보면서 나 자신의 상태가 훨씬 좋아졌어. 우리는 모든 것을 우리와 비교하고, 우리 자신을 모든 것과 비교하는 본성을 타고 난 게 분명해. 그렇기 때문에 행복이나 불행은 우리 자신과 비교하는 대상들에 달린 거야. 그러니 고독보다 위험한 것은 없어. 우리의 상상력은 본성상 향상하려는 성향이 있고, 문학의 환상적인 이미지에 의해 자양분을 공급받지. 그런 상상력이 만들어 내는 일련의 존재 중에 우리 자신이 가장 하위의 존재야. 우리 이외의 존재는 모두 더 근사하고 더 완벽해 보이네. 그것은 너무나 자연스러운 일이야. 우리는 너무나 자주 우리에게 많은 것이 결여되어 있다고 느껴. 가끔 우리 자신에게 결여된 바로 그것을 다른 사람은 지닌 것처럼 생각될 때가 있어. 게다가 우리는 우리가 지닌 모든 것에다, 우리의 이상적인 만족감까지 다른 사람에게 주어버렸다고 여기지. 이런 식으로 행복한 사람이 완벽하게 만들어지는데, 그것은 우리 자신의 피조물인 셈이지.

반면에 우리가 아무리 나약하고 힘에 겨울지라도 그냥 꾸준히 노력해 가면 더디고 지지부진하면서도 돛을 달고 노 저어 가는 다른 모든 이들보다 때론 훨씬 나은 결과를 얻을 수도 있어. 그리하여 우리가 다른 사람들과 나란히 가거나 심지어 앞서갈 때 우리 자신에 대한 진정한 감정이 생기는 거네.

1771년 11월 26일

이만하면 이곳에서 그럭저럭 지내기 시작하는 셈이야. 가장 좋은 것은 할 일이 충분히 있다는 점이네. 많은 부류의 사람들, 온갖 새로운 인물들이 내 영혼 앞에 다채로운 구경거리를 만들어줘. C백작이란 사람을 알게 됐어. 날이 갈수록 더욱 존경하지 않을 수 없는 사람이야. 생각이 넓고 식견이 대단한 사람인데, 많은 것을 내다본다고 해서 차갑지는 않아. 그분과 교제하다 보면 우정과 사랑에 대한 생생한 느낌이 뚜렷해져. 내가 그와 관련해 위탁받은 업무를 이행하자 그는 내게 관심을 보였어. 그는 나와 처음 몇 마디를 나누고 우리가 서로 마음이 통한다는 것과 다른 어느 누구보다도 나와 말이 통한다는 것을 알아챘어. 그분이 나를 허심탄회하게 대하는 태도 역시 크게 칭찬하지 않을 수 없네. 누군가에게 마음을 열어 보이는 위대한 영혼을 보는 것만큼 세상에서 진정하고 훈훈한 기쁨은 없네.

1771년 12월 24일

공사라는 사람은 나를 정말 짜증 나게 만들어. 예상한 대로야. 세상에 둘도 없이 꼼꼼하게 구는 멍청이야. 꼬치꼬치 따지고 번거롭게 구는 것이 수다쟁이 여편네 같네. 자기 자신에게 결코 만족할 줄 모르고, 그러니 아무에게도 감사할 줄 모르는 사람이야. 나는 일을 수월하게 처리하는 편이고, 처리한 일은 그대로 놓아두지. 그는 내가 작성한 문서를 돌려주며 이렇게 말하곤 하지. "그런대로 괜찮네. 하지만 다시 꼼꼼히 살펴보게. 언제나 더 나은 단어나 더 적당한 불변화사[1]를 찾을 수 있을 거야." 그런 말을 들으면 미쳐버릴 것 같아. '그리고'라는 말과 같은 접속사 하나라도 빼먹어선 안 되고, 내가 가끔 무심코 쓰곤 하는 도치법이라면 아주 질색을 한다네. 복합문을 관례적인 어법에 따라 써놓지 않으면 그는 문장의 뜻을 전혀 이해하지 못해. 이런 인간과 상대하려니 정말 고역이야.

C백작의 신임이 그나마 나를 근근이 버티게 해주는 유일한 보상이야. 얼마 전에 백작은 공사가 일을 더디게 하고 너무 꼼꼼히 따진다고 아주 솔직히 내게 불만을 털어놓았어.

---

1   전치사나 접속사를 일컬음.

"본인은 물론이고 다른 사람까지 힘들게 하는 사람들이 있지. 여행하다 보면 산도 넘어야 하고 체념도 해야 하네. 물론 산이 없으면 훨씬 편히 좀더 짧은 길을 갈 수 있겠지. 하지만 어차피 산이 앞을 가로막고 있으면 넘어가는 수밖에 없는 거지!"

늙은 공사도 백작이 자기보다 나를 더 우수하다고 생각한다고 느끼는 모양이야. 그래서 화가 난 공사는 걸핏하면 내 앞에서 백작의 험담을 늘어놓는 거야. 난 당연히 반론을 제기하고, 그러면 사태는 더 악화될 뿐이지. 어제는 공사 때문에 화가 났어. 나까지 걸고넘어지는 거야. 백작이 세상일에는 매우 능숙하고, 일 처리도 잘하며 글도 곧잘 쓰지만, 글재주 좋은 사람이 다들 그렇듯이 깊이 있는 학식이 부족하다는 거야. 그러면서 공사는 "한 방 먹었지?"라고 말하려는 듯한 표정을 짓는 거야. 하지만 그런 말은 내게 아무런 효과도 거두지 못했어. 나는 그런 식으로 생각하고 행동하는 인간을 경멸하거든. 나는 그의 말에 견뎌내며 상당히 격렬하게 맞대응했어. 나는 백작이 성품이나 학식 면에서 존경할 만한 분이라고 말했어. "저는 그렇게 정신을 넓혀 무수한 대상에 그 정신을 확산시키면서도 평범한 일상생활에서까지 그런 활동을 견지하는 데 성공한 사람을 알지 못합니다." 하지만 이런 말도 그에게는 쇠귀에 경 읽기였어. 그래서 나는 이런 당치않은 말을 계속 듣다가는 더욱 화가 치밀어 오를 것 같아 그 자리에서 물러났어.

  일이 이렇게 된 것은 모두 자네와 어머니 탓이야. 쓸데없는 말로 내게 멍에를 씌운 셈이고, 활동적인 생활을 해야 한다고 노래 부르다시피 했지. 활동적인 생활이라니! 차라리 감자를 싣고 말 타고 시내로 가서 곡식을 파는 사람이 나보다 더 많은 일을 하지 않는가. 만일 그것보다 내가 하는 일이 더 활동적이라면 나는 이제 꼼짝없이 잡혀 있는 이 노예선에서 10년은 더 혹사당하겠어.

  서로에게 곁눈질이나 하는 이런 역겨운 족속들 틈에서 겉만 번지르르한 참담함과 무료함을 겪어야 하다니! 이들은 높은 지위에 집착하여 서로 경계하고 감시하며 한 발짝이라도 앞서겠다고 할 뿐이네. 그러면서 한심하고 가련하기 짝이 없는 야욕을 노골적으로 드러내지. 예컨대 내가 아는 사람 중에 그런 여자가 있어. 그녀는 누구에게나 자신이 귀족 출신이라는 것과 자기 고장 이야기를 늘어놓아. 그러면 그녀를 모르는 사람은 그녀가 바보라고 생각하지 않을 수 없어. 그까짓 귀족과 고장 명성이 뭐가 그리 대단하다고 떠벌리고 다니다니. 하지만 더욱 고약한 것은 그녀가 이 근방의 관청 서기 딸에 불과하다는 사실이야. 이것 봐, 나는 이런 족속은 이해할 수 없어. 그처럼 지각없이 천박하게도 자신의 명예를 더럽히다니 말이야.

  이보게, 나는 날이 갈수록 사람들이 얼마나 어리석은지 더욱 실감하고 있어. 다른 사람을 자기 기준에 따라 재단하거든. 나야 뭐 할 일이 태산 같고 마음이 이토록 격정에 휩싸여 있으니 남들이야 무슨 짓을 하든 상관하지 않겠어. 내가 하는 일에 참견만 하지 않는다면.

나를 가장 화나게 하는 일은 시민사회의 숙명적인 신분의식이야. 물론 나도 신분의 차별이 얼마나 필요한지, 그것이 나 자신에게 얼마나 많은 이득을 가져다주는지 누구 못지않게 잘 알고 있어. 다만 그런 차별이 내게 방해되지 않았으면 좋겠어. 나는 이 지상에서 아직 약간의 즐거움과 얼마간의 행복을 누리고 싶거든. 얼마 전에 산책갔다가 B양이라는 사랑스러운 여성을 알게 되었어. 그 아가씨는 이런 경직된 생활의 와중에도 무척 활발한 천성을 간직하고 있었어. 우리는 대화를 나누면서 서로에게 호감을 느꼈어. 그래서 헤어질 때 나는 그녀 집을 방문해도 좋은지 허락을 구했어. 그렇게 해도 좋다고 전혀 거리낌 없이 허락하기에 나는 적절한 때를 거의 기다릴 수 없어 무턱대고 그녀 집을 찾아갔어. 그녀는 이곳 출신이 아니어서, 아주머니댁에 살고 있더군. 늙은 아주머니 인상은 마음에 들지 않았어. 나는 그녀에게 각별한 관심을 보였고, 화제도 주로 그녀에 관한 것이었어. 그렇게 채 반 시간도 안 돼 꽤 많은 것을 알아냈는데, 그녀는 나중에 직접 그에 관해 털어놓았어. 아주머니는 그 나이에 가진 게 하나도 없는 상태였어. 변변한 재산도 없었고 머리에 든 지식도 없었어. 의지할 데는 조상의 족보밖에 없었고, 피난처라고는 자신의 울타리가 되어주는 신분밖에 없었어. 그리고 2층 창밖으로 지나가는 시민들의 머리를 내려다보는 것 외에는 아무런 낙이 없었어. 젊은 시절에는 미인이었다고 하는데, 그 바람에 인생을 허망하게 날려 보냈다더군. 처음엔 고집이 세서 불쌍한 젊은이들을 괴롭혔고, 나이 들어선 늙은 장교에게 순종하며 머리를 숙이고 살았다지. 장교는 그 대가로 웬만큼 생활비를 대주며 그녀와 말년을 보내다가 저세상으로 갔다는 거야. 이제 그녀 자신도 인생의 황혼기에 접어들어 홀몸으로 지내고 있어. 만약 그토록 사랑스러운 조카딸이 없었더라면 아무도 그녀를 거들떠보지 않았을 거라네.

1772년 1월 8일

격식에만 온통 정신이 팔려 있고, 언제까지나 식탁에서 한 자리라도 더 상석에 앉으려고 혈안이 되어 있는 인간은 대체 어떻게 생겨 먹은 것일까! 그런데 그런 녀석들에게 딱히 할 일이 없는 것도 아니야. 오히려 할 일은 잔뜩 쌓여 있는데, 그런 하찮은 짜증 나는 일에 신경 쓰느라 정작 중요한 일은 하지 못하는 거네. 지난주에는 썰매를 타러 갔다가 다툼이 벌어지는 바람에 흥이 완전히 깨지고 말았어.

본래 자리라는 게 가장 중요한 것은 아니며, 최고 상석을 차지한 사람이 가장 중요한 역할을 하는 경우도 드물다네. 그런데 그걸 모르는 바보들이라니! 얼마나 많은 왕이 대신의 지배를 받고, 얼마나 많은 대신이 비서의 지배를 받고 있는가! 그럼 최고 일인자는 누구란 말인가? 내 생각엔 다른 사람들을 굽어보고, 자신의 계획을 실행하기 위해 이들의 힘과 열정을 다 쏟아붓도록 할 능력과 지략을 갖춘 사람이 곧 최고 일인자인 거네.

1월 20일

사랑하는 로테, 그대에게 글을 띄우지 않을 수 없습니다. 나는 지금 악천후를 피해 어느 농가의 허름한 숙소에 들어와 있습니다. 내가 잠시 보금자리를 마련했던 우울한 D시에서는 편지를 쓸 짬이 나지 않았어요. 전혀 정이 가지 않는 낯선 사람들 사이를 돌아다니느라 바쁜 데다 기분도 나지 않았거든요. 그런데 이제 조그만 창문에 눈보라와 우박이 맹위를 떨치는 이 오두막에 쓸쓸히 갇혀 있으려니 가장 먼저 그대 생각이 났습니다. 방에 들어서자마자 그대의 모습과 그대 생각이 불현듯 떠올랐습니다. 아, 로테! 너무나 성스럽고, 너무나 따뜻하게 말입니다! 아아! 우리가 처음 만나 행복했던 순간이 다시 떠올랐습니다.

　사랑하는 로테, 이렇게 심란한 상태에 빠져 허우적거리는 내 모습을 그대가 본다면! 내 감각이 얼마나 메말라 버렸는지! 한순간도 마음이 충만한 적이 없고, 한순간도 행복한 적이 없습니다! 아무것도, 전혀 아무것도 느낄 수 없습니다! 마치 요지경 앞에 선 기분입니다. 난쟁이 인형과 말이 눈앞에서 이리저리 움직이는 모습을 보는 것 같습니다. 그래서 때로는 헛것을 보고 있지 않나 스스로에게 묻기도 합니다. 나는 함께 놀이에 끼어듭니다. 오히려 꼭두각시처럼 조종을 당하지요. 그러다가 때로는 옆 사람의 손을 잡았다가 나무로 된 손인 것을 알고 화들짝 놀라 움찔하기도 합니다. 밤이면 일출을 보겠다고 마음먹지만, 다음 날 아침이 되면 잠자리에서 빠져나오지도 못합니다. 낮에는 달빛을 즐겨야겠다고 기대하지만, 막상 밤이 되면 방안에서 꼼짝 않고 있습니다. 왜 잠자리에서 일어나고, 왜 잠자리에 드는지 그 이유를 잘 모르겠습니다.

　내 삶을 부풀어 오르게 했던 효모가 떨어진 것입니다. 깊은 밤중에도 나를 명랑하게 해주고, 아침이면 나를 잠에서 깨워주던 자극이 사라진 것입니다.

　여기서 유일하게 여자 다운 여성을 만났어요. B양이지요. 그대와 닮았어요, 사랑하는 로테. 누군가 감히 그대와 닮을 수 있다면 말이오. 그러면 그대는 "아이, 어쩜 그런 칭찬을 다 하시다니요!"라고 하겠지요. 완전히 틀린 말은 아닙니다. 얼마 전부터 나는 무척 점잖게 행동하고 있습니다. 달리 어쩔 도리가 없기 때문이지요. 위트도 늘었어요. 그래서 부인들 말로는 나만큼 세련된 칭찬을 하는 사람은 알지 못한다고 하더군요(그럼 그만큼 세련된 거짓말을 한다고 그대는 덧붙이겠지요. 거짓말을 해야 여자들한테 먹혀드니까요, 제 말 이해하시겠지요?). B양 이야기를 하려다 옆길로 새고 말았습니다. 그녀는 감정이 풍부합니다. 푸른 눈을 보면 금방 알 수 있지요. 그녀에게는 자신의 신분이 짐입니다. 진심으로 바라는 소망을 하나도 충족시켜 주지 못하니까요. 그녀는 번잡한 도시 생활에서 벗어나기를 간절히 바라고 있어요. 우리는 순수한 행복으로 가득 찬 시골 생활을 꿈꾸며 몇 시간이고 함께 보냅니다. 아! 그리고 그대 이야기도 합니다! 그녀가 그대에게 얼마나 자주 경의를 표하는지요. 억지로 그러는 게 아니라 자발적으로 그러는 겁니다. 그대 이야기에 기꺼이 귀 기울이고, 그대를 좋아하게까지 되었어요.

아, 정겹고 친밀한 방에서 그대 발치에 앉아 있으면 얼마나 좋겠어요. 우리의 사랑스러운 꼬마들은 내 주위에서 뒹굴며 놀고 있겠지요. 혹시 아이들이 너무 시끄럽다고 하시면 아이들을 내 주위에 모아 놓고 무서운 동화 이야기를 들려줘서 조용히 시킬 텐데요.

하얀 눈이 반짝이는 풍경 너머로 해가 장엄하게 지고 있고, 눈보라도 지나갔습니다. 그런데 나는, 나는 다시 답답한 새장 속에 갇혀 지내야 하는 신세입니다. 잘 있어요! 알베르트도 함께 있나요? 그리고 어찌 지내시나요? 하느님께서 이런 질문을 용서해 주시길!

2월 8일

일주일 전부터 날씨가 너무 고약하네. 그런데 내게는 차라리 잘 된 셈이야. 내가 이곳에 있는 동안 하늘의 날씨는 아무리 좋아도 누군가 반드시 날을 망치거나 잡쳐버렸기 때문이지. 그러니 비가 오든 눈보라가 치든, 날이 춥든 풀리든 '쳇, 밖에 돌아다니느니 집에 있는 것도 나쁘지 않아. 또는 그 반대로 밖으로 나가는 것도 그리 나쁘진 않아!'라고 생각해. 아침에 해가 뜨고 날이 좋을 것 같으면 나는 이렇게 소리치지 않을 수 없어. '이렇게 하늘의 선물을 받았는데, 저들은 서로 갖겠다고 난리를 피우겠지!' 저들은 뭐든지 서로 차지하겠다고 난리거든. 건강, 명성, 즐거움, 휴식 등 뭐든지 말이야! 그리고 대개는 어리석고 생각이 모자라거나 속이 좁아 그러는 거지. 그들이 하는 말을 귀담아 들어보면 최선의 견해를 내놓는다는 게 그 모양인 거야. 때로는 그들 앞에 무릎을 꿇고 간청이라도 하고 싶은 심정이야. 제발 그렇게 미쳐 날뛰며 그들 자신의 오장육부를 상하게 하지 말라고.

2월 17일

 공사와 나의 관계는 더 이상 오래 지속될 수 없을 것 같네. 그 인간은 도저히 참아줄 수 없어. 일하는 방식이나 업무를 처리하는 방식은 너무 우스꽝스러워. 그래서 그에게 반박하지 않을 수 없고, 때로는 내 생각과 내 방식대로 일을 처리하지 않을 수 없어. 그러면 그는 당연한 얘기지만 무척 언짢아해. 그에 대해 그는 최근에 궁정에 탄원서를 넣었어. 장관은 그 일로 내게 가벼운 견책을 내렸어. 가볍긴 하지만 그래도 엄연한 견책이었어. 그래서 나는 막 사직서를 내려는 참이었는데, 마침 그때 장관의 사적인 편지[2]를 한 통 받았어. 나는 그 편지 앞에 무릎을 꿇고 그분의 높고 고귀하며 현명한 뜻에 경의를 표했어. 그는 나의 감수성이 너무 예민하다고 질책했어. 그리고 나의 활동이나 다른 사람에게 미치는 영향, 철두철미한 업무 처리 등에 극단적인 생각이 있긴 하나 젊은이다운 패기로 봐서 존중한다고 그랬어. 그러니 그런 정신을 완전히 죽이지는 말고 다만 좀 누그러뜨려서 진가를 발휘하고

---

2 이 훌륭한 분을 존경하는 마음에서 이 편지와 나중에 언급할 편지는 이 서한집에 수록하지 않기로 했습니다. 독자들이 아무리 따뜻한 감사의 마음으로 그 편지를 받아들인다 해도 그처럼 무모한 행위는 용서를 받기 어렵다고 생각되기 때문입니다–원주.

제대로 효과를 낼 수 있는 방향으로 이끌려고 하셨어. 덕분에 나 역시 일주일간 버틸 원기를 회복했고, 마음의 평정도 되찾았어. 영혼의 평온이란 근사한 것이며, 자기 자신에게서 얻는 기쁨이라네. 이보게, 이 보석이 아름답고 소중한 만큼 쉽게 깨어지지 않으면 얼마나 좋을까!

2월 20일

하느님께서 내가 사랑하는 그대들에게 축복을 내려주시길! 내게서 앗아간 그 모든 행복한 나날을 그대들에게 베풀어주시길!

알베르트, 당신이 나를 속인 것에 고맙게 생각하고 있습니다. 두 사람의 결혼식이 언제인지 소식 오기를 기다렸어요. 결혼식 날이 오면 로테의 실루엣 그림을 아주 엄숙하게 벽에서 떼어내어 다른 서류들 속에 묻어둘 작정이었답니다. 이제 두 사람은 한 쌍의 부부가 되었는데, 그녀 그림은 아직 여기에 걸려 있습니다! 그럼 그대로 걸어두어야겠어요. 그래서 안 될 이유라도 있나요? 알겠어요, 나 역시 그대들 곁에 있다는 것을요. 난 로테의 마음속에 있더라도 당신에게 폐를 끼치진 않아요. 그래요, 난 그녀의 마음속에서 두 번째 자리에 있어요. 그 자리를 지킬 생각이고, 또 그래야만 해요. 만약 그녀가 나를 잊기라도 한다면 나는 미쳐버리고 말 겁니다. 알베르트, 그런 생각을 하면 내 마음속이 마치 지옥 같군요. 알베르트, 잘 있어요! 하늘의 천사여! 잘 있어요, 로테!

3월 15일

난 언짢은 일을 당했어. 그래서 이곳을 떠나야 할 것 같아. 너무 화가 나서 이가 갈려! 젠장! 이 불쾌감은 다른 무엇으로도 되갚을 수 없어. 그 책임은 전적으로 자네와 어머니에게 있어. 나를 부추기고 몰아대며 괴롭혀서 마음에도 없던 그 자리에 앉도록 했으니까. 이제야 난 깨달았어! 자네와 어머니도 깨닫게 될 거야! 나의 극단적인 생각이 만사를 망친다는 말을 두 번 다시 듣지 않도록 여기에 사연을 적도록 하겠어. 마치 연대기 저자처럼 명료하고 담백하게 말이야.

C백작이 나를 좋아하고 총애한다는 것은 잘 알고 있겠지. 자네한테 이미 골백번은 이야기했으니까. 어제 백작댁 만찬에 초대받았어. 상류사회의 신사 숙녀들이 저녁 모임을 갖는 날이었어. 나는 그런 모임이 있는 줄 몰랐어. 우리 같은 하위직이 그런 자리에 낄 수 없다는 것 역시 생각지도 못했어. 그건 그렇고. 나는 백작의 댁에서 식사를 하고, 식사를 마친 뒤에는 백작과 대화를 나누었고, 그 모임에 왔던 B대령과도 대

화를 나누었어. 그사이에 모임 시간이 다가오고 있었어. 난 정말이지 아무 생각도 없었어. 그때 S부인이 남편과 딸을 데리고 나타났어. 잔뜩 고상 떠는 여자였어. 납작한 가슴에 말쑥한 코르셋을 두른 딸은 잘 부화된 거위 새끼 같았어. 이들은 지나가면서 눈과 콧구멍으로 대대로 물려받은 지체 높은 귀족의 표정을 짓더군. 나는 이런 족속이 꼴 보기 싫어 이곳에서 물러나려 하면서, 백작이 지겨운 잡담을 끝내기만을 기다리고 있었어. 바로 그때 내가 잘 아는 B양이 들어오더군. 그녀를 볼 때마다 항상 기분이 약간 밝아지므로 그냥 남아 있기로 하고 그녀의 의자 뒤로 다가갔어. 그런데 얼마간 지난 뒤에야 그녀가 평소와는 달리 나를 거리낌 없이 대하지 않고, 나와 이야기를 주고받으며 약간 당황해한다는 것을 깨달았어. 그런 모습이 눈에 띄었어. 그녀 역시 이런 자들과 한통속인가 하는 생각이 들었어. 그래서 기분이 상해 자리를 뜨려다가 그래도 그냥 머물러 있었어. 그런 그녀를 기꺼이 용서해 줄 마음이 있었기 때문이지. 게다가 그녀의 그런 태도가 믿기지 않았고, 그녀가 뭔가 좋은 말이라도 해줄까 내심 기대했기 때문이었어. 자네가 바라는 대로 말이야. 그러는 사이 홀은 손님들로 가득 찼어. 프란츠 1세가 대관식[3] 때 입었던 옷을 그대로 차려입은 F남작, 직책상 여기서는 귀족의 호칭으

---

3 1745년에 거행된 독일 신성로마제국 황제 프란츠 1세의 대관식을 말함.

로 불리는 궁정 고문관 R씨와 귀가 먹은 그의 부인 등이 보였어. 허름한 옷차림의 J도 빼놓을 수 없는데, 고대 프랑켄 복장의 구멍 난 부분을 신식 유행의 옷감으로 기워 입고 있었어. 이런 자들이 모임에 몰려왔어. 나는 평소 낯익은 몇 사람과 대화를 나누었는데, 다들 극히 말을 아끼는 눈치였어. 나는 그 이유를 생각하면서, 오직 B양에게만 주의를 기울였어. 나는 홀의 한쪽 끝에 있던 여자들이 서로 귀에 대고 소곤거리는 것이나 남자들도 이를 같이 따라 하는 모습, S부인이 백작과 대화를 나누는 것을 눈치채지 못하고 있었어(이 모든 것을 나중에 B양이 이야기해 주었지). 마침내 백작이 나한테 다가오더니 창가로 데려가서 말을 꺼냈어. "우리들 분위기가 어째 이상한 걸 느꼈을 걸세. 사람들이 자네가 여기 있는 걸 못마땅해하는 모양이네. 나야 결코 그렇지 않지만……" 그러자 나는 백작의 말에 끼어들었어. "각하, 정말 죄송합니다. 진작 그 점을 생각했어야 하는데요. 저의 불찰을 용서해 주시리라 믿습니다. 벌써 진작부터 물러가려고 했는데요. 제가 귀신에 씌었던 모양입니다." 나는 몸을 굽혀 인사하면서 미소를 띠어 보였어. 백작은 내 손을 꽉 잡았는데, 백작의 심정이 온전히 전해져왔어. 나는 상류사회에서 살짝 빠져나와 이륜마차에 몸을 싣고 M을 향해 달렸어. 거기 언덕 위에서 해지는 모습을 지켜보며 내가 좋아하는 호메로스의 책을 펼쳐 율리시즈가 마음씨 좋은 돼지치기들의 환대를 받는 멋진 대목을 읽었어. 모든 것이 마음에 들었어.

그날 저녁 나는 식사하러 갔어. 식당에는 아직 몇 명의 손님이 남아 있더군. 그들은 한쪽 구석에서 식탁보를 뒤집어 접어놓고 주사위 놀이를 하고 있었어. 이때 아델린이라는 정직한 친구가 들어와서 모자를 벗어놓고는 나를 바라보며 내게 다가오더니 나직이 말하더군. "언짢은 일을 당했다며?" 내가 대꾸했어. "내가?", "모임에서 백작한테 쫓겨났다며.", "그런 모임이라면 이가 갈려! 바깥에 나오니 좋아지더군." 그러자 그가 말했어. "그리 대수롭지 않게 여기니 다행이군. 벌써 사방에 소문이 자자하다니 기분이 안 좋아서 그래." 그제야 나는 화가 치밀기 시작했어. 식사하러 온 사람들이 모두 나를 빤히 쳐다보는 게 그 때문이란 생각이 들었어! 그러자 적개심이 생기더군.

오늘은 가는 곳마다 나를 측은히 여겨. 게다가 나를 시기하는 자들이 쾌재를 부르며 '별것 아닌 머리만 믿고 우쭐대며 어떤 상황도 헤쳐 나갈 수 있다고 생각하는 오만불손한 자들이 어떤 꼴을 당하는지 봤지'라고 떠벌리고, 이보다 더한 험담도 하고 다닌다는 소리도 들리더군. 그럴 때 칼로 가슴을 찌르고 싶은 심정이 드는 거지. 남들이 뭐라 하든 주관을 갖고 의연히 살라지만, 악당들이 자기 약점을 잡아 몰아붙이는 데도 과연 참아낼 사람이 누가 있겠어. 그래도 그들의 입방아가 근거 없는 것일 때는 그냥 내버려 둘 수도 있겠지.

3월 16일

　모든 일이 나를 몰아세우고 있어. 오늘 가로수 길에서 B양을 만났어. 나는 그녀에게 말을 걸어, 우리가 일행과 좀 떨어지자마자 나는 어제 그녀가 보여준 태도에 내가 얼마나 마음이 상했는지 털어놓지 않을 수 없었어. "오, 베르터 씨, 제 마음을 잘 알고 계시면서 저의 당황한 모습을 그렇게 해석하실 수 있나요? 당신이 홀에 들어선 순간부터 제가 당신 때문에 얼마나 곤혹스러웠는지 몰라요! 미리 그럴 줄 알았기 때문에, 귀띔해 드릴까 말까 골백번도 더 망설였답니다. S부인이나 T부인은 당신과 같이 어울리느니 차라리 남편들을 데리고 나가버릴지도 모른다는 사실을 알고 있었어요. 백작이 이들의 기분을 망치게 해선 안 된다는 것도 알았고요. 그런데 이제 소동까지 벌어졌지 뭐예요?", "뭐라고요?" 나는 충격을 감추며 말했어. 그 순간 어제 아델린이 들려준 모든 말이 마치 끓는 물처럼 내 혈관을 타고 도는 느낌이었거든. "제가 벌써 얼마나 고초를 겪었는지 몰라요!" 이 귀여운 아가씨는 눈물을 글썽이며 말하더군. 나는 더 이상 스스로를 주체하지 못하고 그녀의 발아래 꿇어 엎드리고 싶은 심정이었어. "무슨 말씀인지 설명해 주세요!" 나는 그렇게 소리쳤어. 그녀의 뺨을 타고 눈물이 흘러내렸어. 나는 제정신이 아니었어. 그녀는 굳이 눈물을 감추려 하지 않고 눈물을 닦아내더군. 그녀는 말을 시작했어. "제 아주머니 아시죠. 제 아주머니도 어제 그 자리에 계셨답니다. 오, 아주머니가 어떤 눈초리로 지켜보셨는지! 베르터 씨, 저는 어젯밤에도 꾹 참고 있어야 했고, 오늘 아침에도 설교를 들어야 했어요. 당신과 교제하는 문제로 말이에요. 저는 당신을 깎아내리고 모욕하는 말을 잠자코 듣고 있어야 했어요. 제 마음의 절반만큼도 당신을 변호해 드릴 수 없었고, 변호해서도 안 되었어요."

그녀의 말 한마디 한마디가 비수처럼 내 가슴을 찔렀어. 차라리 이 모든 말을 하지 않는 것이 얼마나 자비를 베푸는 일이었을지 그녀는 알아채지 못했어. 게다가 그녀는 덧붙여 말하기까지 했어. 또 어떤 소문이 계속 떠돌아다니고, 어떤 부류의 사람들이 그 일에 대해 쾌재를 부를지 말이야. 내가 오만불손하고 다른 사람들을 얕잡아 본다고 이미 오랫동안 나를 비난하던 그런 사람들이 나의 그런 태도 때문에 벌을 받는다며 기뻐하며 고소해할 거라는 말까지 덧붙였어. 빌헬름, 이 모든 이야기를 그녀에게서 진심으로 동정하는 목소리로 들으니 가슴이 미어지는 심정이었고, 내 마음은 아직 분노하고 있어. 나를 감히 비난하는 자가 있으면 그자의 몸에 비수라도 꽂고 싶은 심정이네. 그렇게 해서 피라도 보면 좀 더 나아질 것 같네. 아, 이 가슴의 울분을 토하기 위해 수백 번이나 칼을 집어 들었다네. 혈통이 고상한 말에 대한 이야기를 들은 적이 있어. 그런 말은 본능적으로 끔찍하게 몰아대서 흥분하면 자신의 혈관을 물어뜯어 숨을 돌린다더군. 나도 가끔 그런 기분이 들어. 혈관을 열어젖히고 영원한 자유를 얻고 싶은 거지.

3월 24일

궁정에 사직서를 신청했는데, 아마 받아들여 줄 것으로 기대하네. 자네와 어머니에게 먼저 허락을 받지 않은 점을 용서해 주길 바라네. 이제 이곳을 떠날 수밖에 없네. 이곳에 머물러달라고 나를 설득하기 위해 자네와 어머니가 무슨 말을 할지도 다 알고 있네. 그러니 어머니께 적당히 둘러대서 잘 말씀드려주게. 난 나 자신의 문제를 해결하기도 벅차다네. 내가 어머니를 도울 수 없더라도 어머니는 감수하실 거야. 물론 마음이야 아프시겠지. 아들이 추밀 고문관이나 공사를 목표로 멋지게 내달리다가, 이처럼 느닷없이 말을 멈추고 마구간으로 되돌아오는 것을 보는 심정이 오죽하시겠나! 이왕 이렇게 되었으니 좋은 방향으로 해석해 주게. 내가 이곳에 머물 수 있고 머물러야 하는 여러 가지 경우의 수를 따져볼 수 있겠지. 이 정도로 됐어, 난 떠나겠네. 내가 어디로 가는지 궁금해할 것 같아서 얘기하는데, 이곳에 XXX 공작이 있어. 나와 어울리는 것을 무척 좋아하시지. 그분은 나의 의향을 듣고 그러면 자신의 영지로 가서 봄날을 멋지게 보내자고 제안하셨네. 내가 뭘 하든 전혀 개의치 않겠다고 약속해 주셨어. 우리가 어느 정도까지는 서로 마음이 통하므로 행운을 믿고 그분을 따라가 볼 생각이야.

추신
4월 19일

두 통의 편지를 보내줘 고맙네. 곧바로 답장을 하지 않은 것은 궁정에서 나의 사직서가 수리될 때까지 이 편지를 보내지 않았기 때문이야. 혹시 어머니가 아시면 장관에게 도움을 청해 나의 계획이 힘들어지지 않을까 해서였어. 하지만 이제 일이 해결되어 나의 사직서가 수리되었네. 사람들이 나의 사직을 얼마나 안타까워하고, 장관이 내게 뭐라고 편지를 썼는지는 말하지 않는 것이 좋을 듯싶네. 그러면 자네와 어머니가 새삼 비탄에 젖을지도 모르니까. 황태자께서는 작별에 즈음하여 25두카텐[4]과 전하는 말씀도 보내주셨네. 그 말을 전해 듣고 가슴이 찡해 눈물이 날 뻔했네. 아무튼 그러니 최근에

---

4   유럽의 옛 금화.

어머니께 부탁했던 돈이 필요 없게 됐네.

5월 5일

내일 이곳을 떠나네. 내가 태어난 고향이 지나가는 길에서 6마일밖에 안 떨어진 곳에 있으니, 그곳에도 들러 행복한 꿈을 꾸던 옛 시절을 회상해 볼 거야. 성문 안에도 들어가 볼 생각이야. 아버지가 돌아가시자 어머니는 사랑스럽고 정겨운 그곳을 떠나 나를 데리고 견디기 힘든 도시에 들어와 칩거 생활을 하고 계신다네. 잘 있게, 빌헬름. 여행 소식도 알려주겠네.

5월 9일

나는 순례자의 경건한 심정으로 고향 순례를 마쳤고, 예기치 못한 여러 가지 감회에 사로잡혔네. 시내에서 교외 방면으로 십오 분 걸리는 곳에 큰 보리수나무가 있어. 그곳에서 우편 마차를 세우고 내린 다음 마차는 그대로 보냈어. 걸으면서 아주 새롭고 생생하게 온갖 추억을 마음껏 맛보기 위해서였지. 보리수나무 아래 다시 서 보았어. 옛날 소년 시절 내 산책길의 목적지이자 경계선이기도 했던 나무였어. 아, 그 사이에 이렇게 변하다니! 그 시절 나는 아무것도 모르고 행복한 마음으로 미지의 세계를 동경했어. 넓은 세계로 가면 갈구하고 동경하는 내 가슴을 가득 채우고 충족시켜 줄 자양분과 즐거움을 듬뿍 얻을 수 있으리라 기대했어. 그런데 그 넓은 세계에서 이런 모습으로 돌아왔네. 오, 이보게, 얼마나 많은 희망이 수포로 돌아갔고, 얼마나 많은 계획이 실패로 끝났던가! 눈앞의 산들을 바라보았네. 지난날 산에 수천 번이나 내 소망을 빌었지. 몇 시간이고 이 자리에 앉아 저 산 너머를 동경했고, 아스라이 너무나 다정하게 내 시야에 들어오는 숲과 계곡을 진심 어린 마음으로 넋을 잃고 바라보기도 했지. 그러다가 다시 돌아갈 시간이 되면 얼마나 내키지 않는 발걸음으로 이 사랑스러운 장소를 떠났던가! 시내에 더 가까이 다가가자 익히 알던 오래된 정자들이 나를 반겨주었어. 새 정자들은 마음에 들지 않았어. 그 외에 새로 바꾸어놓은 것 역시 죄다 마음에 들지 않더군. 성문 안으로 들어서자 즉시 옛날로 완전히 돌아간 느낌이었어. 이보게, 시시콜콜 다 이야기하지 않는 게 좋을 것 같네. 너무 매력적인 감회이긴 하지만 이야기로 하면 너무 지루해질지도 모르거든. 옛날 우리가 살던 집 바로 옆의 광장 쪽에 숙소를 정하기로 했어. 그쪽으로 가면서 보니 어느 정직한 노부인이 우리의 어린 시절을 가두어 놓았던 교실은 잡화점으로 바뀌어 있더군. 그 구덩이에서 견뎌내야 했던 불안과 눈물, 답답한 심정과 두려움이 새삼 되살아났어. 발걸음을 옮길 때마다 색다른 느낌이 들었어. 성지에 있는 순례자라 해도 종교적 추억이 서린 장소를 이토록 많이 만나지는 못할 것이며, 그의 영혼이 이토록 성스러운 감동으로 충만하지는 못할 것이네. 이런 예를 들자면 한이 없을 테니 한 가지만 들어보겠네. 강을 따라 내려가다가 어느 집 뜰에 다다랐어. 전에 다니던 길이기도 하지. 우리 소년들은 이 장소에서 납작한 돌멩이를 물 위로 던져 얼마나 많이 튀는지 보는 물수제비뜨기 놀이를 했었지. 너무나 생생한 기억이 떠오르더군. 그때 가끔 멍하니 서서 강물을 바라보며 놀라운 예감에 사로잡히곤 했었지. 강물이 흘러가는 여러 지역을 상상하며 모험심에 들떴다가도 금방 상상력의 한계에 부딪히기도 했었지. 그래도 멈추지 않고 계속 상상의 나래를 펴서 결국 눈에 보이지 않는 아득한 곳이 보이는 듯한 착각에 빠져들었지. 이보게, 우리의 훌륭한 조상들은 이처럼 제한된 환경에서도 그토록 행복할 수 있었다네! 그분들의 감정과 문학은 그토록 순진무구했던 거지! 오디세우스가 대양은 광대무변하게 땅은 끝이 없다고 말할 때 그의 말은 너무나 진실하고 인간적이며, 너무나 진지하고 친밀하며 신비로워. 그런데 내가 지금 지구는 둥글다는 말을 어린 학생들에게 거듭 이야기할 수 있단 한들 그게 내게 무슨 소용이란 말인가? 인간이 이 땅에서 즐기기 위해선 약간의 흙덩이만 있으면 되고, 땅에 묻히는 데는 그보다 더 적은 양의 흙만 있으면 되네.

이제 나는 공작의 사냥 별장에 와 있네. 이 분과는 아직 매우 잘 지내고 있네. 진실하고 소박한 분이지. 공작 주위에도 도무지 이해할 수 없는 괴상한 사람들이 있기는 하네. 나쁜 사람들 같지는 않지만 그래도 정직한 사람들로 보이지도 않네. 가끔은 정직해 보이기도 하지만, 그래도 신뢰할 수 없는 사람들이야. 그런데 유감스럽게도 공작은 종종 남들에서 듣거나 책에서 읽은 것만 화제로 삼고 있어. 그것도 상대방이 그의 앞에 제시한 관점에서 이야기하고 있어.

공작 역시 나의 마음보다 나의 분별력과 재능을 더 높이 평가하고 있어. 하지만 내 마음이야말로 내 유일한 자랑거리이고, 내 마음이야말로 모든 것, 즉 모든 힘, 모든 행복과 비참함의 유일한 원천인데 말이야. 아, 내가 아는 것은 누구나 알 수 있지만, 내 마음은 오직 나만의 것이라네.

5월 25일

나는 어떤 계획을 품고 있었는데, 그것이 실현될 때까지는 이야기하지 않으려 했어. 하지만 이제 그 계획이 수포로 돌아갔으므로 말을 해도 상관없게 되었네. 나는 전쟁터에 나가려 했네. 오랫동안 그런 생각을 가슴에 품어 왔지. 내가 공작을 따라온 것도 주로 그 이유 때문이었는데, 공작은 XXX 지역을 관할하는 장군이었네. 산책길에 내 의향을 밝혔더니 공작은 만류하더군. 그가 만류하는 근거에 내가 귀 기울이려 하지 않는다면 나의 계획이 변덕이라기보다는 열정이 분명하다고 그러더군.

6월 11일

자네가 뭐라 하든 이곳에 더는 머물 수 없어. 여기서 뭘 한단 말인가? 서서히 짜증이 나고 있어. 공작은 어떻게든 날 붙잡으려 하지만, 난 그럴 수 없는 상황이야. 우리는 기본적으로 아무런 공통점이 없어. 그는 분별력이 있는 분이긴 하지만, 매우 평범한 분별력일 뿐이야. 그와 교제하는 것은 잘 쓴 책을 읽을 때보다 나을 게 없네. 일주일 더 머물다가 다시 정처 없이 돌아다닐 거야. 여기 와서 내가 한 일 중 가장 잘한 것은 그림을 그린 거네. 공작은 예술에 대한 감각이 있으니, 지겨운 학식이나 평범한 전문용어에 얽매이지만 않는다면 예술 감각이 더욱 좋아질 걸세. 내가 한껏 상상력을 발휘하여 그를 자연과 예술의 세계로 이끌면, 그는 판에 박힌 예술용어를 들이대며 문제를 단번에 해결했다고 생각하는데, 그럴 때면 나는 가끔 이를 부득부득 갈기도 하네.

6월 16일

정말이지 나는 지상의 방랑자이자 순례자일 뿐이야! 그럼 자네들은 그 이상의 존재란 말인가?

6월 18일

내가 어디로 갈 거냐고? 자네한테는 믿고 털어놓겠네. 아직 2주일은 더 이곳에 있어야 하네. 그다음엔 모처에 있는 광산을 찾아가겠다고 스스로에게 최면을 걸어 놓았네. 하지만 사실 그 일에는 아무 관심이 없고, 다만 로테에게 다시 더 가까이 다가가려는 것일 뿐이라네. 그게 전부야. 난 이런 자신의 마음을 비웃고 있어. 그래도 내 의지가 시키는 대로 할 뿐이야.

7월 29일

아니, 잘 됐어! 모든 것이 잘 됐어! 내가—그녀의 남편이라면! 오, 나를 만드신 신이시여, 저에게 그런 축복을 베풀어

주셨더라면 저는 평생토록 줄곧 기도드렸을 겁니다. 하지만 저는 따지려는 것이 아닙니다. 저의 눈물을 용서해 주시고, 저의 부질없는 소망을 용서해 주십시오! 그녀가 내 아내라면! 태양 아래 가장 사랑스러운 존재인 그녀를 껴안을 수 있다면! 빌헬름, 알베르트가 그녀의 날씬한 몸을 안는다 생각하면 온몸에 전율이 일어나네.

그런데 내가 이런 말을 해도 될까? 안 될 게 뭐가 있는가, 빌헬름? 그녀는 알베르트와 사는 것보다 나와 함께 사는 것이 더 행복할 텐데! 아, 알베르트는 가슴의 모든 소망을 채워 줄 사람이 아니야! 그는 감수성이 좀 부족해. 자네가 어떻게 받아들이든 상관없네. 그의 가슴은 함께 공감하며 뛰지 않아―아!―어떤 책을 읽을 때 로테와 나는 어느 대목에서 함께 공감하는데 말이야. 제3자의 행동에 대해 우리의 감정이 공공연히 표출되는 다른 수많은 경우에도 알베르트는 공감하지 못해. 이보게, 빌헬름! 물론 알베르트가 로테를 진심으로 사랑하는 것은 사실이네. 그 정도의 사랑이면 충분히 보답받을 만하지 않은가!

참기 어려운 어떤 인간이 와서 편지를 그만 쓸 수밖에 없네. 내 눈물은 말라버렸어. 내 정신도 어수선해졌어. 잘 있게, 친구!

8월 4일

 나 혼자 이러는 것은 아니야. 누구나 희망을 걸었다가 좌절하고, 소망했다가 기만당하지! 나는 보리수나무 아래 사는 착한 여인을 찾아갔어. 맏이 녀석이 달려 나와 나를 맞아주었고, 그 아이가 환호성을 지르자 애 어머니도 따라 나왔어. 어머니는 매우 상심한 듯 보였어. 그녀는 이렇게 첫 마디를 꺼냈어. "선생님, 아, 우리 한스가 죽고 말았어요!" 한스는 막내아들이었어. 나는 뭐라고 말을 꺼낼 수 없었어. "남편은 스위스에서 돌아왔는데, 빈손으로 왔어요. 마음씨 좋은 사람들이 도와주지 않았더라면 구걸까지 해야 할 지경이었어요. 돌아오는 도중에 열병에 걸렸어요." 나는 그녀에게 아무런 해줄 말이 없어서, 꼬마한테 약간의 돈을 쥐어줬어. 그녀는 내게 사과라도 몇 개 가져가라고 해서 나는 사과를 받아들고 추억의 장소를 슬픈 기분으로 떠나왔어.

8월 21일

 내 마음은 마치 손바닥을 뒤집듯 갈팡질팡하고 있어. 때로는 인생의 즐거운 전망이 다시 어렴풋이 보이기도 하지만, 아, 그것도 한순간일 뿐이야! 그런 꿈에 빠져 있을 때는 이런 생각을 억누를 길 없어. 만약 알베르트가 죽는다면 어떻게 될까? 그럼 너는! 그래, 그럼 그녀는. 나는 이런 망상을 뒤쫓다가 결국 심연의 언저리까지 와서야 덜컥 겁이 나 뒷걸음질 친다네.

성문 밖으로 나가보면 길이 얼마나 완전히 달라졌는지 몰라! 로테를 무도회장으로 데려다주기 위해 처음으로 달렸던 길 말이야. 모든 것, 모든 것이 덧없이 흘러가 버렸어! 이전 세계를 암시해 주는 어떤 것도, 당시 감정을 나타내 주는 어떤 맥박도 사라져 버렸어. 마치 번창하던 나라의 영주가 한때 성을 짓고 온갖 화려한 장식물로 꾸며 놓은 뒤 임종을 맞아 사랑하는 아들에게 기대에 넘쳐 물려주었으나, 혼령이 되어 돌아와 완전히 불타버려 파괴된 성을 보는 심정이었어.

9월 3일

나는 때로는 이해가 안 될 때가 있어. 어떻게 다른 남자가 로테를 좋아할 수 있고, 좋아해도 되는지가. 나는 이렇게 이 마음 다 바쳐 진심으로 넘치도록 사랑하고 있는데, 그녀밖에 알지 못하고 그녀밖에 가진 것이 없는데!

9월 4일

 그래, 그런 거야. 자연이 가을로 기울 듯이 내 마음과 주위 세계도 가을이 되고 있어. 내 마음의 나뭇잎도 노랗게 물들고, 주위의 나뭇잎들도 벌써 떨어져 버렸어. 내가 이곳에 막 왔을 때 어느 하인 이야기를 한 적 있지? 나는 최근 발하임에서 그를 다시 수소문해 보았어. 일하던 집에서 쫓겨났다는데, 더 이상은 그에 대해 알려고 하지 않더군. 어제 다른 마을로 가던 도중 그 하인과 우연히 마주쳤어. 나는 그에게 말을 걸었고, 그는 자신의 지난 얘기를 들려주었어. 그 이야기에 나는 두 배, 세 배는 감동받았다네. 자네도 그걸 들으면 쉽게 이해될 거야. 그렇지만 그 이야기를 시시콜콜 다 해봤자 무슨 소용이겠어? 나를 불안하게 하고 내 마음을 상하게 하는 것을 어째서 나 혼자 간직하지 않는 걸까? 내가 왜 자네까지 슬프게 하는 걸까? 어째서 나는 항상 자네가 나를 가엽게 여기고 나를 책망할 기회를 주는 걸까? 그러려니 해야지, 이것도 내 운명에 속하는지도 모르니까!

 그 친구는 처음에는 묻는 말에 조용히 슬픈 표정으로 대답했는데, 그런 태도에서 나는 그가 약간 수줍어하는 사람이란 느낌을 받았어. 하지만 이내 자신과 나의 관계를 갑자기 깨달은 듯 마음을 열고 자신의 실수를 털어놓으며 자신의 불행을 하소연했어. 이보게, 그가 하는 한 마디 한 마디는 자네 판단에 맡기겠어! 그는 마음속에서 여주인에 대한 열정이 하루가 다르게 커졌다고 고백했어, 아니 옛 추억에 잠겨 그 나름대로 즐기며 행복한 마음으로 들려줬어. 결국 그는 자기가 무슨 일을 하고 있는지, 자기 마음을 어떻게 표현해야 할지, 고개를 어디로 돌려야 할지도 모르는 상태가 되었어. 그는 먹을 수도 마실 수도 잠을 이룰 수도 없었고, 목구멍이 꽉 막히는 기분이었다고 얘기했어. 해서는 안 될 일을 하고, 시킨 일은 까먹어버렸다는 거야. 마치 악령에 시달리는 기분이었다고 그래. 결국 그러던 어느 날 그는 그녀가 위층의 어느 방에 있는 것을 알고는 그녀에게 갔다고, 아니 오히려 이끌려갔다더군. 여주인이 자기의 청을 들어주지 않자 힘으로 그녀를 제압하려 했어. 자기에게 어떻게 그런 일이 벌어졌는지 모르겠다는 거야. 하지만 하느님께 맹세컨대 여주인을 향한 자신의 마음은 항상 진실했고, 그녀와 결혼해서 평생을 함께 보냈으면 하는 애타는 소망밖엔 없었다고 했어. 그는 한동안 이야기를 하다가 말을 더듬거리기 시작했어. 아직 할 말이 있지만 다 털어놓을 엄두가 나지 않는 사람처럼 말이야. 마침내 그는 수줍어하며 털어놓았어. 그녀가 약간의 친밀감을 받아주었으며, 가까이 다가가는 것도 허락해 주었다고. 그는 두세 번 말을 중단했다가 열심히 그녀를 옹호하는 말을 되풀이하기도 했어. 이런 말을 한다고 해서 그녀를 나쁜 여자로 만들려는 것은 아니고, 그의 표현에 따르면 예전과 다름없이 그녀를 사랑하고 소중히 여긴다고 그래. 이런 말을 다른 사람에게 발설한 적이 없지만 내게만 털어놓는 것은 자신이 괴팍하거나 정신 나간 사람이 아니라는 것을 내게 납득시키기 위해서라고 했어.

그런데 이보게, 내가 영원히 되풀이할 것 같은 말을 이 자리에서 다시 꺼내려 하네. 내 앞에 서 있던 그 친구를 아직도 내 앞에 서 있는 것처럼 자네에게 보여줄 수 있다면! 그가 하는 말을 그대로 전할 수 있다면! 내가 얼마나 그의 운명에 참여하고, 참여할 수밖에 없었다는 것을 자네가 느끼도록 하기 위해! 하지만 자네가 내 운명을 잘 알고 있고, 나에 대해서도 잘 알고 있으니 그것으로 충분하네. 그러니 내가 왜 모든 불행한 사람들에게, 특히 이 불행한 친구에게 그토록 마음이 끌리는지 너무나 잘 이해할 거야.

이 편지를 다시 죽 읽어보니 이야기의 결말을 들려주는 것을 잊었군. 하지만 뻔히 짐작할 수 있는 내용이야. 여주인은 다시 그를 거부했어. 이미 오랫동안 그를 미워한 그녀의 오빠가 거기에 가세했어. 오빠는 벌써 오래전부터 그를 집에서 쫓아내려 했지. 여동생이 재혼하면 자기 아이들에게 돌아갈 유산이 날아갈까 봐 걱정되었던 거지. 그녀에게 자식이 없으니 자기 아이들이 유산을 물려받을 거라고 잔뜩 기대하고 있었던 거야. 그래서 오빠는 하인을 당장 집에서 내쫓고는 그 일로 한바탕 큰 소동을 벌여 설령 여동생이 원한다 해도 그 하인을 다시는 집에 받아들일 수 없도록 해놓았지. 그 후 여주인은 다시 다른 하인을 두었는데, 들리는 말로는 이 하인 문제로도 오빠와 사이가 틀어졌다는 거야. 사람들 주장으로는 그녀가 새 하인과 결혼할 것이 확실하다고 하는데, 오빠는 자기가 그런 꼴은 보지 못하겠다며 단단히 벼르고 있다고 그래.

지금 자네에게 들려준 이야기는 과장한 것도 미화한 것도 아니야. 아니 실제보다 약하게 누그러뜨려 들려줬다고 할 수 있을 거야. 그러나 우리가 물려받은 윤리적 용어로 이야기했기에 조악해지고 말았어.

그러므로 이 같은 사랑, 이 같은 충직함, 이 같은 열정은 결코 문학적으로 꾸며낸 말이 아니야. 이런 사랑은 아직 살아 있고, 우리가 보통 교양 없고 거칠다고 일컫는 부류의 사람들에게만 더없이 순수한 모습으로 존재하는 거라네. 반면에 우리 같은 교양인들은 잘못 교육받아 아무짝에도 쓸모없게 된 사람들일 뿐이야! 부탁인데 이 이야기는 경건한 마음으로 읽어주길 바라네. 오늘 이 이야기를 적어가면서 마음이 차분해져. 평소와 달리 급히 아무렇게나 휘갈겨 쓰지 않은 내 필체를 보면 알 수 있을 거야. 이보게, 이 글을 읽고 이것이 자네 친구의 이야기이기도 하다는 사실을 명심해 주게. 그래, 나도 그런 일을 겪었고, 앞으로도 그렇게 진행될 거네. 그리고 나는 이 불행한 하인에 비하면 절반의 용감성도 절반의 결단성도 없어. 그러니 감히 그와 비교할 엄두조차 나지 않는군.

9월 5일

로테는 업무상의 일로 시골에 체류하는 남편에게 짤막한 편지를 썼어. 이렇게 시작되는 편지였어. "진심으로 사랑하는 당신에게, 될 수 있는 한 속히 돌아오세요. 당신이 돌아오기만을 기쁜 마음으로 손꼽아 기다리고 있어요." 그때 한 친구가 찾아와서 무슨 사정이 생겨 알베르트가 그렇게 빨리 돌아올 수 없을 거란 소식을 전해주었어. 그래서 편지는 발송되지 못했고 저녁에는 내 손에 들어오게 되었어. 나는 편지를 읽고 미소를 지었지. 그러자 로테가 무엇 때문에 웃느냐고 묻더군. "상상력이란 하느님께서 주신 얼마나 큰 선물인지 몰라요." 나는 큰소리로 외쳤어. "저는 잠시 저한테 쓴 편지 같다고 생각했거든요." 그녀는 이야기를 뚝 그쳤어. 보아하니 기분이 상한 것 같았어. 그래서 나도 입을 다물었어.

9월 6일

나는 로테와 처음 춤출 때 입었던 수수한 파란색 연미복을 더 이상 입지 않기로 했어. 그런 결심을 하기까지 쉽지 않았어. 하지만 결국 그 옷은 이제 볼품없게 되었어. 그래서 옷깃과 소맷부리가 전에 입었던 옷과 똑같은 옷을 한 벌 맞추었어. 거기에다가 노란색 조끼와 바지도 함께 맞추었어.

하지만 왜 그런지는 모르겠지만, 예전에 입었던 옷만큼 느낌이 사는 것 같지는 않아. 시간이 지나면 새 옷도 차츰 마음에 들겠지.

9월 12일

로테는 알베르트를 마중하러 며칠간 여행을 다녀왔어. 오늘 그녀 방에 들어갔더니 나를 반가이 맞아주더군. 나는 너무 기쁜 나머지 그녀의 손에 입을 맞추었어.

카나리아 한 마리가 거울 위에 있다가 날아와 그녀 어깨 위에 내려앉았어. "새로운 친구가 생겼답니다." 그녀는 그렇게 말하며 카나리아를 손 위로 불러 내렸어. "아이들에게 주려고 생각한 거예요. 하는 짓이 너무 귀여워요! 이것 보세요!" 빵을 주면 날개를 퍼덕이며 얌전히 쪼아 먹어요. 저와 입도 맞추어요, 보세요!"

그녀가 이 조그만 동물에게 입을 쑥 내밀자 새는 그녀의 달콤한 입술에 너무나 사랑스럽게 부리를 갖다 댔어. 마치 자신이 누리를 행복을 느낄 수 있다는 것처럼.

"당신도 입을 맞추도록 해드릴게요." 그녀는 그렇게 말하며 새를 내게 넘겨주었어. 새의 조그만 부리는 그녀의 입에서 내 입으로 건너왔어. 새가 쪼아대는 감촉은 사랑의 숨결이자 사랑에 넘치는 즐거움을 예감하게 해주는 것 같았어.

내가 말했어. "이 새의 입맞춤에도 욕망이 전혀 없지는 않은 것 같네요. 먹이를 찾다가 욕구를 채우지 못하자 공연한 애무를 그만두고 돌아서는 걸 보니까요."

그러자 그녀는 이렇게 말했어. "내 입에서 줘도 잘 받아먹어요." 그녀는 빵 부스러기 몇 개를 입에 물고 새에게 건네주었어. 그녀의 입술에서는 순진무구하게 공감하는 사랑의 기쁨이 환희의 미소로 번져 나왔어.

나는 얼굴을 돌리고 말았어. 그녀는 그래서는 안 되었어. 천상의 순진무구함과 축복이 담긴 그런 모습으로 나의 상상력을 자극해서는 안 되었어! 삶에 대한 무관심으로 가끔 잠들어 있곤 하는 내 가슴을 잠에서 깨워선 안 되었어! 하지만 안 될 게 또 뭐란 말인가? 그녀는 그토록 나를 신뢰하고 있어! 그녀는 내가 얼마나 그녀를 사랑하는지 알고 있는 것이야!

9월 15일

빌헬름, 이 지상에 그나마 가치 있는 몇 개의 것들을 알아보지도 느낄 줄도 모르는 인간들이 있다는 생각을 하니 정말 미칠 것만 같네. 성(聖) XXX의 정직한 목사를 찾아갔을 때, 로테와 함께 내가 그 그늘에 앉았던 호두나무 이야기는 자네도 기억하고 있겠지? 그 근사한 호두나무들은 언제나 내 마음을 더없는 기쁨으로 충만케 해주었지! 그 나무들 덕분에 목사관이 얼마나 친근하게 보이고 시원하게 느껴졌는지 모른다네! 나뭇가지들은 얼마나 멋져 보였던가! 더구나 추억을 더듬으면 오래전에 그 나무들을 심었던 정직한 목사들에게까지 기억이 거슬러 올라가네. 학교 선생님은 할아버지에게서 들은 이야기라면서 그중 한 분의 성함을 가끔 말해주곤 했지. 훌륭한 분이었다고 하는데, 나무 아래에서 그분을 회상할 때마다 항상 성스러운 기분이 들곤 했네. 어제 그 호두나무가 베어졌다는 이야기가 화제에 오르자 선생님의 눈에는 눈물이 글썽였네. 베어버리다니! 나는 미칠 것만 같네. 맨 처음 그 나무를 도끼로 내려친 개자식을 죽여 버리고 싶어. 만약 우리 집 마당에 자라는 몇 그루 중 하나가 늙어서 죽는다 해도 비탄에 잠길지도 몰라. 그런 내가 이 일을 그냥 지켜보고 있어야만 하다니. 친구여, 그런데 한 가지 문제가 생겼다네! 인간의 감정이란 참 알다가도 모르겠어! 온 마을 사람들이 불평하고 있어. 목사 부인은, 버터며 달걀. 그 밖의 선사품이 줄어드는 것을 보고, 마을 사람들의 마음에 얼마나 상처를 주었는지 느껴야 할 거야. 호두나무를 베어버리게 한 장본인이 바로 그 여자거든. 새로 부임한 목사(이전의 나이 든 목사는 그사이에 돌아가셨네)의 부인은 빼빼 마르고 병약한 여자야. 그녀가 세상일에 아무런 관심을 갖지 않는 것은, 아무도 그녀에게 관심을 갖지 않기 때문이지. 이 어리석은 여자는 학식을 쌓는 일에 몰두해서 성경 연구에 끼어들었어. 새로운 유행을 좇아 도덕적, 비판적 관점에서 기독교 개혁을 하는 데 열성을 쏟으며, 라바터[5]의 광신주의에는 어깨를 으쓱하며 무시했어. 그러다 보니 건강이 몹시 나빠져서, 하느님이 창조하신 이 지상에선 아무런 기쁨도 느낄 수 없게 되었네. 그런 여자니까 내가 그토록 소중히 여기는 호두나무를 베어 버릴 수 있었던 거지. 정말 어처구니없는 노릇이야! 그녀가 어떤 사람인지 한번 상상해 보게. 낙엽이 지면 뜰이 지저분하고 축축해지며, 나무들이 햇빛을 가리는 데다가 호두가 열리면 아이들이 돌을 던지고 해서 신경에 거슬린다는 거야. 그래서 케니콧[6], 제믈러[7], 미카엘리스[8]에 대한 비교 연구를 하려 해도 도무지 깊

---

5 요한 카스파 라바터(Johann Kaspar Lavater, 1741~1801): 스위스의 작가, 개신교 목사, 반(反)합리적·종교적 문예운동인 인상학(人相學)의 창시자. 괴테와 라바터는 우정을 나누었으나 나중에 라바터가 개종하려는 바람에 둘의 관계는 단절되고 말았다.

6 케니콧(Benjamin Kennikot, 1718~1821): 영국의 신학자.

7 제믈러(Johann Salomo Semler, 1725~1791): 독일의 경건파 신학자.

8 미카엘리스(Johann David Michaelis, 1717~1791): 독일의 신학자이자

은 생각에 잠길 수 없다는 거야. 마을 사람들, 그중에서도 특히 노인들이 무척 불만스러워 보이기에 내가 물어봤지. "여러분들은 왜 당하고만 계셨나요?" 그러자 그들은 이렇게 대답하더군. "이런 시골에선 면장이 하겠다고 하면 우리로선 어쩔 도리가 없지 않소?" 그렇지만 당연히 한 가지 문제가 생겼어. 목사는 그러잖아도 수프를 멀겋게 끓여주는 아내의 변덕을 이용하여 한 몫 챙기려는 심보로 면장과 나무 판 돈을 서로 나눠 갖기로 했어. 교구의 회계국에서 이 사실을 알고 "나무를 이리 내놓으시오!"라고 했어. 나무가 서 있던 목사관의 땅에 대해 그곳에 여전히 관할권이 있었던 거야. 회계국은 가장 비싸게 부르는 사람에게 그 나무를 팔아버렸어. 아무튼 나무는 쓰러져 있어! 아, 내가 영주라면! 목사 부인과 영주와 회계국을 모조리…… 하긴 내가 영주라면 영지 내의 나무에까지 어떻게 신경 쓸 수 있겠는가!

10월 10일

로테의 검은 눈동자를 보기만 해도 나는 행복해지네! 이보게, 그런데 언짢게도 알베르트는 내가 기대한 만큼—내가

동양학자.

그라면 행복했을 만큼—그리 행복해 보이지 않는다는 거야. 나는 줄표 넣는 것을 그다지 좋아하지 않지만 여기서는 달리 표현할 도리가 없어. 그래도 내 생각은 분명히 표현했다는 느낌이 들어.

10월 12일

오시안이 내 마음속에서 호메로스를 몰아냈어. 이 훌륭한 시인이 나를 이끌고 가는 세계가 얼마나 장엄한지 몰라! 자욱한 안개 속에서 어스름한 달빛 아래 선조들의 혼령을 이끌고 가는 거센 폭풍에 휩싸여 황야를 헤매고 다니네. 산골짜기로부터는 숲속의 요란스러운 계곡물 소리와 더불어 동굴 속에서는 망령들의 신음소리가 끊어질 듯 들려오네. 그리고 고귀하게 전사한 애인의 무덤가 이끼로 덮이고 풀이 무성한 네 개의 비석 주위에서 한 처녀의 숨넘어갈 듯한 애처로운 통곡소리가 들려오네. 그런 다음 다시 백발의 음유시인이 보여. 그는 광활한 황야에서 조상들의 발자취를 찾아 헤매고 다니네. 아, 마침내 조상들의 묘비를 발견하고 넘실대는 바닷속으로 숨어드는 정겨운 저녁별을 바라보며 비탄에 잠기네. 그러면 과거의 시간이 영웅의 가슴속에 생생히 살아나네. 그때 다정한 별빛은 용사들의 위험한 앞길을 비춰주고 달빛은 화환으로 장식하고 개선하는 배를 비춰주었지. 영웅의 이마에는 깊은 슬픔이 배어 있네. 마지막으로 남겨진 이 영웅은 기진맥진한 몸을 이끌고 무덤을 향해 비틀거리며 다가가네. 그는 고인이 된 자들의 혼백이 힘없이 떠도는 가운데 고통으로 이글거리는 늘 새로운 기쁨을 들이마시고, 차가운 대지와 크게 자라 바람에 흔들리는 풀을 내려다보며 외치네. "아름다웠던 내 모습을 알던 방랑자가 언젠가 찾아와서 물으리라. '그 가인(歌人), 핑갈의 훌륭한 아들은 어디 있는가? 그의 발걸음은 내 무덤 위를 지나갈 것이며, 이 지상에서 나를 찾아 헛되이 헤매리라.' 오, 친구여! 나도 고귀한 용사처럼 당장 칼을 뽑아들고 서서히 죽어가는 나의 주군 오시안을 단말마의 고통으로부터 단번에 해방시켜 주고 싶네. 그리고 내 영혼도 고통에서 해방된 반신(半神)에 뒤따라 보내고 싶네."

10월 19일

아, 이 공허감! 내 가슴속에서 느껴지는 이 끔찍한 공허감! 그녀를 단 한 번만, 단 한 번만이라도 껴안을 수 있다면 이 공허감이 완전히 채워질 것 같다는 생각이 자꾸 드네.

10월 26일

 그래, 빌헬름, 나는 분명히 느끼고 있어. 한 인간의 생존이란 그리 중요하지 않다는 것, 정말 별것 아니라는 것을 갈수록 분명히 느끼고 있어. 로테의 여자 친구가 로테를 찾아왔어. 그래서 책이나 보려고 옆방으로 들어갔어. 하지만 책이 눈에 들어오지 않아 편지를 쓰려고 펜을 집어 들었어. 그때 두 사람의 나직한 얘기 소리가 들려왔어. 별로 중요하지 않은 이야기였어. 누가 결혼하고 누가 아프며 누구는 중병이라는 시중의 새로운 소식이었어. 로테의 여자 친구가 이렇게 말했어. "그 부인은 마른기침을 하고, 얼굴은 뼈만 앙상한 데다 가끔 실신까지 한대. 분명 얼마 살지 못할 거야." 그러자 로테가 말했어. "XXX라는 남자도 상태가 무척 좋지 않대." 여자 친구는 "벌써 몸이 많이 부어올랐대."라고 대꾸하더군. 그러자 나의 활발한 상상력은 이런 불쌍한 사람들의 침상으로 옮겨갔어. 이들이 삶을 등지기 얼마나 싫어할지 눈에 선했어. 이들이 얼마나…… 빌헬름! 그런데 이 여자들은 남 얘기하듯 말하는 거야. 생판 모르는 사람이 죽어가듯 말이야. 나는 주위를 둘러보며 방안을 살펴보았어. 주위에 로테의 옷가지와 알베르트의 서류, 이젠 나도 정이 든 가구들과 심지어 잉크병도 눈에 들어왔어. 그것들을 바라보며 생각에 잠겼어. 네가 이 집에서 어떤 존재인지 봐라! 요컨대 너의 친구들은 널

존중하고 있어! 너도 가끔 그들을 기쁘게 해주지. 그리고 너는 그들이 없으면 살 수 없을 것 같다는 생각이 들겠지. 그렇지만 네가 떠난다면? 네가 이들 무리에서 사라진다면? 그들은 과연 네가 없어진다고 해서 얼마나 오랫동안 그들의 운명에 드리워진 공허감을 느낄까? 얼마나 오랫동안이냐? 아, 인간이란 이처럼 덧없는 존재네. 자신의 존재를 분명히 확신시켜주는 곳에서도, 자신의 현존을 유일하게 실감할 수 있는 곳에서도, 사랑하는 이들의 추억과 마음속에서도 소멸하고 사라져야만 하다니. 그것도 얼마 지나지 않아!

10월 27일

사람이 서로에 대해 그토록 별것 아닐 수 있다는 생각에 가끔 가슴을 갈가리 찢고 머리를 짓이기고 싶은 심정이야. 아, 사랑과 기쁨, 온정과 환희, 이런 것을 내가 베풀어주지 않으면 상대방이 내게 그런 것을 베풀어주지 않을 거야. 그리고 아무리 진심으로 행복에 넘쳐 있다 해도 상대방이 차갑고 시큰둥하게 나오면 행복하게 해줄 수 없는 법이지.

10월 27일

나는 가진 게 무척 많지만 그녀 생각이 모든 걸 집어삼켜 버려. 나는 가진 게 무척 많지만 그녀가 없으면 모든 게 무(無)가 되어버리네.

10월 30일

나는 벌써 골백번도 더 그녀의 목을 껴안을 지경까지 갔다네! 위대한 하느님은 아실 거야. 이토록 사랑스러운 존재가 눈앞에서 돌아다니는데 손을 뻗어 붙잡아서는 안 된다는 심정이 어떤지를. 허나 손을 뻗어 붙잡는다는 것은 인간의 가장 자연스러운 본능이지. 아이들은 눈에 띄는 것이면 아무것에나 손을 뻗어 붙잡으려 하지 않는가? 그런데 나는?

11월 3일

정말이지 나는 잠자리에 들 때마다 다시 깨어나지 않기를 바라고, 때로는 희망할 때도 있어. 그런데 아침에 눈을 뜨면 다시 태양이 보이고, 나는 비참한 심정이 되네. 아, 내가 변덕이 심한 사람이라서 날씨나 제3자, 계획이 실패한 탓으로 돌릴 수 있다면, 불쾌감이라는 이 견디기 힘든 짐을 절반이라도 덜어낼 수 있을 텐데. 아, 참으로 괴로운 신세구나! 모든 잘못이 내 탓임을 나는 절감하고 있어. 하긴 내 탓이라 할 순 없지! 예전에 모든 행복의 원천이 내 마음속에 있었듯이 모든 불행의 원천 역시 내 마음속에 있는 게 분명해. 한때 충만한 감정으로 두둥실 떠다니고 발걸음을 옮길 때마다 낙원이 뒤따르며 온 세상을 넘치는 사랑으로 품에 안는 가슴을 지녔던 내가 지금의 나와 동일 인물이 아니란 말인가? 그런데 그 가슴은 이제 죽었고, 그 가슴에서는 이제 감격이 흘러나오지 않으며, 내 눈물도 말라버렸어. 이제 눈물을 흘려도 더 이상 속이 후련해지지 않는 나의 감각은 불안하게 이맛살을 찌푸리고 있어. 나는 너무 고통에 시달리고 있어. 내 인생의 유일한 기쁨이었던 것, 내가 주위의 세계를 만들어 내게 해준 성스러운 생명력을 잃어버렸기 때문이지. 그 힘이 사라져 버렸어! 창밖으로 멀리 언덕을 바라보면 아침 해가 언덕 위로 안개를 뚫고 고요한 초원을 비춰줘. 그리고 강물이 잎사귀가 떨어진 버드나무 사이로 나를 향해 조용히 굽이쳐 흘러오지. 아, 그런데 이 근사한 자연도 래커 칠을 한 조그만 그림처럼 내 눈에는 경직된 모습으로 보여. 그리고 이 모든 기쁨도 내 가슴에서 머리 위로 한 방울의 행복도 뿜어 올리지 못해. 그런 주제에 말라빠진 우물이나 물이 새는 양동이처럼 하느님 앞에서 있는 꼴이라니. 나는 가끔 바닥에 엎드려 눈물을 흘리게 해달라고 간청했지. 극심한 가뭄이 들어 주위의 대지가 목말라할 때 농부가 비를 내려달라고 기도하듯이.

하지만 아, 우리가 아무리 간절히 애원해도 하느님은 우리에게 비도 햇볕도 내려주시지 않아. 내 느낌으로는 그래. 그런데 돌이켜 보면 고통스럽기만 한 데도 지난 시절은 왜 그토록 행복했을까! 그것은 내가 참을성 있게 성령을 기다리고, 하느님이 넘치도록 주시는 기쁨을 진심으로 감사하는 마음으로 극진히 받아들였기 때문이야.

11월 8일

로테는 내가 무절제하다고 책망했어! 아, 너무나 사랑스러운 태도로! 나의 무절제함이라 해봤자 와인 한 잔으로 시작해서 한 병을 다 비워버리는 것에 지나지 않아. 그녀가 말했어. "그러시면 안 되죠! 로테 생각을 하셔야죠!" 내가 대꾸했어. "생각하라고요! 나에게 굳이 생각해 달라고 말할 필요가 있을까요? 늘 생각하고 있는데요! 아니, 생각하지 않는다고 할 수 있어요! 언제나 내 마음속에 있는 걸요. 오늘은 당신이 최근에 마차에서 내렸던 그곳에 앉아 있었어요." 그러자 로테는 화제를 다른 데로 돌렸어. 내가 이런 이야기에 더 깊이 빠져들지 않도록 말이야. 이보게, 나는 그 지경이 돼버렸어! 그녀는 나를 마음대로 조종할 수 있어.

11월 15일

빌헬름, 진심으로 관심을 보여주고 호의가 담긴 충고를 해줘 고맙네. 부탁인데 너무 신경 쓰지 말기 바라네. 나 스스로 견뎌 나가겠네. 아무리 지쳤어도 아직 헤쳐 나갈 힘이 충분하니까. 자네도 알다시피 나는 종교를 존중해. 종교는 많은 기진맥진한 사람에게는 지팡이가 되고, 고통을 겪는 많은 사람에게는 청량제가 되거든. 하지만 누구에게나 그럴 수 있을까? 누구에게나 그래야만 할까? 넓은 세상을 바라보면 종교에 그런 영향을 받지 못한 사람이 무수히 많아. 설교를 들었든 듣지 않았든 앞으로도 그럴 거야. 그런데 종교가 내게 그런 영향을 줘야 한단 말인가? 하느님의 아들조차 아버지께서 보내신 사람들이 자기 주위에 모일 거라고 말하지 않았던가?[9] 그런데 내가 하느님의 아들에게 보내진 존재가 아니라면? 내 마음이 내게 말하듯이 하느님이 나를 곁에 두려고 하신다면? 부탁인데 나를 오해하지 말게. 이처럼 악의 없는 말

---

9   요한복음 제6장 44절~45절 참조.

을 조롱한다고 생각하지 말게. 지금 내 마음을 자네에게 그대로 보여주는 거네. 그렇지 않다면야 차라리 입 다물고 있었을 거야. 나는 나 자신이나 다른 누구든 잘 알지 못하는 사항에 대해서는 이러쿵저러쿵 한 마디도 늘어놓고 싶지 않거든. 인간의 운명이란 자신의 분수에 맞게 견뎌내고 자신의 잔을 다 비워내는 것이 아니겠는가? 그런데 그 술잔이 하느님이 보시기에도 인간의 입술에는 너무 쓰다 하셨거늘 내가 잘난 척하며 달콤한 맛이 나는 것처럼 해야 하겠는가? 그리고 삶 전체가 존재와 비존재 사이에서 떨고 있는 끔찍한 순간에 내가 무엇 때문에 부끄러워해야 한단 말인가? 과거가 미래의 암울한 심연을 번갯불처럼 밝혀주고, 내 주위의 모든 것이 가라앉고 나와 함께 세상이 멸망하는 끔찍한 순간에. "나의 하느님! 나의 하느님! 어찌하여 저를 버리셨나이까?"[10] 이 외침은 완전히 자신의 내면으로 몰려 자기 자신을 잃어버리고 끝없이 추락하는 존재가 헛되이 일어나려 사력을 다해 깊은 내면에서 이를 갈며 내는 목소리가 아니던가? 그런데 내가 그런 표현을 부끄럽게 여겨야 한단 말인가? 하늘을 두루마리처럼 둘둘 말아버릴 수 있다[11]는 하느님의 아들조차 피하지 못한 순간을 두려워해야 한단 말인가?

---

10   마태복음 제27장 46절 참조.

11   요한계시록 제6장 14절 참조.

11월 21일

로테는 자신이 나와 그녀를 파멸시킬 독약을 제조하고 있다는 사실을 알지도 느끼지도 못하고 있어. 그런데 나는 그녀가 나를 파멸시킬 술잔을 건네주면 환희에 차 홀짝홀짝 다 마셔버려. 그녀는 자주—자주? 아니 자주는 아니고 가끔—나를 정다운 눈길로 바라보네. 나도 모르게 드러나는 나의 감정 표현을 호의적으로 받아들여 주고, 그녀의 이마에는 내가 견뎌내는 것을 동정하는 기색이 확연해. 이는 무엇을 뜻하는 걸까?

어제 그녀 집을 떠나는데 그녀는 손을 내밀며 말했어. "안녕히 가세요, 사랑하는 베르터 씨!" 사랑하는 베르터 씨라니! 그녀가 내게 '사랑하는'이라는 말을 쓴 것은 이번이 처음이었어. 그 말은 내 심금을 울렸어. 나는 그 말을 수백 번이나 되뇌었어. 어젯밤에는 잠자리에 들면서 혼자 온갖 말을 지껄이다가 갑자기 이런 말을 하고 말았어. "잘 자요, 사랑하는 베르터 씨!" 이런 내 모습이 얼마나 우스웠는지 몰라.

11월 22일

나는 "그녀를 저에게 허락해 주세요!"라고는 기도할 수 없어. 그렇지만 그녀가 가끔 내 여자란 생각이 들어. 나는 "그녀를 저에게 주세요!"라고는 기도할 수 없어. 그녀는 다른 남자의 여자니까. 나는 내 고통을 이런 익살로 달래고 있어. 이런 식으로 계속하다가는 말도 안 되는 지루한 한탄으로 이어질 걸세.

11월 24일

그녀는 내가 견디고 있다는 것을 느끼고 있어. 오늘은 그녀의 눈길이 내 가슴 깊이 뚫고 들어왔어. 그녀 혼자 집에 있더군. 나는 아무 말도 하지 않았고, 그녀는 나를 물끄러미 바라보았어. 이제 내 눈에는 그녀 마음속의 사랑스러운 아름다움도 훌륭한 정신의 광채도 더 이상 보이지 않아. 그 모든 것이 내 눈앞에서 사라져 버렸어. 이제는 훨씬 숭고한 눈길이 느껴져. 지극히 진심어린 관심과 더없이 달콤한 연민의 표현이 가득한 눈길이었어. 그런데 나는 왜 그녀의 발치에 꿇어 엎드리지 못했던가? 왜 그녀의 목덜미에 수없이 입 맞추며 응답하지 못했던가? 그녀는 피아노 쪽으로 몸을 피하더니,

피아노 반주에 맞춰 달콤하고 나직한 목소리로 노래했어. 그녀의 입술이 그토록 매력적으로 보인 적은 여태껏 없었어. 그녀의 입술은 피아노에서 흘러나오는 달콤한 가락을 들이마시려고 갈망하며 열려 있는 듯했고, 순결한 입에서는 은밀한 메아리만이 울려 나오는 것 같았어. 자네에게 이 광경을 제대로 묘사할 수 있다면 좋으련만! 나는 더 이상 견디지 못하고 고개 숙여 맹세했네. 천상의 영(靈)들이 떠도는 그대의 입술이여! 감히 그대 입술에 입 맞출 생각은 하지 않겠어. 그렇지만 입 맞추고 싶어. 쳇! 이보게, 내 영혼 앞에 칸막이벽이 가로막고 있어. 이 지극한 행복! 그 행복을 맛본다면 죗값을 치르는 의미로 파멸해도 좋아. 그런데 그게 죄란 말인가?

11월 26일

나는 가끔 나 자신에게 이렇게 말하곤 하네. '너의 운명은 세상에 둘도 없어. 다른 사람들을 행복하다고 찬미하라. 너처럼 큰 고통을 겪은 사람은 아무도 없었어.' 그런 뒤 옛 시인의 시를 읽으면 마치 나 자신의 마음을 들여다보는 것 같아. 내가 이토록 큰 고통을 감내해야 하다니! 아, 나 이전에 살았던 사람들도 이토록 불행했단 말인가?

11월 30일

난 아무래도 제정신을 차리지 못할 것 같아! 가는 곳마다 마음의 평정을 잃게 만드는 현상과 마주치니까. 오늘도 그랬어! 아, 운명이란! 아, 인간이란!

점심시간에 물가를 거닐었어. 식욕이 생기지 않더군. 모든 것이 황량했어. 산 쪽에서 냉하고 습한 바람이 불어왔고, 잿빛 비구름이 골짜기로 몰려왔어. 멀리 허름한 녹색 상의를 입은 한 남자가 보이더군. 바위들 사이를 이리저리 기어 다니며 약초를 캐는 모양이었어. 가까이 다가가자 그는 인기척을 느끼고 뒤돌아보더군. 인상이 퍽 흥미로웠어. 얼굴에는 잔잔한 슬픔이 배어 있었지만, 그 외에는 반듯하고 선한 심성이 고스란히 드러났어. 검은 머리는 핀을 꽂아 두 다발로 묶었고, 나머지 머리는 굵게 땋아 등 쪽으로 드리워졌어. 옷차림으로 보아 신분이 미천한 사람 같기에 그가 하는 일에 관심을 보여도 나쁘게 생각하지 않을 듯싶었어. 그래서 무얼 찾고 있는지 물어보았지. 그는 깊은 한숨을 쉬며 말하더군. "꽃을 찾고 있는데, 통 보이질 않네요." 나는 미소를 띠며 말했어. "꽃이 피는 철도 아니잖아요." 그러자 그는 내가 있는 쪽으로 내려오며 말했어. "꽃에는 매우 많은 종류가 있지요. 우리 집 정원에는 장미와 두 종류의 인동초가 있어요. 인동초 중 하나는 아버지가 주신 것인데, 자라는 게 마치 잡초 같아요. 벌써 이틀째 꽃을 찾고 있는데 보이질 않는군요. 이 근처에도 늘 노란색, 파란색, 빨간색 꽃들이 있었거든요. 용담에는 조그만 예쁜 꽃이 피지요. 그런데 하나도 보이질 않아요." 나는 왠지 섬뜩한 느낌이 들었어. 그래서 에둘러서 물어봤어. "꽃은 대체 어디다 쓰려는 거요?" 그의 얼굴에 이상야릇한 미소가 스쳐 지나갔어. "내 말을 남에게 발설하면 안 됩니다." 그는 손가락을 입에 갖다 대며 말했어. "애인에게 꽃다발을 만들어주기로 약속했거든요.", "그것 참 멋지군요." 내가 그렇게 말했어. "그래요, 그녀는 다른 것은 많이 가지고 있거든요. 그녀는 부자랍니다.", "그렇지만 그녀는 당신이 선물하는 꽃다발을 좋아하는군요." 나는 그렇게 맞장구를 쳤어. "그럼요!" 그녀는 말을 이었어. "보석도 있고 왕관도 있어요.", "애인 이름이 어떻게 되는데요?" 그가 대꾸했어. "네덜란드 정부가 내게 돈을 치렀더라면 내가 이런 처지는 아니었을 겁니다! 정말이지 나도 한때 잘나가던 시절이 있었어요! 하지만 이제 난 끝장났어요. 나는 이제……" 하늘을 쳐다보며 눈물을 글썽이는 모습이 모든 것을 표현해 주고 있었어. 내가 다시 물어보았어. "그러니까 전에는 행복했겠군요?", "아, 다시 그렇게 되면 좋겠어요!" 그가 말했어. "그때는 너무 행복했지요. 너무나 즐겁고 너무나 신났어요. 마치 물고기가 물을 만난 듯 말입니다!", "하인리히!" 그때 어떤 노파가 우리 쪽으로 다가오며 소리쳤어. "하인리히, 어디 처박혀 있는 거니? 너를 찾아 사방을 돌아다녔잖아. 밥 먹으러 가자.", "아드님인가요?" 그녀에게 다가가며 내가 물었어. "네, 불쌍한 내 아들이지요!" 그녀가 대꾸했어. "하느님께서 제게 큰 시련을 주셨지요." 내가 물었어. "이렇게 된 지는 얼마나 됐는데요?" 그녀가 대답했어. "이렇게 조용해진 지는 이제 반년쯤 되었어요. 이만한 것만 해도 다행이지요. 전에는 꼬박 일 년 동안 미쳐 날뛰어서 사슬에 묶인 채 정신병원에 있었답니다. 지금은 아무에게도 해코지하진 않아요. 다만 걸핏하면 왕이나 황제를 들먹이는 게 문제지요. 원래는 착하고 조용한 아이여서 집안 살림도 도왔고 글씨도 곧잘 썼어요. 그러다가 갑자기 침울해지고, 열병에 걸리더니 결국 미쳐버렸어요. 그리고 지금은 보시는 그대로입니다. 이런 걸 말씀드리자면, 선생님." 나는 쉬지 않고 쏟아져 나오는 노파의 말을 끊고 물어보았어. "아드님이 너무나 행복하고 좋았던 시절이 있었다고 자랑하던데 그건 언제 이야기인가요?", "지지리도 못난 녀석이지요!" 노파는 측은하다는 듯 미소를 지으며 외쳤어. "완전히 정신이 나갔을 때를 말하는 겁니다. 늘 그 시절을 자랑하지요. 정신병원에 있을 때 말이지요. 그때는 자기 자신이 누군지도 전혀 몰랐어요." 그 말에 나는 마치 벼락이라도 맞은 느낌이었어. 나는 노파의 손에 동전 한 닢을 쥐여주고는 서둘러 그곳을 떠났어.

그때가 행복한 시절이었다니! 나는 그렇게 소리치며 시내

방향으로 재빨리 발걸음을 옮겼어. 물고기가 물 만난 듯 행복했다니! 하늘에 계신 하느님! 인간이 분별력을 갖기 전이나 분별력을 다시 잃어버렸을 때만 행복할 수 있도록 인간의 운명을 정해 놓으셨나요? 불쌍한 친구 같으니! 그런데 나는 그대의 슬픔과 그대를 고통스럽게 하는 정신착란이 얼마나 부러운지 모르겠어! 그대는 그대의 왕비에게 꽃을 꺾어주려고 희망에 넘쳐 밖으로 돌아다니지 않는가. 그것도 한겨울에. 꽃이 보이지 않는다고 슬퍼하고 왜 보이지 않는지도 깨닫지 못하면서. 그런데 나는 아무런 희망도 목표도 없이 헤매고 다니다가 나갈 때와 똑같은 모습으로 다시 집으로 돌아오는구나. 그대는 네덜란드 정부가 돈을 치렀더라면 완전히 처지가 달라졌을 거라 상상하지. 축복받은 사람이야! 자신의 불행을 세상의 방해 탓으로 돌릴 수 있으니! 그대는 망가진 가슴과 착란을 일으킨 머릿속에 그대의 불행, 지상의 어떤 왕도 도와줄 수 없는 불행이 깃들어 있다는 것을 깨닫지 못하고 있어.

병을 고치려고 아주 멀리 떨어진 샘을 찾아 여행을 떠났다가 오히려 병을 악화시키고 더 고통스러운 여생을 보내는 환자를 비웃는 자는 절망에 빠져 죽어야 마땅할 것이다! 또한 양심의 가책에서 벗어나고 영혼의 고통을 덜기 위해 예수의 무덤으로 순례를 떠나는 곤경에 처한 사람을 멸시하는 자 역시 마찬가지리라. 길도 나 있지 않은 곳에서 발바닥이 갈라지며 한 걸음씩 내딛는 발걸음은 고통에 시달리는 영혼에겐 한 방울의 진통제가 되지. 힘든 여정을 하루하루 견뎌 나갈 때마다 마음속의 고통은 더욱 가벼워지는 것이지. 그런데 안락한 생활을 하며 쓸데없는 말을 늘어놓는 자들이 그런 행위를 광기라 부를 수 있단 말인가? 광기라니! 오, 신이여! 제가 흘리는 눈물이 보이지요! 당신은 인간을 이토록 가련한 존재로 만드셨어요. 그런데 인간이 당신에게 품은 가난한 마음과 약간의 신뢰마저 빼앗아가는 자들을 형제라고 인정하시다니요, 더없이 자비로우신 신이시여! 병을 낫게 하는 약초 뿌리나 포도즙의 효능을 신뢰하는 것은 당신에 대한 믿음이 아니고 무엇이겠습니까? 매시간 우리에게 필요한 치유력과 진통 능력을 우리 주위의 모든 것에 부여하신 당신에 대한 믿음이 아니고 무엇이겠습니까? 제가 알지 못하는 아버지시여! 전에는 제 영혼을 충만케 했지만 이제는 저를 외면하시는 아버지시여, 저를 당신 곁으로 불러주옵소서! 더 이상 침묵하지 마옵소서! 당신의 침묵은 이처럼 갈망하는 영혼을 잡아두지 못할 겁니다! 생각지도 않게 돌아온 아들이 목에 매달려 이렇게 소리친다 해서 한 인간이자 아버지로서 과연 화를 낼 수 있겠습니까? "아버지, 다시 돌아왔어요! 아버지의 뜻에 따라 더 오래 참고 견뎌야 했을 방랑을 그만뒀다고 해서 화내지 마십시오. 어디를 가든 세상은 매한가지입니다. 노력하고 일하면 보람과 기쁨이 따르는 법이지요. 그런데 그런 것이 제게 무슨 소용이란 말인가요? 저는 아버지가 계시는 곳에서만 행복합니다. 저는 아버지가 계시는 곳에서 고통을 겪고 즐거움을 얻고자 합니다." 하늘에 계시는 사랑의 아버지시여, 그래도 이 아들을 내쫓으시렵니까?

12월 1일

빌헬름! 내가 전에 말했던 그 사람, 행복하면서도 불행한 그 남자는 로테의 아버지 밑에서 서기로 일했다네. 그는 남몰래 로테에 대한 연정을 키워오다가 급기야 사랑을 고백하는 바람에 직장에서 쫓겨나고 미쳐버렸다는 거야. 터무니없게도 그 이야기가 내 마음을 얼마나 사로잡았는지 무미건조한 그 말에서 느껴보게. 알베르트는 그 이야기를 내게 너무나 태연히 들려주었다네. 자네도 아마 그 이야기를 태연히 읽을 테지.

12월 4일

제발 부탁이야. 알다시피 난 이제 끝장이야. 더 이상 견디지 못하겠어! 오늘 로테의 곁에 앉아 있었어. 난 앉아 있었고, 그녀는 피아노를 쳤어. 다양한 멜로디로 온갖 표현을 했어!

온갖 것을! 온갖 것을! 무슨 말이냐고? 로테의 어린 여동생은 내 무릎에 앉아 인형을 단장해 주고 있었어. 내 눈에 눈물이 고였어. 고개를 숙이자 그녀의 약혼반지가 눈에 들어왔어. 눈물이 쏟아지더군. 그녀는 갑자기 천상의 달콤함이 담긴 옛 멜로디를 치기 시작했어. 너무나 갑작스러운 일이었어. 나는 마음속으로 위안을 느끼며 이 노래를 들었던 시절의 추억을 떠올렸어. 그리고 로테와 헤어져 있던 암울한 시절의 언짢은 기억과 이루지 못한 희망의 기억도 떠올랐어. 그러고서 나는 방 안을 이리저리 거닐었고, 격정이 밀어닥쳐 가슴이 미어지는 듯했어. 나는 그녀한테 격한 감정을 분출하며 달려들 듯 말했어. "제발, 그만 하세요." 그녀는 연주를 멈추고 나를 빤히 쳐다보았어. 그녀는 내 마음에 사무치는 미소를 지으며 말했어. "베르터 씨, 많이 아프신 것 같아요. 좋아하시는 곡도 귀에 거슬리다니요. 그만 돌아가세요! 제발 부탁이니 마음을 진정시키세요." 나는 얼른 그녀의 집에서 나왔어. 신이시여! 저의 한심한 모습을 보고 계실 테니 이런 상태를 끝내주십시오.

12월 6일

그녀의 모습이 뇌리에서 떠나지 않아! 자나 깨나 온통 그녀 생각에 사로잡혀! 눈을 감으면 내면의 시력이 하나로 모이는 여기 내 이마에 그녀의 까만 눈동자가 떠올라. 여기에! 자네에게 어떻게 표현해야 할지 모르겠어. 눈을 감으면 그녀의 눈동자가 나타난다네. 마치 바다처럼, 심연처럼 그녀의 눈동자는 내 앞에, 내 속에 존재하고, 내 이마의 감각을 가득 채운다네.

　반쯤 신을 닮았다고 칭송받는 인간이란 어떤 존재란 말인가! 가장 절실히 힘이 필요한 그 순간에 힘이 없지 않은가? 기쁨에 들떠 있을 때나 고통에 빠져 있을 때, 인간은 기쁨과 고통 그 두 가지에 발목 잡혀 둔감하고 차가운 의식으로 되돌아가는 것이 아닌가? 무한한 것에 대한 감정으로 충만한 가운데 스스로를 잃어버리기를 갈망하는 순간에 말일세.

편집자가 독자에게 드리는 글

나는 우리 친구의 특기할 만한 마지막 며칠에 대한 자필 기록이 많이 남아 있기를, 그가 남긴 일련의 편지를 나의 서술로 중단시킬 필요가 없기를 얼마나 바랐는지 모릅니다.

나는 베르터의 이야기를 잘 알 만한 사람들의 입을 통해 정확한 정보를 수집하려고 노력했습니다. 마지막 며칠간의 이야기는 간단합니다. 사람들의 모든 증언은 몇 가지 사소한 점을 제외하고는 모두 일치합니다. 다만 관련 인물들의 심경에 대해서는 견해가 달랐고 판단도 엇갈렸습니다.

결국 편집자에게 남은 일은, 여러 모로 노력해서 알아낼 수 있는 내용을 양심적으로 서술하고, 고인이 남긴 편지를 끼워 넣고, 아주 사소하더라도 찾아낸 쪽지는 소홀히 다루지 않도록 하는 것입니다. 특히나 평범하지 않은 사람들 사이에서 벌어지는 하나하나의 행위의 매우 특수하고 진정한 동기를 찾아내기란 쉬운 일이 아니기 때문입니다.

베르터의 영혼에는 불만과 불쾌감이 갈수록 깊이 뿌리를 내리고 더욱 단단히 뒤엉켜서 그의 존재 전체를 점차 사로잡아 버렸습니다. 그의 정신의 조화는 완전히 파괴되었고, 그의 내면의 열기와 격함은 타고난 모든 힘을 뒤죽박죽으로 만들어 더없이 고약한 결과를 야기했습니다. 결국 그는 기진맥진한 상태에 빠지고 말았습니다. 그는 지금까지 온갖 불행과 싸워왔을 때 보다 더 불안한 마음으로 그런 상태에서 벗어나려 했습니다. 가슴속의 불안감은 그나마 남아 있던 정신력과 생동감, 총명함을 갉아먹었습니다. 그는 다른 사람과 대화를 나눌 때 슬픈 표정을 지었고, 점점 더 불행해졌으며, 불행해질수록 더욱 상식에 반하는 행동을 보였습니다. 적어도 알베르트의 친구들은 그렇게 말합니다. 그들의 주장에 따르면, 알베르트는 오랫동안 염원하던 행복을 손에 넣은 순수하고 조용한 사람이라고 했습니다. 베르터는 이 행복을 언제까지나 간직하고자 하는 알베르트의 태도를 제대로 평가할 수 없었다고 합니다. 말하자면 베르터는 날마다 가진 돈을 다 써버리고 정작 밤이 되면 굶주리며 괴로워했으니까요. 친구들의 말에 따르면 알베르트는 그렇게 단기간에 변하지 않았고, 여전히 베르터가 처음에 알았던 모습, 매우 높이 평가하고 존중했던 모습 그대로라고 합니다. 알베르트는 그 무엇보다 로테를 사랑했고, 그녀를 자랑스러워했으며, 그녀가 누구한테서도 더 없이 훌륭한 여성으로 인정받기를 원했습니다. 이 때문에 알베르트가 조금이라도 의혹을 살 만한 일은 피하려고 했다고 해서, 그 시점에서 아무리 순진무구한 방식으로라도 이 소중한 보물을 누구와도 함께 공유할 생각을 하지 않았다고 해서 과연 그를 나쁘게 볼 수 있을까요? 이들이 시인한 바에 따르면, 베르터가 로테 곁에 있으면 알베르트는 종종 부인의 방에서 나와 주었다고 합니다. 하지만 그것은 자기 친구를 싫어하거나 그에게 반감이 있어서가 아니라, 단지 자기가 함께 있으면 베르터가 부담스러워 할까 봐 그랬다고 합니다.

로테의 아버지가 병에 걸려 방안에 갇혀 지내게 되자, 아버지는 로테에게 자신의 마차를 보냈습니다. 로테는 그 마차를 타고 아버지가 계시는 곳으로 갔습니다. 아름다운 겨울날이었습니다. 첫눈이 듬뿍 내려 온 대지가 눈에 덮였습니다.

베르터는 다음 날 아침 그녀를 뒤쫓아 갔습니다. 만약 알베르트가 그녀를 데리러 가지 않으면 자기가 데려올 생각으로 말입니다.

맑은 날씨도 베르터의 우울한 심경을 달래주지 못했습니다. 그는 막연한 압박감에 짓눌리고 있었고, 슬픈 영상이 그의 내면에 단단히 자리 잡고 있었습니다. 그의 마음속에는 다른 움직임은 없고 오직 고통스러운 상념만 꼬리를 물고 이어질 뿐이었습니다.

그는 자기 자신과 언제나 불화를 겪으며 살아왔기에 다른 사람의 상태도 단지 우려스럽고 혼란스럽게 보이기만 했습니다. 그는 알베르트와 그의 아내 사이의 아름다운 관계를 방해했다고 생각했습니다. 그래서 그는 자신을 질책했는데, 거기에는 남편 알베르트에 대한 은밀한 반감도 섞여 있었습니다.

로테를 데리러 가는 도중에도 베르터는 이런 문제를 생각하고 있었습니다. 그는 몰래 이를 갈며 혼자 중얼거렸습니다. "그래, 그렇지. 그런 것이 친밀하고 다정하며, 애정 있고 모든 것에 관심을 가지는 교제고, 조용하고 지속적인 신의야. 하지만 그건 권태이자 무관심이야! 알베르트는 자신의 훌륭하고 소중한 부인보다 온갖 쓸데없는 일에 더 매력을 느끼지 않는가? 그는 자신의 행복을 제대로 평가할 줄 아는 건가? 그는 로테에게 합당한 만큼 그녀를 존중할 줄 아는가? 그는 그녀를 차지하고 있어. 그래, 좋아, 그가 차지하고 있어. 내가 뭔가 다른 것도 알고 있듯이, 그거야 나도 아는 사실이야. 나는 그런 생각에 이제 익숙해진 줄 알았어. 그런데도 그 생각만 하면 아직 미처 날뛰다가 죽어버릴 것만 같아. 나에 대한 그의 우정은 대체 타당한 것이었을까? 그는 로테에 대한 나의 집착만 해도 자신의 권리에 대한 침해라고 여기지 않을까? 그녀에 대한 나의 관심을 은밀한 비난으로 여기지 않을까? 나는 그런 사실을 잘 알고 있고, 분명히 느끼고 있어. 그는 나를 보기 싫어하고, 내가 멀리 떨어져 있기를 바라. 나의 존재는 그에게 부담스러워."

이따금씩 베르터는 빠른 걸음을 멈추고 조용히 서서 돌아갈까 망설이는 듯 보였습니다. 하지만 그는 번번이 앞쪽으로 발걸음을 옮겼고, 이런저런 생각을 하고 혼잣말을 하는 사이에, 마치 마지못해 그곳으로 가는 듯이 보였지만 마침내 사냥 별장에 도착했습니다.

그는 현관문에 들어서면서 노인과 로테에 대해 물어보았습니다. 집안 분위기가 왠지 심상치 않아 보였습니다. 맏아들의 말에 따르면 저 건너 발하임에서 사고가 생겨 어느 농부가 맞아 죽었다는 이야기였습니다! 베르터는 그 이야기에 별다른 인상을 받지 않았습니다. 방안에 들어가 보니 로테가 아버지를 설득하는 중이었습니다. 노인은 몸이 아픈데도 현장에 가서 사건을 조사하러 발하임으로 가겠다고 했습니다. 범인이 누구인지는 아직 밝혀지지 않았습니다. 맞아 죽은 자는 대문 앞에서 발견되었습니다. 추측에 따르면, 피살자는 어느 과부의 하인이며, 그녀는 전에 다른 하인을 데리고 있었는데, 그 하인이 쫓겨날 때 불화가 있었다고 했습니다.

베르터는 이 말을 듣자 놀라 펄쩍 뛰며 소리쳤습니다. "아니 그럴 수가! 그곳으로 가봐야겠습니다. 잠시도 지체할 수 없습니다." 그는 발하임으로 급히 달려갔습니다. 온갖 기억이 하나하나 되살아났습니다. 자신이 자주 대화를 나누었고 그토록 소중히 여겼던 그 사람이 범행을 저질렀다는 사실을 추호도 의심하지 않았습니다.

시신을 옮겨 놓은 술집으로 가려면 보리수가 있는 곳을 지나가야 했기에, 전에는 그토록 정겨웠던 장소가 섬뜩하게 느껴졌습니다. 이웃집 아이들이 자주 놀곤 하던 그 문지방은 피로 얼룩져 있었습니다. 인간의 가장 아름다운 감정인 사랑과 신의가 폭력과 살인으로 변한 것입니다. 아름드리 보리수에는 모두 잎이 지고 서리가 내려 있었습니다. 나지막한 교회 묘지의 담벼락 위로 아치 모양을 이루고 있던 아름다운 산울타리도 벌써 잎이 다 떨어져 있었습니다. 그 틈새로 눈 덮인 비석들이 보였습니다.

술집 앞에는 온 동네 사람이 모여 있었습니다. 베르터가 그 술집으로 다가가고 있을 때 갑자기 소란이 일었습니다. 멀리서 한 무리의 무장한 남자들이 보였던 것입니다. 그러자 다들 범인을 호송해 오는 것이라며 외쳤습니다. 베르터가 그쪽을 바라보니 의심의 여지가 없었습니다. 그렇습니다, 과부를 그토록 사랑했던 그 하인이었습니다. 얼마 전에 베르터가 조용한 분노와 은밀한 절망에 사로잡혀 헤매고 다니다가 만났던 그 사람이었습니다.

"대체 어쩌자고 그런 짓을 저지른 건가, 이 불행한 사람아!" 베르터는 체포된 사람을 향해 달려가며 소리쳤습니다. 죄인은 베르터를 말없이 조용히 바라보다가 마침내 태연히 대꾸했습니다. "아무도 그녀를 차지하지 못할 거고, 그녀는 아무도 가지지 못할 겁니다." 죄인은 술집으로 끌려 들어갔고, 베르터는 급히 자리를 떴습니다.

끔찍하고 엄청난 충격으로 그의 내면에 있던 모든 것이 엉망으로 흔들렸습니다. 그는 슬픔과 울분, 될 대로 되라는 자포자기의 심정에서 잠시 벗어났습니다. 그 불행한 사람에 대한 걷잡을 수 없는 동정심에 사로잡혔고, 이 사람을 구해야겠다는 생각이 간절해졌습니다. 그 사람이 너무 불행하게 느껴졌고, 범죄자이긴 해도 아무 죄가 없다고 생각되었습니다. 그 사람의 입장에서 너무나 깊이 생각해 보았으므로 다른 사람들도 설득할 수 있다고 확신했습니다. 그는 벌써 이 사람을 위해 변호할 수 있기를 바랐고, 그의 입에서는 매우 생생한 변론이 벌써 쏟아져 나올 것 같았습니다. 그는 사냥 별장으로 급히 갔습니다. 가는 도중에 주무관 앞에서 진술할 모든 말을 벌써 반쯤 소리 내어 읊조리지 않을 수 없었습니다.

방 안으로 들어서니 알베르트가 와 있어서 베르터는 순간 기분이 상했습니다. 하지만 그는 곧 마음을 가다듬고 주무관에게 자신의 견해를 열렬히 피력했습니다. 그러자 주무관은 몇 번이나 고개를 절레절레 흔들었습니다. 베르터가 한 사람을 변호하기 위해 혼신의 힘과 열정과 진실을 담아 할 수 있는 말을 모조리 쏟아냈지만 쉽게 짐작할 수 있듯이 주무관의 마음을 움직일 수 없었습니다. 주무관은 오히려 우리 친구의 말을 가로막고 열심히 반박하며 암살자를 비호한다고 질책했습니다. 그런 식으로 하다간 모든 법률이 무용지물이 되고, 나라의 치안이 깡그리 무너지고 말 거라고 했습니다. 여기에 덧붙여 그는 이런 일에는 어떤 조치를 취하든 막중한 책임이 따르게 마련이며, 모든 일을 규정된 절차에 따라 정상적으로 처리해야 한다고 했습니다.

그래도 베르터는 순순히 물러나지 않고, 그 사람이 도망치는 것을 도와주더라도 눈감아 달라고 부탁하기까지 했습니다! 주무관은 이 요청도 물리쳤습니다. 마침내 알베르트가 대화에 끼어들어 노인의 편을 들었습니다. 베르터는 두 사람에 수적으로 밀렸습니다. 주무관은 몇 번이나 "안 돼, 그자를 구제할 방도는 없어!"라고 말했습니다. 그러자 베르터는 말할 수 없이 괴로운 심정으로 그 집을 떠났습니다.

주무관의 말이 그에게 얼마나 큰 충격을 주었는지는 그가 남긴 서류 틈에서 찾아낸 쪽지에서 알 수 있습니다. 그날 쓴 것이 분명한 그 쪽지에는 이런 글이 적혀 있었습니다.

"그대를 구제할 방도가 없어, 이 불행한 사람아! 우리가 구제받을 길이 없다는 것이 분명해."

알베르트가 마지막으로 죄인의 신상 문제에 대해 주무관 앞에서 했던 말은 베르터에게 몹시 거슬렸습니다. 그의 말에는 자신에 대한 예민한 감정이 담긴 것 같았기 때문입니다. 명석한 머리로 곱씹어 생각해 보면서 두 사람의 견해가 옳을 수도 있겠다는 생각이 들지 않은 것은 아니었지만, 그렇다고 그들의 말이 옳다고 고백하고 시인한다면 자신의 가장 본질적인 생존을 포기해야 할 것 같았습니다.

이런 사정과 관련된 쪽지 하나가 그의 서류 틈에서 발견되었습니다. 이것은 알베르트에 대한 그의 관계를 고스란히 보여줄지도 모릅니다.

"알베르트가 착실하고 훌륭한 사람이라고 아무리 되뇌어 본들 무슨 소용이란 말인가. 그래 봤댔자 내 오장육부가 뒤집어질 뿐이야. 나는 공정해질 수 없어."

로테는 알베르트와 함께 걸어서 집으로 돌아왔습니다. 포근한 저녁이었고 날씨가 풀리기 시작했기 때문입니다. 돌아오는 도중 그녀는 가끔 주위를 두리번거렸습니다. 베르터가 옆에 없어서 아쉽다는 듯이 말입니다. 알베르트는 베르터에 대한 이야기를 꺼내기 시작했고, 그를 공정하게 평가하면서도 비난하는 말을 했습니다. 그는 베르터의 불행한 열정을 언급하면, 되도록 그를 멀리하고 싶다고 했습니다. "우리를 위해서라도 그러고 싶소." 그는 이어서 말했습니다. "제발 부탁인데, 당신에 대한 그의 태도가 좀 바뀌도록 해보구려. 그가 뻔질나게 우리 집을 드나들지도 못하게 하고. 사람들이 눈여겨 지켜보고 있어요. 벌써 여기저기서 수군거리는 소리도 들리고요." 로테는 잠자코 있었습니다. 알베르트는 로테가 침묵하는 의미를 알아챈 것 같았습니다. 그래서 그때부터는 로테 앞에서 더 이상 베르터 이야기를 꺼내지 않았습니다. 그리고 그녀가 베르터 이야기를 입에 올리면 그냥 못들은 척하거나 화제를 딴 데로 돌렸습니다.

베르터가 그 불행한 사내를 구하기 위해 헛된 노력을 한 것은 꺼져가는 불빛의 불꽃이 마지막으로 타오른 격이었습니다. 그는 그럴수록 더욱 깊이 고통과 무기력 속으로 빠져들 뿐이었습니다. 특히 그 사내가 범행을 부인하고 있어서 어쩌면 자신을 반대증인으로 내세울지도 모른다는 얘기를 듣자 베르터는 거의 제정신을 잃을 지경이었습니다.

전에 사회생활을 하면서 부딪혔던 온갖 언짢은 일들, 공사관에서 겪은 짜증 나는 일, 그밖에 실패하거나 모욕을 당한 온갖 일이 그의 머릿속에 주마등처럼 스쳐 지나갔습니다. 그는 그 모든 일을 겪었으니 지금처럼 아무 일도 하지 않는 것을 당연하다고 생각했습니다. 이제 모든 전망이 막혀버려 평범한 생활을 하기 위한 일거리를 잡으려 해도 어떻게 손을 써야 할지 알 수 없다고 생각했습니다. 그래서 그는 결국 자신의 이상한 감정과 사고방식, 그리고 끝없는 열정에 완전히 사로잡혀, 사랑스럽고 자신이 사랑하는 여성의 안정을 방해하면서 그녀와의 슬픈 교제를 단조롭게 언제까지나 지속하는 중에, 아무런 목표도 전망도 없이 자신의 기력을 쏟아붓고 혹사하면서 슬픈 종말을 향해 점점 가까이 다가가고 있었습니다.

그의 혼란스러운 심정과 열정, 그의 쉼 없는 몸부림과 노력, 삶에 지친 그의 모습에 대해서는 그가 남긴 몇 통의 편지가 가장 확실하게 보여주고 있습니다. 그러니 그 편지를 여기에 끼워 넣으려 합니다.

12월 12일

빌헬름, 나는 지금 악령에 시달린다고 생각되는 불행한 사람들이 처했을 상태에 빠져 있네. 이따금 나는 뭔가에 사로잡히곤 해. 그것은 불안도 욕망도 아니야. 내 가슴을 찢어버릴 것만 같고 내 목을 조르는 알 수 없는 내면의 광란이야! 아, 괴롭구나! 아, 고통스러워! 그러면 나는 이렇게 고약한 계절에 끔찍한 밤 풍경 속을 헤매고 돌아다녀.

어젯밤에도 난 밖으로 나가지 않을 수 없었어. 갑자기 날씨가 풀려 눈과 얼음이 녹기 시작했어. 강물이 범람하고 모든 시냇물도 넘쳤다는 말이 들렸어. 내가 좋아하는 발하임 아래쪽의 골짜기도 물에 잠겼다고 그래! 밤 열한 시가 넘어서 나는 밖으로 뛰쳐나갔다네. 바위 위에서 내려다보니 끔찍한 광경이 펼쳐졌어. 맹렬하게 솟구치는 물결이 달빛 아래 소용돌이치고 있었어. 밭이며 목초지며 산울타리 할 것 없이 모두 물에 잠겼고, 넓은 벌판은 거센 바람이 몰아쳐 사납게 날뛰는 바다가 되어 있었어! 달이 다시 모습을 드러내고 먹구름 위에 떠 있었어. 내 눈앞의 물결은 섬뜩할 만치 장엄한 달빛을 받으며 소리 내어 흘러갔어. 그러자 온몸에 전율이 일었어. 다시 그리움이 솟구쳤어! 아, 나는 아찔한 벼랑 끝에 두 팔을 활짝 벌리고 서서 저 아래를 향해 심호흡했어! 저 아래를 향해! 그러자 나의 고통과 괴로움이 물결처럼 마구 요동치며 휩쓸려 내려가는 듯한 희열에 잠겨 들었어! 아! 저 아래로 훌쩍 뛰어내려 모든 고통을 끝장내고 싶었지만 차마 그럴 수 없었어! 나는 나의 시계가 아직 정지하지 않았다고 느꼈어! 아, 빌헬름! 저 폭풍으로 구름을 흩트리고 물결을 낚아챌 수 있다면 이 한목숨 기꺼이 내놓을 텐데! 아아! 감옥에 갇힌 신세인 내게도 언젠가 혹시 이런 희열을 맛볼 날이 오지 않을까?

어느 더운 날 로테와 함께 산책하다가 버드나무 그늘 아래서 쉬었던 장소를 얼마나 서글픈 심정으로 내려다보았는지. 그곳도 물에 잠겨 있어 버드나무는 거의 흔적조차 알아볼 수 없었어! 빌헬름! 그녀의 목초지와 사냥 별장 주변 지역은 어떻게 되었을까 생각해 보았어! 우리가 함께 쉬곤 하던 정자도 지금 거센 물결에 완전히 망가졌을지도 모르겠단 생각이 들었어! 그리고 죄수가 가축 떼와 목초지, 명예직의 꿈을 꾸듯이, 지난 시절의 햇살이 비쳐들었어. 그는 그 자리에 서 있었어! 난 나 자신을 꾸짖지는 않겠어. 죽을 용기가 있었기 때문이지. 나는 차라리…… 나는 이제 울타리에서 땔감을 구하고, 남의 집 문 앞을 돌아다니며 빵을 구걸하는 노파처럼 앉아 있어. 다 스러져가는 재미없는 생존을 잠시라도 연장하여 그래도 편히 지내보겠다고 말이야.

12월 14일

이보게, 이게 대체 무슨 영문일까? 나 자신이 두려워지니 말이야! 그녀에 대한 나의 사랑은 더없이 성스럽고 순수하며 남매의 우애 같은 사랑이 아닌가? 이제까지 마음속으로 벌 받을 만한 소망을 품은 적이 있었던가? 맹세까지는 하지 않겠어. 그런데 이제 그런 꿈을 꾸다니! 아, 너무나 모순되는 감정을 낯선 힘 탓으로 돌렸던 사람들은 얼마나 진실하게 느꼈던가!

간밤의 일이었어! 이 말을 하려니 몸이 떨려. 나는 그녀를 두 팔로 감고 가슴에 꼭 껴안았어. 그리고 사랑을 속삭이는 그녀의 입술에 끝없이 키스를 퍼부었어. 내 눈은 취한 듯한 그녀의 눈동자에 빠져 허우적거리고 있었어! 신이시여! 편지를 쓰는 지금도 행복을 느끼고 이 같은 타오르는 희열을 진심으로 되살리고 있다면 벌 받아야 할까요? 로테! 로테! 나는 이제 끝장이야! 나는 정신이 혼미하고, 벌써 일주일째 의식불명 상태야! 눈에는 눈물만 홍건할 뿐이야. 어디 가도 편치 않고, 그리고 어디서도 편하기도 해. 아무것도 바라지도 요구하지도 않아. 차라리 떠나는 게 더 낫겠어.

이 무렵 그러한 상황에서 세상을 떠나려는 결심은 베르터의 마음속에 더욱 확고해져 갔습니다. 로테 곁으로 돌아온 이후 그것이 언제나 그의 마지막 소망이자 희망이었습니다. 하지만 성급하게 서둘러서는 안 된다고, 최상의 확신이 섰을 때 될 수 있는 한 침착하게 결행하겠다고 스스로에게 타일렀습니다.

아직 미심쩍어하며 자기 자신과 싸우고 있다는 것은 다음의 쪽지에서 엿볼 수 있습니다. 그것은 빌헬름에게 보내는 편지의 첫 부분 같습니다. 날짜가 적혀 있지 않은 그 쪽지 역시 그가 남긴 서류 틈에서 발견되었습니다.

"눈앞에 있는 그녀의 존재와 그녀의 운명, 내 운명에 대한 그녀의 관심은 불타버린 나의 뇌수에서 마지막 남은 눈물을 짜내고 있어.

장막을 걷어 올리고 그 뒤로 들어가 버릴까! 그걸로 끝장이야! 그런데 어째서 이렇게 머뭇거리고 겁을 먹는단 말인가? 그 무대 뒤의 세계가 어떨지 알지 못해서? 다시는 돌아오지 못할까 봐? 우리가 확실한 것을 알지 못하는 곳에는 혼돈과 암흑이 있을 거라고 예감하는 것이 우리 정신의 속성이기 때문이지."

마침내 그런 음울한 생각에 점점 끌리고 친숙해지면서 그의 결심은 이제 돌이킬 수 없이 확고해지고 말았습니다. 그 점에 대해서는 친구에게 보낸 다음의 애매한 편지가 입증해 주고 있습니다.

12월 20일

　빌헬름, 내 말을 그런 식으로 받아들였다니 자네의 사랑에 감사하네. 그래, 자네 말이 옳아. 차라리 떠나는 게 더 낫겠어. 그런데 자네와 어머니가 있는 곳으로 돌아오면 좋겠다는 자네 제안이 썩 내키지는 않아. 적어도 다른 곳에 들렀다가 가고 싶어. 특히 추위가 지속되고 도로 사정도 좋아지길 희망해야 하니까. 자네가 나를 데리러 오겠다니 무척 고맙네. 이 주일만 더 기다려 주게나. 더 자세한 소식은 다음번 편지로 알려주겠네. 뭐든지 무르익기 전에는 따지 않는 거라네. 그리고 이 주일이 많고 적고는 큰 차이지. 내 어머니께는 아들을 위해 기도해 달라고 말씀드려 주게. 온갖 일로 심려를 끼쳐드려 죄송하다는 말씀도 전해드리게. 기쁘게 해줘야 할 사람들을 슬프게 하는 것이 내 운명인 모양이야. 잘 있게, 소중한 친구! 하늘의 온갖 축복을 받기를 비네! 잘 있게!

이 무렵 로테의 심정이 어떠했고, 남편과 불행한 친구에 대한 생각이 어떠했는지는 차마 말로 표현할 엄두가 나지 않습니다. 물론 우리는 그녀의 성격을 잘 알고 있으므로 대충 미루어 짐작할 수 있을 겁니다. 그리고 영혼이 아름다운 여성이라면 그녀 입장이 되어 생각해 보고 그녀의 마음에 공감할 수 있을 겁니다.

　다만 로테가 무슨 수를 써서라도 베르터를 멀리하겠다는 확고한 결심을 한 것만큼은 분명합니다. 그런데 그녀가 그러기를 망설였다면 친구를 아끼려는 진심 어린 우정 때문이었습니다. 그를 멀리하면 그가 얼마나 큰 대가를 치를지, 아니 그것이 그에게는 거의 불가능하리라는 것을 잘 알고 있었기 때문입니다. 하지만 이 무렵 그녀는 진지한 태도를 취하지 않을 수 없는 절박한 형편이었습니다. 남편은 이런 사정에 대해 완전히 입을 다물었고, 그녀 역시 침묵으로 일관하기는 마찬가지였습니다. 그럴수록 그녀에게는 자신의 마음가짐이 남편 못지않다는 것을 행동으로 증명하는 것이 중요했습니다.

　베르터가 친구에게 마지막으로 삽입한 편지를 쓰던 그 날은 성탄절을 앞둔 일요일이었습니다. 베르터는 그날 저녁 로테에게 찾아갔습니다. 그녀는 집에 혼자 있었습니다. 그녀는 자기 동생들의 성탄절 선물로 준비한 장난감들을 정리하고 있었습니다. 베르터는 동생들이 선물을 받으면 즐거워할 거라고 말했습니다. 그리고 뜻밖에 문이 열리고 촛불과 사탕, 사과로 장식된 크리스마스트리가 눈앞에 펼쳐지면 천국에 온 듯한 황홀한 기분을 느꼈던 어린 시절 이야기를 했습니다. 그러자 로테는 사랑스러운 미소 아래 당황한 기색을 숨기면서 말했습니다. "당신도 눈치껏 행동하면 선물을 받으실 거예요. 양초나 다른 물건을요." 그러자 베르터가 소리쳤습니다. "눈치껏 행동하다니 무슨 뜻인가요? 어떻게 하라는 건가요? 어떻게 하면 되나요? 로테!" 다시 그녀가 말했습니다. "목요일 저녁이 크리스마스이브입니다. 그날 동생들도 오고 아버지도 오실 거예요. 그때 각자 선물을 받을 거예요. 그때 당신도 오세요. 하지만 그 전에는 오시면 안 돼요." 베르터는 놀라 귀를 의심했습니다. 그녀는 말을 계속 했습니다. "제발 부탁이에요. 이제 사정이 그렇게 됐어요. 저의 마음의 안정을 위해 부탁드리는 거예요. 언제까지나 이런 식으로 지낼 수는 없어요." 베르터는 그녀에게서 눈길을 돌리고 방안을 왔다 갔다 하면서 이 사이에서 나오는 소리로 중얼거렸습니다. "언제까지나 이런 식으로 지낼 수는 없다!" 자신의 말로 베르터가 끔찍한 상황에 빠진 것을 감지한 로테는 온갖 질문을 하며 그의 생각을 다른 데로 돌리려고 애썼지만 아무 소용이 없었습니다. "알겠어요, 로테!" 이윽고 베르터가 소리쳤습니다. "다시는 당신을 보지 않을 겁니다!", "무엇 때문에요?" 그녀가 되물었습니다. "베르터, 볼 수 있어요. 우리를 다시 보셔야 해요. 다만 분수를 지키라는 거예요. 아, 어째서 한번 움켜

권 것은 뭐든지 이처럼 막무가내로 격렬히 집착하는 열정을 타고 나시다니요! 제발 부탁이에요." 그녀는 베르터을 손을 잡으며 말을 이었습니다. "분수를 지키세요! 당신의 정신과 학식과 재능이면 얼마든지 다양한 즐거움을 얻을 수 있잖아요! 남자다운 모습을 보여주세요. 여자한테 애처롭게 매달리는 모습을 보이지 마세요. 저는 당신을 가엾게 여기는 일 말고는 아무것도 해드릴 수 없어요." 그러자 베르터는 이를 부드득 갈며 로테를 음울한 시선으로 쳐다보았습니다. 그녀는 베르터의 손을 계속 잡고 있었습니다. "잠시만이라도 마음을 가라앉히세요, 베르터!" 그녀가 말했습니다. "당신은 스스로를 속이고 있고, 자진해서 파멸의 길로 나아간다는 것을 모르세요? 왜 굳이 저를 원하나요? 하필이면 다른 남자의 아내가 된 저를 원하나요? 왜 굳이 저를 원하나요? 당신의 소망이 그토록 자극받는 것은 단지 저를 차지할 수 없기 때문이 아닌가요." 베르터는 언짢은 표정으로 그녀를 물끄러미 바라보며 로테의 손에서 자신의 손을 빼냈습니다. 그러고는 이렇게 외쳤습니다. "현명하시네요! 대단히 현명하시네요! 혹시 알베르트가 그런 말을 하던가요? 외교적이네요! 대단히 외교적이네요!" 그러자 그녀가 대꾸했습니다. "누구나 할 수 있는 말이에요. 그리고 이 넓은 세상에 설마 당신 마음의 소망을 채워줄 아가씨가 없겠어요? 이겨 내시고 찾아보세요. 장담하건대 분명히 찾을 수 있을 거예요. 당신이 요즘 스스로를 가

두어버린 족쇄 때문에 나는 오래전부터 마음이 불안했어요. 당신이나 우리 모두 마찬가지였겠지요. 부디 이겨 내세요. 여행이라도 가시면 분명 기분이 풀릴 거예요! 당신의 사랑을 받을 만한 상대를 찾아보시면 구할 수 있을 거예요! 그런 뒤에 돌아오세요. 그때 가서 진정한 우정의 축복을 함께 누렸으면 해요!"

그러자 베르터는 차갑게 웃으며 말했습니다. "그런 말씀은 인쇄라도 해서 가정교사들에게 다 나눠줘도 좋겠네요. 로테! 저를 조금만 가만 내버려 둬요, 그러면 만사가 해결될 겁니다!", "베르터, 이것만은 알아두세요. 크리스마스이브가 되기 전에는 오지 마시라고요!" 베르터가 막 대답하려는 찰나 알베르트가 방으로 들어왔습니다. 두 사람은 냉랭하게 저녁 인사를 나누었고, 당황해서 방안을 이리저리 거닐었습니다. 베르터는 그리 중요하지 않은 이야기를 꺼냈으나 곧 말이 끊어졌고, 알베르트 역시 마찬가지였습니다. 그런 뒤 알베르트는 자기 부인에게 부탁한 몇 가지 일을 물어보았으며, 아직 처리되지 않았다는 말을 듣자 몇 마디 더 말했습니다. 베르터에게는 그 말이 차갑고 꽤나 딱딱하게 느껴졌습니다. 그는 집에서 나가려고 했으나 그러지 못하고 머뭇거리는 사이에 여덟 시가 되었습니다. 베르터의 불만과 불쾌감은 점점 커졌고, 결국 저녁 식사가 차려지게 되었습니다. 그래서 그는 모자와 지팡이를 집어 들었습니다. 알베르트는 더 있다 가라고 했지만, 그는 별 의미 없이 인사치레로 하는 말이라고 생각해서 냉랭하게 고맙다는 인사를 하고 나와 버렸습니다.

베르터는 집으로 갔습니다. 하인이 불을 비춰주려 하자 그의 손에서 등불을 받아들고 혼자 자기 방으로 들어갔습니다. 그는 소리 내어 울었고, 분개해서 혼자 중얼거렸습니다. 흥분해서 방안을 왔다 갔다 하다가 결국 옷을 입은 채로 침대 위에 쓰러졌습니다. 11시쯤 주인에게 장화를 벗겨드려도 되는지 물어보려고 방에 들어온 하인은 그가 쓰러져 있는 것을 발견했습니다. 베르터는 하인에게 장화를 벗겨 달라 하고는 자기가 부르기 전에는 다음 날 아침까지 방안에 들어오지 말라고 단단히 일렀습니다.

12월 21일 아침 일찍 베르터는 로테에게 다음과 같은 편지를 썼습니다. 이 편지는 그가 죽은 후 책상 위에서 봉인된 채 발견되어 로테에게 건네졌습니다. 정황상 그가 이 편지를 단숨에 쓰지 않은 것으로 밝혀졌으므로 저도 여러 부분으로 나누어 끼워 넣을까 합니다.

"이제 결심했습니다, 로테, 나는 죽으려 합니다. 나는 이 편지를 낭만적 과장 없이 차분히 씁니다. 당신을 마지막으로 본 다음 날 아침에 말이오. 당신이 이 편지를 읽을 때면 이미 차가운 무덤이 딱딱하게 굳은 사람의 유해를 덮고 있을 거요. 안식을 얻지 못해 불행했던 사람이지요. 생의 마지막 순간까지 당신과 대화를 나누는 것보다 더 큰 즐거움을 알지 못한 사람이지요. 끔찍한 밤을 보냈습니다. 아, 고마운 밤이기도 했지요. 내 결심을 확고하게 정한 밤이었으니까요. 나는 죽으려 합니다! 어제는 극도로 흥분해서 당신을 뿌리치고 나왔는데, 그 모든 일이 내 가슴을 무겁게 짓누릅니다. 희망도 즐거움도 없이 당신 곁에 있는 내 신세가 소름 끼치도록 차갑게 내 가슴을 후벼 팠습니다. 방에 들어서자마자 나는 제정신을 잃고 털썩 무릎을 꿇었습니다. 오, 하느님이시여! 쓰디쓴 눈물이라는 마지막 청량제를 주시다니요! 수많은 계획과 전망이 마음속에서 마구 날뛰었지만, 마침내 나는 죽으려 한다는 마지막 한 가지 생각만이 확고해졌습니다. 그러고는 자리에 누웠습니다. 아침에 평온한 마음으로 깨어났을 때도 죽으려는 그 생각은 여전히 확고하고 옹골차게 내 마음속에 자리하고 있습니다. 이 결심은 절망의 산물이 아니라 내가 견뎌 냈으며, 당신을 위해 희생한다는 확신에서 나온 것입니다. 그래요, 로테! 내가 굳이 숨겨야겠습니까? 우리 세 사람 중 하나는 사라져야 하니, 내가 사라지겠다는 겁니다! 오, 내 사랑! 이 갈가리 찢긴 내 마음속에 때로는 이런 생각이 미쳐 날뛰기도 했습니다. 당신 남편을, 당신을, 나를 죽여 버리겠다는 생각 말입니다! 이제 결정이 났습니다! 날씨 좋은 어느 여름날 저녁 산에 올라가거든 틈만 나면 산골짜기를 올라가곤 했던 나를 떠올려주십시오. 그리고 저 건너편 공동묘지에 있는 내 무덤을 바라봐 주시고, 저물어가는 햇살에 웃자란 풀이 바람에 일렁이는 모습을 지켜봐 주십시오. 이 편지를 쓰기 시작할 때는 차분한 마음이었는데, 지금은 아이처럼 울고 있습니다. 내 주위의 모든 장면이 너무나 생생히 떠올라서요."

10시경에 베르터는 하인을 불렀습니다. 그는 옷을 입으면서 며칠 내로 여행을 떠날 예정이니, 옷가지를 손질해 놓고 짐을 꾸릴 수 있도록 모든 것을 챙겨놓으라고 일렀습니다. 또한 돈을 갚아야 할 곳에 계산서를 달라고 청구하고, 빌려준 책 몇 권도 받아오고, 매주 얼마씩 보태주곤 하던 가난한 사람들에게는 두 달 치를 미리 주라고 시켰습니다.

그는 식사를 방으로 가져오게 했고, 식사를 마친 뒤에는 말을 타고 주무관을 찾아갔으나 그는 집에 없었습니다. 베르터는 깊은 상념에 잠겨 정원을 이리저리 거닐었는데, 마지막으로 온갖 슬픈 기억을 차곡차곡 쌓으려는 듯 보였습니다.

아이들은 베르터를 오래도록 가만히 내버려 두지 않았습니다. 그를 쫓아다니며 그의 몸에 뛰어올랐고, 내일, 모레 그리고 하루만 더 있으면 로테한테서 크리스마스 선물을 받을 거라고 얘기했습니다. 그리고 자신들의 어린이다운 상상력으로 기대할 수 있는 기적에 대해 들려주었습니다. 그래서 베르터는 소리쳤습니다. "내일, 모레, 그리고 하루만 더 있으면 된단다!" 그리고 아이들 모두에게 진심으로 입맞춤을 하고 떠나려고 하는데, 그중 한 아이가 베르터의 귀에 뭐라고 귓속말을 하려 했습니다. 꼬마는 형들이 멋진 새해 인사말을 써놓았는데, 그것도 아주 큰 글씨로 썼다고 털어놓았습니다! 한 장은 아빠에게, 또 한 장은 알베르트와 로테에게, 또 하나는 베르터 아저씨에게도 줄 거라고 했습니다. 새해 첫날 아침에 그것들을 전해줄 거라고 했습니다. 그 말을 듣고 찡한 감동을 받은 베르터는 아이들에게 돌아가면서 얼마씩 쥐여주고는 말 위에 올라탔습니다. 그는 아버지께 안부 인사를 전해달라고 부탁하고는 눈물을 글썽이며 그곳을 떠났습니다.

다섯 시 경에 그는 집에 돌아와 하녀에게 난롯불을 살펴보고 밤중까지 꺼지지 않도록 하라고 일렀습니다. 하인에게는 책과 내의를 아래층의 트렁크에 꾸려 넣고, 옷가지를 커버에 싸서 꿰매어 놓으라고 일렀습니다. 아마 그런 뒤 로테에게 보내는 편지의 마지막 구절을 쓴 것으로 보입니다.

"당신은 내가 찾아가리라고 기대하지 않겠지요! 내가 당신 말에 따라 크리스마스이브에나 다시 당신을 보리라고 생각하겠지요. 오, 로테! 오늘 아니면 영영 다시 보지 못합니다! 크리스마스이브에 당신은 이 편지를 손에 들고, 덜덜 떨면서 사랑스러운 눈물로 이 종이를 적시겠지요. 나는 하려고 하고, 해야만 합니다! 아, 결심을 하고 나니 얼마나 속이 후련한지 모르겠어요."

로테는 그사이 기묘한 상태에 빠져 있었습니다. 베르터와 마지막 대화를 나눈 뒤 그와 헤어진다는 것이 얼마나 힘든 일이며, 자기에게서 멀리 떠나가면 그가 얼마나 고통스러울지 절감했습니다.

로테는 크리스마스이브가 되기 전까지는 베르터가 다시 찾아오지 않을 거라고 알베르트에게 지나가는 말로 슬쩍 얘기했습니다. 알베르트는 처리해야 할 일이 있어 말을 타고 인근의 관리를 찾아가서, 그 집에서 하룻밤 묵고 와야 했습니다.

로테는 집에 혼자 앉아 있었습니다. 동생들도 그녀 주위에 없었습니다. 그녀는 곰곰 생각에 잠겨 자신이 처한 상황에 대해 차분히 이리저리 따져보았습니다. 이제 남편과 영원히 결합되어 있다고 생각했고, 남편의 사랑과 신의도 잘 알고 있었습니다. 그녀는 남편을 진심으로 좋아했습니다. 남편의 침착하고 믿음직한 성품은 훌륭한 아내가 인생의 행복을 그 위에 쌓아올릴 수 있도록 하늘에서 정해준 것 같았습니다. 그녀는 남편이 자신과 동생들에게 영원히 어떤 존재가 될지 느꼈습니다. 한편으로 베르터 역시 무척 소중하게 여겨졌습니다. 처음 알게 된 순간부터 두 사람은 마음이 너무 잘 맞았고, 그와 오랫동안 계속 교제하면서 함께 겪은 여러 가지 상황들이 그녀의 가슴에 지울 수 없는 인상을 남겼습니다. 그녀는 자신이 흥미롭다고 느끼고 생각한 모든 것을 베르터와 공유하는 데 익숙해졌기에, 그가 떠나가면 그녀의 존재 전체에 큰 구멍이 뚫려 다시는 메울 수 없을 것 같았습니다. 아, 이런 순간에는 그를 오빠로 바꾸어버릴 수 있었다면 얼마나 행복했을까! 그를 자기 여자 친구들 중 한 사람과 결혼시킬 수 있다면, 알베르트와 그의 관계도 다시 완전히 회복시킬 수만 있다면!

그녀는 친구들을 하나씩 떠올려 보았지만, 누구나 하나씩 흠잡을 데가 있어서 그에게 소개해 줄 만한 친구를 찾을 수 없었습니다.

로테는 분명히 이유는 알 수 없었지만, 이런 온갖 고려를 하다 보니 어떻게든 베르터를 자기 곁에 두는 것이 진심 어린 은밀한 소망이란 것을 비로소 가슴 깊이 느꼈습니다. 그러면서도 그를 곁에 둘 수 없으며, 그래서도 안 된다고 스스로에게 타일렀습니다. 평소에는 그토록 경쾌하고 그토록 경쾌하게 일을 처리해 나갈 줄 아는 그녀의 순수하고 아름다운 마음도 행복에의 전망이 가로막혔다는 생각에 깊은 우울감을 느꼈습니다. 그녀의 가슴은 압박을 받고 있었고, 눈에는 흐릿한 먹구름이 끼어 있었습니다.

그러는 사이 6시 반쯤 되었을 때 베르터가 계단을 올라오는 소리가 들렸습니다. 걸음걸이와 그녀를 찾는 목소리로 베르터임을 금방 알아챌 수 있었습니다. 가슴이 얼마나 두근거렸는지 모릅니다. 그가 왔을 때 이처럼 가슴이 두근거리기는 거의 처음이라 말할 수 있을 겁니다. 자신이 집에 없다고 하고 만나지 말아야겠다는 생각이 들었습니다. 하지만 그가 들어오자 일종의 혼란스러운 열정에 그를 향해 소리쳤습니다. "약속을 지키지 않으셨군요." 베르터는 이렇게 대답했습니다. "나는 아무 약속도 하지 않았습니다." 그러자 로테가 대꾸했습니다. "최소한 제 부탁을 들어주셨어야죠. 우리 두 사람의 평화를 위해 부탁드린 건데."

그녀는 자신이 무슨 말을 하고 있는지 알지 못했습니다. 마찬가지로 베르터와 단 둘이 있지 않으려고 여자 친구 몇 명을 불러오게 했을 때도 자신이 무슨 일을 하고 있는지 제대로 알지 못했습니다. 그는 가지고 온 책 몇 권을 내려놓으며 다른 사람들에 대해 물어 보았습니다. 로테는 친구들이 와주기를 바라는 한편 내심 오지 않기를 바라기도 했습니다. 하녀가 돌아와 친구 두 사람은 올 수 없어 미안하다는 소식을 전해주었습니다.

로테는 하녀에게 옆방에서 일하도록 하려다가 다시 마음을 바꾸었습니다. 베르터는 방 안에서 왔다 갔다 했고, 로테는 피아노 앞에 앉아 미뉴에트를 치기 시작했습니다. 그런데 연주가 물 흐르듯 자연스럽게 되지 않았습니다. 로테는 생각을 가다듬고 태연히 로테 옆에 가서 앉았습니다. 베르터는 평소처럼 긴 의자에 앉아 있었습니다.

"읽을거리가 없으세요?" 그녀가 물었습니다. 그는 아무것도 가지고 있지 않았습니다. 그녀가 말을 이었습니다. "서랍 안에 당신이 번역하신 노래 몇 편이 들어 있어요. 나는 아직 읽어보지 않았어요. 직접 읽어주시는 것을 늘 듣고 싶었거든요. 하지만 여태까지 그럴 기회가 없었어요." 베르터는 미소를 띠며 시집 원고를 꺼내왔습니다. 원고를 손에 들자 온몸에 전율이 일었고, 그것을 들여다보자 눈에 눈물이 그렁그렁해졌습니다. 그는 자리에 앉아 읽기 시작했습니다.

"어둑어둑해지는 밤하늘의 별이여, 그대는 서쪽 하늘에서 아름답게 반짝이구나. 구름 사이로 빛나는 머리를 내밀고 당당하게 그대의 언덕길을 거니는구나. 그대는 황야의 무엇을 바라보는가? 사납게 휘몰아치던 바람은 잦아들었고, 멀리서 졸졸 흐르는 계곡물 소리 들려온다. 찰찰 소리 내는 물결은 멀리 암벽에 부딪쳐 가볍게 움직이고, 붕붕거리는 파리들은 떼 지어 저녁 들판 위로 몰려다닌다. 아름다운 빛이여, 그대는 무엇을 바라보는가? 하지만 그대는 미소 지으며 지나가고, 물결이 그대 주위를 즐겁게 에워싸며 사랑스러운 머리칼을 씻겨주는구나. 잘 있거라, 은은한 빛이여. 나타나라, 오시안의 영혼을 담은 그대 장엄한 빛이여!

그리고 그 빛이 힘차게 나타난다. 고인이 된 친구들 모습 보이고, 그들은 지난 시절에 그랬듯이 로라 주위로 모인다. 핑갈은 축축한 안개 기둥처럼 다가오고, 그의 용사들이 그를 둘러싸고 있다. 그런데 보라! 음유시인들을! 백발이 성성한 울린! 위풍당당한 리노! 사랑스러운 가인(歌人) 알핀! 그리고 그대, 부드럽게 탄식하는 미노나! 셀마에서 축제의 날들을 보낸 이래로 그대들은 참으로 변했구나. 그때 우리는 노래의 영예를 차지하려 서로 겨루었지. 마치 언덕 너머로 불어오는 봄바람이 약하게 속삭이는 풀잎을 눕히듯이.

그때 미노나가 아름다운 모습을 드러냈다. 내리깐 눈에는 눈물이 그득했고, 언덕에서 쉼 없이 불어오는 바람에 머리칼이 심하게 나부꼈다. 그녀가 사랑스러운 목소리를 높이자 용사들 마음은 울적해졌다. 때로는 살가르의 무덤이 보였고, 때로는 하얀 콜마의 어두컴컴한 집이 보였기 때문이다. 목소리 고운 콜마는 언덕 위에 버려졌다. 살가르는 오겠다고 약속했지만, 사방에 어둠이 깔렸다. 언덕 위에 홀로 앉은 콜마의 목소리를 들어보라.

콜마

밤이 찾아왔다! 폭풍우 몰아치는 언덕에 나 홀로 버려져 있구나. 산속에서 윙윙거리는 바람 소리 들린다. 계곡물은 울부짖듯 바위로 쏟아진다. 폭풍우 치는 언덕에 버려진 내겐 비를 피할 오두막조차 없구나.

나오너라, 아, 달이여, 구름을 헤치고 모습을 드러내라, 밤

하늘의 별이여! 빛이 나를 이끌어주기를! 나의 사랑이 고달픈 사냥을 마치고 쉬고 있는 곳으로. 활시위는 그의 옆에 풀어져 있고, 개들은 그의 주위에서 숨을 헐떡이며 돌아다니고 있구나! 하지만 나는 여기 수초 우거진 강가의 바위 위에 홀로 앉아 있어야 한다. 강물과 폭풍은 윙윙 소리 내는데, 내 애인의 목소리는 들리지 않는구나.

나의 살가르는 왜 머뭇거리는 걸까? 자기가 한 약속을 잊은 걸까? 저곳에는 바위와 나무가 있고, 이곳에는 좔좔 소리 내는 계곡물이 있다! 밤이 찾아오면 여기 오겠다고 약속하지 않았던가. 아! 나의 살가르는 어디서 길을 잃고 헤매고 있는가? 기세등등한 아버지와 오라버니 곁을 떠나, 그대와 함께 도망치려 했건만! 집안끼리는 오래도록 원수였지만, 우리끼리는 그렇지 않잖아요, 아, 살가르!

오, 바람이여, 잠시만 멈추어다오! 오, 계곡물이여, 아주 잠시만 조용히 있어다오! 내 목소리가 골짜기에 울려 퍼지도록, 나의 방랑자가 내 목소리를 들을 수 있도록. 살가르! 소리치는 것은 나랍니다! 여기에 나무와 바위가 있어요! 살가르! 내 사랑! 난 여기 있어요. 왜 머뭇거리며 돌아오지 않나요?

보라, 달이 모습을 드러내고, 계곡물이 골짜기에 반짝이며, 언덕 저 위에 회색 바위가 서 있다. 하지만 꼭대기에 그의 모습 보이지 않고, 개들도 앞서 달리며 그의 도착을 알리지 않네. 나는 여기 홀로 앉아 있어야 하다니.

그런데 저 아래 황야에 누워 있는 자들은 누구인가? 사랑하는 그이일까? 오라버니일까? 말해보라, 오, 친구들이여! 아무런 대답이 없구나. 왜 이리 걱정될까? 아, 그들은 죽은 모양이야! 저들의 칼은 싸움으로 붉게 물들었구나! 아, 오라버니, 오라버니, 어째서 나의 살가르를 죽였나요? 아, 나의 살가르, 어째서 나의 오라버니를 죽였나요? 나는 둘 다 너무나 사랑하거늘! 아, 그대는 언덕 위의 수많은 용사들 중 군계일학이었건만! 끔찍한 전투가 벌어졌어. 내게 대답해 줘요! 사랑하는 이들이여, 내 목소리를 들어줘요! 하지만, 아, 말이 없구나, 영영 말이 없구나! 저들의 가슴은 맨땅처럼 차갑구나!

아, 죽은 이들의 혼령이여, 언덕의 바위에서, 폭풍우 몰아치는 산꼭대기에서 말해줘요! 말해줘요! 나는 두렵지 않아요! 어디로 가서 안식을 얻었나요? 산속 어느 무덤에서 그대들을 찾아야 하나요? 바람결에 희미한 목소리도 들려오지 않는구나. 언덕에서 몰아치는 거센 바람에 아무 대답도 실려 오지 않는구나.

나는 비탄에 잠겨 있다. 눈물 흘리며 아침이 오기를 기다리고 있다. 죽은 이들의 벗이여, 무덤을 파헤쳐다오. 그러나 내가 갈 때까지는 덮지 말아다오. 내 인생이 꿈결처럼 사라져 간다. 내 어떻게 홀로 살아남는단 말인가! 계곡물이 바위에 부딪히는 이곳에서 나의 벗들과 살리라. 언덕 위에 밤이 찾아오고 황야에 바람이 몰아치면 내 영혼은 바람을 맞으며 서서 내 벗들의 죽음을 애도하리라. 사냥꾼은 오두막에서 내 목소리를 듣고, 두려워하면서도 그 목소리를 사랑하리라. 벗들을 애도하는 내 목소리는 감미로울 테니. 그 두 사람을 내 너무나 사랑했으니!

 이것이 그대의 노래였네, 오, 미노나, 살짝 얼굴 붉히는 토르만의 딸이여! 우리는 콜마를 위해 눈물 흘렸고, 마리의 마음은 울적해졌네.
 울린이 하프를 들고 나타나 우리에게 알핀의 노래를 들려주었다. 알핀의 목소리는 다정했고, 리노의 마음은 뜨겁게 불타올랐다. 하지만 이들은 벌써 좁은 무덤 속에 잠들어 있고, 셀마에서 그들의 목소리는 들리지 않는다. 용사들이 아직 전사하기 전에 언젠가 울린이 사냥에서 돌아왔다. 울린은 언덕에서 벌어지는 그들의 노래 시합을 들었다. 그들 노래는 부드러웠으나 애절했다. 그들은 으뜸가는 용사 모라르의 죽음을 애도했다. 모라르의 영혼은 핑갈의 영혼 같았고, 그의 칼 솜씨는 오스카르의 칼 솜씨 같았다. 하지만 그 역시 전사했다. 그의 아버지는 비통해했고, 훌륭한 모라르의 누이 미노나의 눈에도 눈물이 그득했다. 미노나는 울린의 노래가 시작되기 전에 뒤로 물러났다. 서쪽 하늘에 걸린 달이 폭풍우가 몰려올 것을 예상하고 구름 속에 아름다운 얼굴을 감추듯이. 나는 비탄의 노래에 맞추어 울린과 하프를 켰다.

리노

비바람이 지나가고 구름마저 흩어져서 한낮의 날씨는 쾌청하다. 변덕스러운 태양은 달아나며 언덕을 비춰준다. 산속의 계곡물은 붉게 물든 채 골짜기를 흘러내린다. 계곡물이여, 졸졸 흐르는 너의 소리는 감미롭다. 그렇지만 귀에 들리는 목소리가 더 감미롭다. 알핀의 목소리다. 그는 죽인 이들을 애도하고 있다. 그는 나이 때문에 고개를 숙이고 있고 눈물을 흘리는 그의 눈은 붉게 충혈되어 있다. 알핀, 빼어난 가인이여, 그대는 말 없는 언덕 위에 어째서 홀로 서 있는가? 어째서 그대는 숲속의 돌풍처럼, 먼 해안의 파도처럼 슬퍼하는가?

알핀

리노여, 나의 눈물은 죽인 이를 위해 흘리는 것이고, 내 목소리는 무덤 속에 누워 있는 자를 위한 것이다. 언덕 위의 그대 모습은 늘씬하고, 황야의 아들들 사이에서 잘생겼구나. 하지만 그대 역시 모라르처럼 쓰러질 것이고, 그대의 무덤에는 애도하는 자가 앉아 있을 것이다. 언덕은 그대를 잊을 것이고, 그대의 활은 시위가 풀린 채 큰 방에 놓여 있을 것이다.

오, 모라르여, 그대는 언덕 위의 노루처럼 재빨랐고, 밤하늘을 가르는 유성처럼 무서웠다. 그대의 분노는 폭풍 같았고, 싸움터에서 그대의 칼은 황야를 비추는 번갯불처럼 번득였다. 그대의 목소리는 비 온 뒤의 계곡물 같았고, 먼 언덕에서 울리는 천둥소리 같았다. 그대가 휘두르는 팔에 많은 사람이 쓰러졌고, 그대의 분노의 불길은 숱한 사람을 집어삼켰다. 하지만 전쟁에서 돌아오면 그대의 이마는 얼마나 평화로웠던가! 그대의 얼굴은 뇌우가 지나간 뒤의 햇살 같았고, 고요한 밤의 달빛 같았으며, 그대의 가슴은 사나운 바람이 잦아든 호수 같았다.

그런데 그대의 거처는 너무 좁고, 그대가 누운 자리는 어두컴컴하다! 그대의 무덤은 세 걸음의 너비밖에 안 된다. 오, 지난날 그토록 위대했던 그대여! 그대의 기념물이라곤 이끼에 덮인 네 개의 비석밖에 없구나. 잎이 다 떨어진 나무 한 그루와 바람에 살랑거리는 기다란 풀잎만이 사냥꾼에게 한때 막강했던 모라르의 무덤임을 알려줄 뿐이다. 그대는 그대를 슬퍼 해줄 어머니도 사랑의 눈물을 흘려줄 아가씨도 없구나. 그대를 낳아준 어머니는 돌아가셨고, 모르글란의 딸도 죽어버렸으니.

지팡이에 몸을 의지한 저 사람은 누구인가? 나이 들어 머리는 하얗게 셌고, 울어서 눈이 붉게 충혈된 저 사람은 누구인가? 오, 모라르여, 그대의 아버지구나. 아들이라고는 그대밖에 없는 아버지구나. 그는 싸움터에서 그대가 날린 명성을 들었고, 그대를 만나면 적이 혼비백산했다는 얘기도 들었다. 모라르의 명성은 들었지만, 아, 그가 부상 당한 얘기는 아무것도 듣지 못했단 말인가? 통곡하라, 모라르의 아버지여, 통곡하라! 하지만 아들은 아버지의 통곡소리를 듣지 못하리. 죽은 이의 잠은 깊고, 먼지로 수북한 베개는 얕으니. 이제 목소리에 귀 기울이지 않고, 소리쳐 불러도 깨어나지 않으리. 아, 무덤 속에 언제 아침이 찾아와, 곤히 잠든 이에게 깨어나라고 이를 건가!

잘 있거라, 인간들 중 가장 고귀한 자여! 전장의 정복자여! 하지만 이제 싸움터는 두 번 다시 그대를 보지 못할 것이고, 어두운 숲은 두 번 다시 그대가 휘두르는 칼로 번쩍이지 않을 것이다. 그대는 아들은 남기지 않았으나, 노래는 그대의 이름을 간직하리라. 후세 사람들은 그대의 이야기를, 전사한 모라르의 명성을 전해 들으리라.

용사들은 큰 소리로 애도했다. 아르민의 터질 듯한 한숨소리가 가장 컸다. 젊은 나이에 전사한 아들의 죽음이 떠올랐기 때문이다. 명성이 높은 갈말의 영주 카르모르가 아르민 곁에 앉아 있었다. 카르모르가 말했다. '왜 아르민의 한숨은 흐느끼는 소리로 들리는가? 여기서 뭣 때문에 눈물 흘린단 말인가? 영혼을 녹여주고 흥겹게 해주는 노랫가락이 울리지 않는가? 노래는 호수에서 피어올라 골짜기 위로 퍼지는 안개

같고, 피어나는 꽃들은 물기에 촉촉이 젖어 있다. 하지만 해가 다시 힘차게 떠올라 안개는 사라지고 말았다. 호수로 둘러싸인 고르마의 통치자, 아르민이여, 어째서 그대는 그토록 애통해하는가?'

'애통해한다고! 그래, 나는 그런 심정이라네. 그리고 충분히 슬퍼할 만하지. 카르모르여, 그대는 아들을 잃어본 적이 없고, 꽃 피어나는 딸도 잃지 않았다. 용감한 콜가르는 살아 있고, 더없이 아름다운 아니라도 살아 있다. 오, 카르모르여, 그대 집안의 가지는 꽃 피어나고 있다. 하지만 우리 집안은 아르민으로 대가 끊겼다. 오, 다우라여, 그대의 침상은 컴컴하구나! 무덤 속 그대의 잠자리는 숨 막히는구나. 고운 목소리로 노래 부르며 언제 깨어나려느냐? 일어나라, 가을바람아! 일어나 컴컴한 황야 위로 휘몰아쳐라! 계곡물아, 촬촬 소리내라! 비바람아, 울부짖어라, 떡갈나무 꼭대기에서! 오, 달님아, 갈라진 구름 사이로 뚫고 나와 이따금 네 창백한 얼굴을 보여다오! 내 자식들이 목숨을 잃은 끔찍한 밤을 떠올려다오. 막강한 아린달이 쓰러지고 아름다운 다우라가 숨을 거둔 끔찍한 밤을.

내 딸, 다우라야, 너는 푸라 언덕 위에 떠 오른 달처럼 아름다웠지. 얼굴은 방금 내린 눈처럼 희고, 들이마시는 공기처럼 감미로웠지! 아린달아, 싸움터에서 너의 활은 강력했고, 너의 창은 재빨랐지! 너의 눈초리는 물결 위의 안개 같았고, 너의 방패는 폭풍우 속의 불 구름 같았지!

전쟁에서 이름을 날린 아르마르가 찾아와 다우라에게 구애했다. 다우라는 오래 버티지 않았다. 이들의 친구들은 희망에 부풀었다.

오드갈의 아들 에라트가 원한을 품었다. 그의 형제가 아르마르에게 맞아 죽었기 때문이다. 에라트는 뱃사공의 모습으로 변장해서 왔다. 물결 위에 떠 있는 그의 나룻배는 아름다웠다. 나이 들어 그의 곱슬머리는 하얗게 셌고, 진지한 표정은 차분했다. 에라트가 말했다. '더없이 아름다운 아가씨여, 아르민의 사랑스러운 딸이여! 아르마르가 그대 다우라를 기다리고 있다. 바다에서 멀지 않은 저기 바위 옆에, 나무에 열린 붉은 과일이 반짝이는 곳에. 내가 왔다, 그의 사랑을 물결치는 바다 건너 데려가려.'

다우라는 에라트를 따라가며 아르마르를 불렀다. 하지만 돌아온 건 바위에 부딪쳐 돌아온 메아리밖에 없었다. '아르마르, 내 사랑! 내 사랑! 왜 이다지도 나를 걱정스럽게 만드나요? 내 말을 들어주오, 아르나르트의 아들이여! 다우라가 그대를 소리쳐 부르고 있단 말이에요!'

배신자 에라트는 껄껄 웃으며 뭍으로 달아났다. 다우라는 목청 높여 아버지와 오라버니를 불렀다. '아린달! 아르민! 이 다우라를 구해줄 사람이 아무도 없단 말인가요?'

그녀의 목소리는 바다를 건너왔다. 나의 아들 아린달은 금방 잡은 포획물을 데리고 언덕을 내려왔다. 옆구리에 매단 화살 통에서는 화살이 달그락거렸고, 손에는 화살을 들고 있었다. 다섯 마리의 암회색 사냥개가 그의 주위를 따라다니고 있었다. 아린달은 해안에서 대담한 에라트를 발견하고 사로잡아 떡갈나무에 묶고 그의 허리를 단단히 동여맸다. 꽁꽁 묶인 자의 신음 소리가 바람을 타고 허공에 울려 퍼졌다.

아린달은 다우라를 데려오려고 배를 타고 물결을 갈랐다. 아르마르는 분노에 사로잡혀 달려와서는 회색 깃털이 달린 활을 쏘았다. 오, 아린달, 내 아들아, 화살은 피융 소리를 내며 날아가 너의 가슴에 박히고 말았구나! 배신자 에라트 대신 네가 죽고 말았다. 배는 바위에 닿았고, 아린달은 바위에 쓰러져 죽어 있었다. 오, 다우라야, 네 발치에 오라버니가 피 흘리고 죽었으니, 네가 얼마나 비통했겠느냐!

파도에 배가 산산이 부서져 버렸다. 아르마르는 다우라를 구하기 위해서인지 아니면 죽기 위해서인지 바다로 뛰어들었다. 언덕에서 떨어진 그의 몸은 금방 파도에 휩쓸렸고, 물속에 가라앉은 그의 몸은 다시는 수면에 떠오르지 않았다.

바닷물에 씻긴 바위 위에서는 내 딸의 탄식 소리만 들려왔다. 딸은 오래도록 큰 소리로 울부짖었지만, 아버지인 나는 딸을 구해줄 수 없었다. 나는 밤새 바닷가에 서서 희미한 달빛 아래 딸이 밤새 울부짖는 소리를 들었다. 바람이 세차게 몰아쳤고, 비는 산허리를 거세게 때렸다. 아침이 되기 전에 딸의 목소리는 약해지다가, 바위의 풀잎 사이에서 부는 저녁 바람처럼 숨을 거둔다. 딸은 아르민을 홀로 남겨둔 채 비통함을 이기지 못하고 숨을 거두고 말았다! 전쟁에서 보여주던 나의 의연함은 사라졌고, 아가씨들 사이에서 우쭐대던 나의 자긍심도 땅에 떨어졌다.

산에서 폭풍우가 몰아치고
북풍에 파도가 거세지면
파도 소리 요란한 해변에 앉아
끔찍한 바위 쪽을 바라본다.

달이 질 때면 이따금
내 자식들의 혼령이 보이기도 한다.
어렴풋이 보이는 이들은
슬픈 표정으로 함께 돌아다닌다.

로테의 눈에서 눈물이 왈칵 쏟아졌고, 짓눌리던 그녀의 가슴은 후련해졌습니다. 그러자 할 수 없이 베르터는 낭송을 멈추었습니다. 그는 원고를 내던진 뒤 그녀의 손을 잡고 더없이 비통한 눈물을 흘렸습니다. 로테는 다른 손에 몸을 의지하며 손수건으로 눈을 가렸습니다. 두 사람은 말할 수 없이 큰 감동에 휩싸였습니다. 그들은 고귀한 용사들의 운명에서 자신들의 비참함을 느꼈습니다. 그들은 비참함을 함께 느꼈고, 눈물 속에서 하나가 되었습니다. 베르터의 입술과 눈은 로테의 팔에 닿아 뜨겁게 타올랐습니다. 로테는 전율에 사로잡혔습니다. 그녀는 몸을 빼려고 했으나, 고통과 동정심이 납덩이처럼 짓누르며 몸을 마비시켰습니다. 그녀는 정신을 차리기 위해 심호흡을 했습니다. 그리고 흐느끼면서 계속 낭송해 달라고 부탁했습니다. 그야말로 천상의 목소리로 부탁했습니다! 베르터는 몸을 떨고 있었고, 가슴은 터질 것만 같았습니다. 그는 원고를 집어 들고 반쯤 갈라진 목소리로 낭송을 시작했습니다.

"봄바람이여, 왜 나를 깨우는가? 그대는 교태부리며 '천상의 이슬로 적셔주겠어요!'라고 말한다. 하지만 나는 시들 때가 가까워졌고, 내 잎사귀를 떨어뜨릴 폭풍우도 가까이 다가왔구나! 내일 나그네가 올 것이다. 젊은 시절 내 아름다운 모습을 보았던 사람이지. 그는 들판을 헤매며 나를 찾아다니겠지만 끝내 나를 발견하지 못하리라."

불행한 베르터는 이 구절의 강력한 힘에 압도당했습니다. 그는 깊은 절망감에 사로잡혀 로테의 발치에 무릎을 꿇더니, 그녀의 두 손을 잡고 자신의 눈과 이마에 갖다 댔습니다. 그가 끔찍한 일을 저지를지도 모른다는 예감이 얼핏 그녀의 뇌리를 스치는 것 같았습니다. 그녀의 마음이 심란해졌습니다. 그녀는 그의 두 손을 자신의 가슴에 갖다 대고 슬픔을 가누지 못해 그의 쪽으로 몸을 숙였습니다. 그러자 두 사람의 뜨겁게 타오르는 뺨이 서로 맞닿았습니다. 두 사람에게 세계가 사라져 버렸습니다. 베르터는 팔을 로테의 몸에 휘감아 자기의 가슴에 꼭 껴안고 떨면서 뭐라고 우물거리는 그녀의 입술에 격렬한 키스를 퍼부었습니다. "베르터!" 그녀는 몸을 돌리며 숨이 막히는 듯한 목소리로 말했습니다. "베르터!" 그녀는 가녀린 손으로 베르터의 가슴을 자기 가슴에서 밀쳐냈습니다. "베르터!" 그녀는 더없이 고귀한 감정이 담긴 차분한 어조로 외쳤습니다. 베르터는 더 이상 버티지 않고 그녀를 품에서 풀어주고는 정신 나간 듯이 그녀의 발치에 털썩 무릎을 꿇었습니다. 그녀는 벌떡 일어나 불안하고 혼란스러운 상태에서 사랑과 분노 사이에서 몸을 떨며 말했습니다. "이것이 마지막이에요! 베르터! 다시는 나를 보지 못할 거예요." 그리고 그녀는 사랑이 가득 담긴 눈길로 불행한 베르터를 바라보며 급히 옆방으로 들어가 문을 잠가버렸습니다. 베르터는 그녀를 향해 팔을 뻗었지만 감히 붙잡을 용기는 없었습니다. 그는 머리를 긴 의자에 대고 바닥에 주저앉아 있었습니다. 그는 이런 자세로 반 시간 넘게 앉아 있었습니다. 그러다가 어떤 소리가 나서 번쩍 제정신을 차렸습니다. 식탁을 차리려고 하녀가 방에 들어온 것이었습니다. 베르터는 방안을 이리저리

왔다 갔다 하다가 다시 혼자 남게 되자 옆방 문으로 가서 나직한 소리로 불렀습니다. "로테! 로테! 한마디만 더 할게요! 작별 인사라도!" 하지만 아무 대답이 없었습니다. 로테는 기다리고 애원하고 또 기다렸습니다. 결국 그는 몸을 홱 돌리며 소리쳤습니다. "잘 있어요, 로테! 영원히 잘 있어요!"

베르터는 성문에 이르렀습니다. 그를 이미 잘 알고 있는 문지기들은 아무 말 없이 그를 성문 밖으로 내보내 줬습니다. 진눈깨비가 흩날리고 있었습니다. 베르터는 11시쯤 되어서야 다시 대문을 두드렸습니다. 하인은 집에 돌아온 주인을 보고 모자가 없어졌다는 것을 알아챘습니다. 그는 뭐라고 말할 용기는 내지 못하고 옷을 벗겨 주었습니다. 온통 흠뻑 젖어 있었습니다. 모자는 나중에 골짜기가 내려다보이는 산비탈의 바위 위에서 발견되었습니다. 진눈깨비 내리는 컴컴한 밤에 굴러떨어지지 않고 어떻게 그곳까지 올라갔는지 도저히 이해할 수 없는 일이었습니다.

베르터는 침대에 누워 오래도록 잠을 잤습니다. 다음 날 아침 주인이 불러서 하인이 커피를 가져갔을 때 베르터는 뭔가를 쓰고 있었습니다. 그는 다음과 같은 편지를 로테에게 썼습니다.

"마지막으로, 이제 마지막으로 눈을 뜹니다. 아, 내 눈이 다시는 태양을 보지 못할 것입니다. 흐리고 안개 낀 날씨가 태양을 가렸습니다. 자연이여, 그렇게 함께 슬퍼해 다오! 너의 아들이자 벗이요 사랑하는 사람이 종말을 향해 다가가고 있습니다. 로테, 오늘이 마지막 아침이라고 자신에게 말하는 이 심정은 무엇과도 비길 데 없는 감정이오. 그렇지만 몽롱한 꿈과 가장 비슷한 것 같습니다. 마지막 아침입니다! 로테, 마지막 아침이란 말이 그다지 실감 나지 않습니다. 지금은 이렇게 멀쩡하지만 내일이면 사지를 쭉 뻗고 바닥에 축 늘어져 있을 것입니다. 죽는다는 것! 그건 무슨 뜻일까요? 보세요, 죽음 이야기를 할 때 우리는 꿈을 꾸고 있는 것입니다. 나는 사람이 죽는 것을 여러 번 보았습니다. 인간은 너무나 제한된 환경에서 살아가는 존재라서 자기 생존의 시작과 끝을 알지 못합니다. 아직은 내 몸이 나의 것입니다, 아니, 당신의 것입니다! 오, 사랑하는 이여! 그런데 잠시 떨어지고 헤어지나요, 아니면 혹시 영원히 떨어지고 헤어지나요? 아닙니다, 로테, 아닙니다. 내가 어찌 사라질 수 있겠어요? 그대가 어찌 사라질 수 있겠어요? 우리가 이렇게 엄연히 존재하는데 사라지다니! 그건 무슨 뜻일까요? 그것은 그저 하나의 단어이고, 내 가슴에 아무런 느낌도 주지 못하는 공허한 울림에 불과하지요. 로테, 죽어서 차가운 땅속에 묻힌다는 것이지요! 그처럼 비좁고 컴컴한 곳에 말이오! 내겐 여자 친구가 한 명 있었지요. 의지할 데 없던 어린 시절 나의 전부였지요. 그런데 그녀는 죽고 말았어요. 나는 그녀의 시신을 따라가 무덤가에 섰습니다. 관을 내리고, 관 밑의 밧줄을 다시 잡아당기며 끌어올리는 것을 보았습니다. 그런 뒤 첫 삽을 떠서 관 위에 던져 넣자 관은 겁먹은 듯 둔탁한 소리를 냈습니다. 점점 둔탁한 소리가 나더니 마침내 완전히 흙으로 덮이고 말았습니다! 나는 무덤가에 털썩 주저앉고 말았어요. 나의 깊은 곳이 흔들리고 충격받고 겁에 질려 갈가리 찢기는 기분이었어요. 하지만 나는 내게 무슨 일이 벌어졌는지, 앞으로 무슨 일이 벌어질지도 알지 못했습니다. 죽는다는 것! 무덤! 나는 그런 말을 이해할 수 없습니다!

오, 날 용서해 줘요! 날 용서해 줘요! 어제 일 말이오! 내 생애의 마지막 순간이 되었어야 했는데요! 오, 그대 천사여! 처음으로, 난생처음으로 전혀 의심의 여지 없이 크나큰 희열이 나의 마음 깊디깊은 곳까지 타올랐습니다. 그녀가 나를 사랑하다니! 그녀가 나를 사랑하다니! 그대의 입술에서 흘러나온 성스러운 불꽃이 아직 내 입술에서 불타고 있습니다. 새로운 따뜻한 희열이 내 가슴속에 있습니다. 그러니 나를 용서해 줘요! 날 용서해 줘요!

아, 나는 알고 있었습니다, 그대가 날 사랑한다는 것을. 영혼이 가득 담긴 눈길로 나를 처음 바라볼 때부터, 처음 악수를 나눌 때부터 알고 있었습니다. 그렇지만 다시 그대 곁을 떠나오고, 알베르트가 그대 곁에 있는 것을 보면 다시 낙담하고 열병 같은 회의에 빠져들었지요.

그대가 내게 보내줬던 꽃 기억나시나요? 내게 한마디도 할 수 없고, 악수도 청할 수 없었던 끔찍한 모임에서 말이오. 아, 나는 반쯤 밤을 새다시피 그 꽃 앞에 무릎을 꿇고 있었습니다. 그 꽃은 내게 그대의 사랑을 몰래 확인해 주었습니다. 그러나 아! 그런 인상도 사라져 버렸습니다. 성스러운 계시를 통해 충만한 은총을 느꼈던 신자의 마음에서 점차 하느님의 은총에 대한 느낌이 사라지듯 말입니다.

이 모든 것은 덧없는 것입니다. 하지만 어제 그대의 입술에서 맛보았고 지금 내 마음속에서 느끼는 불타는 듯한 생명의 불꽃은 영원히 꺼지지 않을 것입니다! 그녀가 나를 사랑하다니! 이 팔이 그녀를 껴안았고, 이 입술이 그녀의 입술 위에서 떨었으며, 이 입이 그녀의 입에 대고 우물거렸습니다. 그녀는 내 것입니다! 그대는 내 것입니다! 그렇습니다, 로테, 영원히.

알베르트가 그대 남편이라 해서 그게 어쨌다는 건가요? 남편이라니! 이 세상에서 하는 이야기일 테지요. 그리고 내가 그대를 사랑하고, 그의 품에서 그대를 내 품으로 빼앗으려 한다면 이 세상에서는 죄가 되겠지요? 죄가 된다고요? 좋습니다, 그렇다면 그에 대한 벌을 내게 내리겠습니다. 나는 그 죄를 천상의 희열 속에서 맛보았고, 생명의 물과 기운을 내 가슴속으로 빨아들였습니다. 그대는 이 순간부터 내 것입니다! 내 것입니다, 오, 로테! 나는 먼저 갑니다! 내 아버지이자 그대의 아버지가 계신 곳으로. 그분께 가서 하소연하렵니다. 그러면 그대가 올 때까지 날 위로해 주겠지요. 그대가 오면 날 듯이 달려가 그대를 붙잡고, 영원무궁하신 분의 면전에서 그대를 영원히 껴안고 있을 것입니다.

꿈을 꾸거나 망상에 빠진 것이 아닙니다! 무덤에 가까워질수록 내 마음은 더욱 밝아집니다. 우리는 존재할 것입니다! 우리는 다시 만날 날이 올 것입니다! 그대의 어머니도 만날 것입니다! 아, 그분을 만나 알아보면 그분께 나의 마음을 모두 털어놓겠습니다! 그대를 빼닮은 그대 어머니께!"

11시경에 베르터는 혹시 알베르트가 돌아오지 않았는지 하인에게 물어보았습니다. 하인은 알베르트가 말을 타고 가는 것을 보았다고 했습니다. 그러자 베르터는 봉하지 않은 쪽지 하나를 하인에게 건네주었습니다.

"여행을 가려는데 권총을 좀 빌려줄 수 있는지요? 안녕히 계십시오!"

알베르트의 부인은 간밤에 거의 잠을 이루지 못했습니다. 그녀가 두려워하던 일이 벌어지고 말았기 때문입니다. 더구나 설마 그럴 줄 예감도 못한 방식으로 벌어졌습니다. 평소에 그토록 순수하고 경쾌하게 흐르던 피는 열병처럼 끓어올랐고, 아름다운 마음은 수천 가지 감정으로 혼란에 빠졌습니다. 가슴속에서 느낀 것이 베르터의 포옹에 의한 불길이었을까? 혹은 그의 무모한 행동에 대한 불쾌감이었을까? 전혀 거리낌 없이 자유롭고 순진무구하던, 아무 걱정 없이 자기 자신을 신뢰하던 시절과 지금의 상태를 비교하고 기분이 언짢아진 걸까? 무슨 낯으로 남편을 대한단 말인가? 어떻게 그런 장면을 고백한단 말인가? 고백하려면 못할 것도 없지만 그래도 어떻게 감히 고백한단 말인가? 두 사람은 이미 오랫동안 베르터에 대해 서로 침묵을 지켜 왔습니다. 그런데 자기가 먼저 침묵을 깨야 한단 말인가? 그것도 부적절한 시기에 그처럼 생각지도 못한 사실을 남편에게 털어놓아야 한단 말인가? 베르터가 찾아왔다는 이야기만 해도 남편에게 불쾌한 인상을 주지 않을까 우려되었습니다. 그런데 이런 예기치 않은 불상사까지 벌어지다니! 남편이 자기를 전적으로 공정한 시각에서 보고, 아무런 편견 없이 받아들여 주리라고 기대할 수 있을까? 남편이 자신의 진심을 읽어 주리라 바랄 수 있을까? 과연 남편에게 시치미를 뚝 뗄 수 있을까? 언제나 남편 앞에 수정 유리처럼 솔직하고 거리낌 없이 고백했으며, 자신의 감정을 조금도 숨기지 않았고 숨길 수도 없지 않았던가? 어느 쪽이든 걱정되기는 마찬가지였고, 그녀를 당혹스럽게 했습니다. 그러면서 그녀의 생각은 그녀로서는 이제 잃어버린 존재인 베르터에게 자꾸 되돌아 왔습니다. 그녀는 그를 내버려 둘 수 없었지만, 안타깝게도 그 스스로에게 내맡겨 둘 수밖에 없었습니다. 그가 그녀를 잃어버린다면 그로서는 아무것도 남아 있을 게 없었습니다.

비록 그 순간에는 뚜렷이 자각하지 못했지만, 그들 사이에 확고히 자리 잡은 소통 부재의 문제가 얼마나 그녀의 마음을 무겁게 눌렀는지 모릅니다! 그처럼 분별 있고 선량한 사람들이 서로 간의 은밀한 의견 차이 때문에 침묵을 지키기 시작했고, 각자 자기 견해가 옳고 상대방의 견해가 그르다고 생각했습니다. 그러다가 상황이 더욱 꼬이고 악화되어 모든 것이 맞물려 있는 바로 결정적인 순간에 매듭을 풀 수 없는 지경이 되고 말았습니다. 진작부터 적절히 허물없이 대하며 다시 서로에게 좀 더 가까이 다가갔더라면, 또한 서로 간에 사랑과 관용이 되살아나 마음을 활짝 열었더라면 어쩌면 우리의 친구를 구할 수 있었을지도 모릅니다.

이런 마당에 또 한 가지 특수한 사정이 더해졌습니다. 베르터는 우리가 그의 편지에서 알 수 있듯이 이 세상을 떠나고 싶다는 생각을 굳이 비밀에 부치지 않았습니다. 알베르트는 종종 그 문제로 베르터를 논박했습니다. 로테와 그녀의 남편 사이에도 가끔 그 문제가 화제에 오르기도 했습니다. 자살에 대한 단호한 반감을 지니고 있던 알베르트는 평소 성격과는 전혀 다르게 가끔 예민한 태도를 보이며, 베르터의 그런 의도에 진심이 담겼다고 보기 힘든 미심쩍은 구석이 있다고 로테에게 인식시키려 했습니다. 심지어 그는 그 일에 대해 약간의 농담도 하면서 그런 생각을 믿지 않는다고 로테에게 자신의 의중을 드러내기도 했습니다. 로테는 슬픈 상념이 눈앞에 아른거릴 때는 한편으로 이런 말에 마음이 진정되기도 했습니다. 하지만 다른 한편으로 남편의 그런 태도 때문에 그 순간 자신을 괴롭히는 걱정거리를 남편에게 속 시원히 털어놓지 못한다고 생각되기도 했습니다.

알베르트가 돌아왔습니다. 로테는 당황해서 허둥대며 남편을 맞았습니다. 그는 자신의 일을 완수하지 못해 기분이 좋지 않았습니다. 인근 마을의 주무관이 고집불통인데다 옹졸한 사람이었던 것입니다. 게다가 도로 사정이 좋지 않아 역정이 나기도 했습니다.

그는 아무 일 없었는지 물었고, 로테는 어젯밤 베르터가 다녀갔다고 황급히 대답했습니다. 그는 편지 온 것이 없느냐고 물었고, 편지 한 통과 소포가 그의 방에 있다는 대답을 들었습니다. 남편은 자기 방으로 건너갔고, 로테는 혼자 남게 되었습니다. 자신이 사랑하고 존중하는 남편이 곁에 있다는 사실이 그녀의 마음속에 새로운 인상을 심어주었습니다. 남편의 고결하고 선한 마음과 사랑을 생각하자 마음이 한결 진정되었고, 은연중에 남편 뒤를 따라가고 싶다는 생각이 들었습니다. 그녀는 평소에 늘 하던 대로 일거리를 들고 남편 방으로 갔습니다. 남편은 소포를 뜯어놓고 편지를 읽는 데 몰두하고 있었습니다. 그리 유쾌하지 않은 내용도 몇 가지 들어 있는 것 같았습니다. 로테는 남편에게 몇 가지를 물어보았고, 남편은 짧게 대답한 뒤 사면(斜面) 책상에 가서 무언가를 쓰기 시작했습니다.

두 사람은 이런 식으로 한 시간가량 나란히 앉아 있었습니다. 로테의 마음은 점점 어두워졌습니다. 비록 남편의 기분이 아무리 좋을 때라도, 자신의 마음에 걸리는 일을 남편에게 털어놓는다는 것이 얼마나 힘든 일인지 실감했습니다. 그녀는 우울한 기분에 빠져들었습니다. 그런 사실을 감추고 눈물을 삼키려 애쓸수록 마음이 점점 불안해졌습니다.

베르터의 심부름 소년이 나타나자 그녀는 당황해 어쩔 줄 몰랐습니다. 소년은 알베르트에게 쪽지를 건네주었고, 알베르트는 태연히 부인 쪽으로 몸을 돌리며 "이 소년한테 권총을 내줘요."라고 말했습니다. 그리고 심부름 소년에게는 "여행 잘 다녀오시라고 전해드려라."라고 말했습니다. 로테는 그 말에 벼락이라도 맞은 기분이었습니다. 그녀는 비틀거리며 일어섰는데, 자신에게 어떤 일이 벌어졌는지 알지 못했습니다. 그녀는 천천히 벽 쪽으로 걸어갔습니다. 덜덜 떨면서 권총을 집어 내리고 먼지를 닦아낸 뒤 우물쭈물 망설였습니다. 한참 동안 그렇게 머뭇거리고 있으니까 남편이 뭐하느냐고 묻는 듯한 눈초리로 재촉했습니다. 그녀는 그 불길한 물건을 소년에게 건네주면서 한마디 말도 입 밖에 낼 수 없었습니다. 소년이 밖으로 나가자 그녀는 하던 일을 주섬주섬 챙겨 들고 말할 수 없이 불안한 심정으로 자기 방으로 들어갔습니다. 마음속에 온갖 끔찍한 예감이 들었습니다. 당장이라도 그녀는 남편의 발치에 무릎을 꿇고 어젯밤에 일어난 일과 자신의 잘못 그리고 자신의 예감을 모두 털어놓고 싶은 심정이었습니다. 하지만 다음 순간 그러다가 어떤 결말이 벌어질지 알 수 없었습니다. 남편을 설득하여 베르터에게 가보라고 하는 일은 조금도 기대할 수 없었습니다. 식탁이 차려졌습니다. 친한 여자 친구가 뭘 좀 물어보러 왔다가 금방 가려고 했는데, 그냥 머무르는 바람에 식탁에서 나눈 대화 분위기는 그럭저럭 참을 만했습니다. 사람들은 억지로라도 말을 꺼내 이야기를 주고받으며 자신을 잊으려 했습니다.

심부름 소년은 권총을 가지고 베르터한테 갔습니다. 베르터는 로테가 직접 내주었다는 말을 듣고 감격해 총을 받아 들었습니다. 그는 빵과 포도주를 내오라고 시키고 소년에게는 식사하러 가라고 한 뒤 무언가를 쓰려고 자리에 앉았습니다.

"권총은 그대의 손을 거쳐 왔더군요. 그대가 총에 묻은 먼지도 닦아냈다면서요. 나는 그대의 손길이 닿은 이 총에 수없이 입을 맞춥니다! 천상의 정령인 그대가 내 결심을 북돋워 주고 있습니다. 그리고 그대, 로테는 그 도구를 내게 건네준 것입니다. 나는 그대의 손에 의해 죽음을 맞기를 바랐습니다.

그런데 아! 이제 그렇게 되는군요. 아, 소년한테 꼬치꼬치 물어보았습니다. 총을 건네주면서 떨었다면서요. 그런데 작별 인사는 하지 않았다고요! 슬픕니다! 정말 슬픕니다! 작별 인사도 하지 않다니요! 나를 영원히 그대에게 붙들어 매준 그 순간 때문에 내게 마음의 문을 닫아야 하는 건가요? 로테, 천년의 세월이 흐른다 해도 그 인상을 지울 수는 없어요! 그대를 위해 그토록 마음이 불타오르는 사람을 그대가 미워할 수는 없을 거라고 느껴집니다."

식사를 마치자 베르터는 소년에게 모든 짐을 남김없이 꾸려 넣으라고 일렀습니다. 그는 많은 서류를 찢어버리고 외출해서는 아직 남은 사소한 빚을 정리했습니다. 그는 다시 집으로 돌아왔다가 비가 내리는데도 성문 앞으로 다시 나가 백작의 정원으로 들어갔습니다. 그 일대를 계속 돌아다니다가 날이 어두워지자 집에 돌아와 글을 쓰기 시작했습니다.

"빌헬름, 나는 마지막으로 들이며 숲이며 하늘을 보았네. 자네도 잘 있게! 사랑하는 어머니, 저를 용서해 주세요! 빌헬름, 어머니를 위로해 드리게! 자네와 어머니가 하느님의 축복을 받기를 빌겠네! 내 물건은 모두 정리해 두었네. 잘 있게! 언젠가 다시 더 기쁜 마음으로 만날 걸세."

"알베르트, 나는 당신의 우정을 악으로 갚았습니다. 나를 용서해 주십시오. 나는 당신 가정의 평화를 깨뜨렸고, 부부 사이의 불화를 불신을 키웠습니다. 안녕히 계십시오! 나는 끝을 내려고 합니다. 아, 내가 죽어 당신들이 행복해질 수 있기를 바랍니다! 알베르트! 알베르트! 천사 같은 부인을 행복하게 해줘요! 하느님의 축복이 당신과 함께하길 빕니다!"

베르터는 그날 밤 아직 남은 많은 서류를 뒤적이고 찢어서 난로 속에 던져 넣었습니다. 몇 개의 꾸러미는 빌헬름을 수신인으로 해서 봉했습니다. 거기에는 소논문과 갈피를 잡을 수 없는 생각이 담긴 글들이 들어 있었습니다. 그런 글들 중 몇 개는 내가 직접 확인한 것이었습니다. 그는 밤 10시에 난로에 장작을 더 넣도록 하고 포도주 한 병을 가져오라고 한 뒤 하인을 자러 보냈습니다. 하인의 방은 이 집의 다른 사람들의 침실과 마찬가지로 뒤쪽에 멀리 떨어져 있었습니다. 하인은 일찍 준비할 수 있도록 옷을 입은 채 잠자리에 누웠습니다. 주인이 역마차가 새벽 6시 전에 집 앞에 올 것이라고 말했기 때문입니다.

"11시가 지나서

내 주위의 모든 것이 조용하고, 내 마음도 평온합니다. 하느님, 감사합니다, 마지막 순간에 이런 온기와 힘을 베풀어주시니.

사랑하는 그대여, 나는 창가로 가서 바라봅니다. 쏜살같이 지나가는 구름 사이로 아직 영원한 천상의 별들을 하나하나씩 바라봅니다! 그래, 너희들은 떨어지지 않겠지! 영원한 존재가 너희들을 가슴에 품어 주시고, 나를 품어 주시니. 나는 모든 별 중 가장 좋아하는 큰곰자리 중 북두칠성을 바라봅니다. 밤에 그대와 헤어져 그대의 집 대문을 나설 때면 그 별이 나를 내려다보곤 했지요. 종종 얼마나 넋을 놓고 바라보았는지 모릅니다! 때로는 두 손을 들어 올리고 그 별을 지금 내가 느끼는 행복의 표시이자 성스러운 표지로 삼기도 했습니다! 아, 로테! 그대를 상기시켜 주지 않는 것이 뭐가 있겠습니까! 아직도 그대는 나를 에워싸고 있지 않습니까! 그리고 나는 어린아이처럼 만족할 줄 모르고, 성스러운 그대의 손길이 닿았던 것이면 아무리 하찮은 것이라도 뭐든지 긁어모으지 않았습니까!

사랑스러운 실루엣 그림! 로테, 이것을 그대에게 유품으로 남겨드립니다. 부탁이니 그것을 소중히 간직해 주길 바랍니다. 나는 집에서 나갈 때나 들어올 때면 그 그림에 수천 번이고 입을 맞추었고, 수천 번이고 손을 흔들어 인사를 했습니다.

그대 아버님께 내 유해를 잘 처리해 달라고 쪽지로 부탁드렸습니다. 공동묘지에는 들판 쪽으로 뒤쪽 귀퉁이에 보리수 두 그루가 있습니다. 나는 거기서 안식을 얻었으면 합니다. 아버님께서는 친구를 위해 그 정도는 할 수 있고, 할 것입니다. 그대도 부탁드려 주십시오. 나는 독실한 기독교 신자들에게 불쌍하고 불행한 자 옆에 묻어달라는 부당한 요구를 할 생각이 없습니다. 아, 나를 차라리 길 가나 또는 적막한 골짜기에 묻어줘도 상관없습니다. 그래서 사제나 레위인이 비석이라 칭하는 돌 앞으로 성호를 그으며 지나가고, 사마리아인이 눈물 한 방울을 흘리도록 말입니다.

이제 때가 되었습니다, 로테! 나는 차갑고 끔찍한 잔을 들어 죽음의 도취를 마쳐야 한다는 게 두렵지 않습니다! 그대가 건네준 잔이니 망설이지 않겠습니다. 모든 것이! 모든 것이! 이로써 내 인생의 이 모든 소망과 희망이 이루어졌습니다! 이처럼 냉정하고 완강하게 죽음의 철문을 두드리렵니다.

내가 그대를 위해 죽는 행운을 얻을 수 있다니요! 로테, 그대를 위해 나 자신을 바칠 수 있다니요! 그대에게 마음의 평온, 인생의 희열을 다시 안겨줄 수 있다면 나는 용감하고도 기쁜 마음으로 죽으렵니다. 하지만 아! 오직 소수의 고귀한 이들만이 사랑하는 사람을 위해 피 흘리고, 죽음을 통해 친구들에게 백배의 새로운 삶을 부추겨 줄 수 있습니다.

로테, 이 옷차림으로 묻히고 싶습니다. 그대가 손을 대서 신성해진 옷이니까요. 그대 아버님께도 그렇게 부탁드렸습니다. 나의 영혼은 관 위를 떠돌고 있습니다. 내 주머니를 샅샅이 뒤지지 말아 주세요. 이 분홍색 리본을 가지고 가렵니다. 동생들 사이에서 그대를 처음 보았을 때 그대 가슴에 달려 있었던 것이지요. 아, 아이들에게 수천 번 입맞춤해 주시고, 그들의 불행한 친구의 운명을 들려주십시오. 참으로 사랑스러운 아이들이지요! 내 주위에서 오글거리는 모습이 눈에 선합니다. 아, 내가 그대와 얼마나 떨어질 수 없는 관계인지 모릅니다! 처음 본 순간부터 그대를 놓아줄 수 없었습니다! 이 리본을 나와 함께 묻어주세요. 내 생일 선물로 준 것이지요! 이 모든 것을 얼마나 덥석 받아들였는지! 아, 내 인생행로가 이렇게 될 줄 몰랐습니다! 침착함을 잃지 말아요! 제발 부탁이니 침착함을 잃지 말아요!

총알은 장전되어 있습니다. 12시 종을 치고 있습니다! 이제 시간이 되었습니다! 로테! 로테, 잘 있어요! 잘 있어요!"

어느 이웃 사람이 화약에서 나오는 불꽃을 보았고 총소리를 들었습니다. 하지만 그러고는 모든 것이 잠잠했기에 더 이상 주의를 기울이지 않았습니다.

아침 6시에 하인이 등불을 들고 베르터의 방에 들어갑니다. 바닥에 쓰러져 있는 주인과 권총이며 피를 발견하지요. 그는 주인을 붙잡고 소리칩니다. 아무 대답이 없고 주인은 그저 숨을 그르렁거릴 뿐입니다. 하인은 의사에게, 알베르트에게 달려갑니다. 로테는 초인종 소리를 듣고 온몸을 부들부들 떱니다. 그녀는 남편을 깨웁니다. 두 사람은 일어나고, 하인은 울부짖고 더듬거리는 소리로 소식을 전합니다. 로테는 정신을 잃고 알베르트 앞에서 쓰러지고 맙니다.

의사가 도착했을 때 바닥에 쓰러진 불행한 사람은 가망이 없어 보였습니다. 맥박은 아직 뛰고 있었지만, 사지는 모두 마비되어 있었습니다. 총알은 오른쪽 눈에서 머리를 관통했고, 뇌가 밖으로 튀어나와 있었습니다. 쓸데없는 일인 줄 알면서도 팔의 혈관을 째고 사혈(瀉血)을 해보았습니다. 아직 숨은 붙어 있었습니다.

안락의자의 팔걸이에 피가 묻어 있었습니다. 그런 것으로 봐서 책상 앞에 앉아 총을 쏜 것으로 짐작할 수 있었습니다. 그런 다음 그는 바닥에 쓰러졌고, 경련을 일으키며 의자 주위로 나뒹굴었던 모양입니다. 그는 창문 쪽으로 머리를 향하고 탈진한 채 누워 있었습니다. 정장 차림에 장화를 신었고, 푸른색 연미복에 노란 조끼를 입고 있었습니다.

집안이며 이웃과 온 시내가 발칵 뒤집혔습니다. 알베르트가 들어왔습니다. 베르터는 침대 위에 옮겨져 있었고, 이마에는 붕대가 감겨 있었습니다. 얼굴은 이미 죽은 사람처럼 보였고, 사지는 꼼짝도 하지 않았습니다. 허파에서는 그때까지 그르렁거리는 소리가 났습니다. 때로는 약해졌다가 때로는 더 강해졌습니다. 이제 사람들은 그가 숨을 거두기만을 기다렸습니다.

포도주는 한 잔밖에 마시지 않았습니다. 사면 책상 위에는 『에밀리아 갈로티』[12]가 펼쳐진 채 놓여 있었습니다.

알베르트가 받은 충격과 로테의 비통한 심정에 대해서는 아무 말도 하지 않겠습니다.

늙은 주무관이 소식을 듣고 부리나케 달려왔습니다. 그는 더없이 뜨거운 눈물을 흘리며 죽어가는 사람에게 입을 맞추었습니다. 그의 큰 아들들이 곧 그를 뒤따라 들어왔습니다. 그들은 침대 옆에 털썩 주저앉아 걷잡을 수 없는 고통을 표현하며 베르터의 손과 입에 입맞춤을 했습니다. 그들 중 베르터가 늘 가장 좋아했던 맏이는 베르터의 입술에서 떨어질 줄 몰랐습니다. 마침내 베르터가 숨을 거두자 사람들이 억지로 소년을 떼어내야 했습니다. 베르터는 정오 12시에 숨이 끊어졌습니다. 주무관이 직접 나서서 사태를 수습했기에 별다른 소동은 일어나지 않았습니다. 밤 11시쯤에 주무관은 베르터가 정해준 장소에 그를 묻도록 했습니다. 노인과 그의 아들들

---

[12] 독일의 극작가, 비평가, 미학 저술가인 고트홀트 에프라임 레싱(Gotthold Ephraim Lessing, 1729~1781)의 드라마. 레싱은 독일 극이 고전주의 극과 프랑스 극의 영향에서 벗어나는 데 기여했다. 『에밀리아 갈로티』는 르네상스 시대 이탈리아의 작은 공국 구아스탈라의 영주가 에밀리아를 수중에 넣기 위해 음모를 꾸미고 부당한 권력을 휘두르자, 그녀의 아버지가 딸의 순결을 지키기 위해 딸을 칼로 찔러 죽인다는 내용을 바탕으로 하고 있다.

이 유해를 뒤따랐고, 알베르트는 그럴 수 없었습니다. 로테의 생명이 걱정되었기 때문입니다. 일꾼들이 유해를 운반했습니다. 그런데 성직자는 한 사람도 따라가지 않았습니다.

노벨레
NOVELLE

아직 이른 새벽인데도 으리으리한 궁성의 넓은 뜰에 가을 안개가 자욱이 깔려 있었다. 이때 이미 다소간 밝게 빛나는 안개의 베일 사이로 말을 타거나 걸어서 사냥을 떠날 무리가 부산하게 움직이는 모습이 보였다. 옆의 사람들이 서두르며 하는 일은 뻔히 알 만한 일들이었다. 이들은 등자(鐙子)를 늘이거나 줄였고, 엽총과 탄약 주머니를 서로에게 건네주었으며, 오소리 가방을 꾸렸다. 반면에 목에 끈을 맨 개들은 자기들도 남겨두지 말고 데려가 달라고 으르렁거리며 안달하고 있었다. 불 같은 성미 때문인지 또는 주인의 박차에 자극을 받았는지 때로 어떤 말이 보다 대담한 행동을 보이기도 했다. 그 말 주인은 여기 어스름한 가운데 무언가 허영심을 보이고 싶었던 모양이었다. 하지만 모두 자신의 젊은 부인과 작별인사를 하느라 너무 시간을 끌고 있는 영주를 기다리고 있었다.

얼마 전에야 비로소 이들은 함께 신뢰하며 벌써 마음이 일치하는 행복을 느꼈다. 둘 다 활달하고 명랑한 성격의 소유자였다. 한쪽은 다른 쪽의 성향과 노력에 기꺼이 관심을 보였다. 영주의 아버지는 나라의 모든 구성원이 똑같이 근면하게 나날을 보내고, 똑같이 활동하고 창조하며, 각자 자기의 방식대로 먼저 획득하고 그런 다음에 누려야 한다는 사실이 명백했던 시절을 겪었고 이로써 이득을 취했다.

이러한 사실이 얼마나 성공을 거두었는가는 어쩌면 큰 장이라 부를 수 있는 중앙 시장이 이즈음 열렸을 때 알 수 있었다. 영주는 부인을 말에 태워 물건들이 잔뜩 쌓인 곳을 지나며 산악 지역과 평지와의 교역이 얼마나 원만하게 이루어지는지 깨닫게 해주었다. 그는 즉석에서 자기 나라의 백성들이 얼마나 활발하고 근면하게 살아가는가를 부인에게 인식시켜 줄 수 있었다.

사실 영주가 이즈음 자신의 식솔들과 거의 오로지 이러한 절실한 대상들에 대해 대화를 나누었고, 특히 재무부 장관과 함께 계속 일했다 하더라도 지방 경찰청장도 그 나름대로 자신의 권리를 보유하고 있었다. 그 자의 생각으로는 이러한 좋은 가을날에 이미 연기된 사냥을 가고 싶은 유혹에 저항하는 것은 불가능했고, 자기 자신과 찾아온 수많은 낯선 손님들에게 자신의 고유하고 진기한 잔치를 열고 싶은 유혹에 저항하는 것은 불가능했다.

영사 부인은 뒤에 남는 것을 달가워하지 않았다. 사람들은 뜻하지 않은 출정으로 그곳 숲속의 평화로운 주민들을 불안하게 할까 봐 멀리 산속으로 들어갈 계획이었다.

헤어지면서 남편은 아내에게 후작인 프리드리히 숙부의 호위를 받으며 말을 타고 산책하라고 일러주는 것을 잊지 않았다. "온갖 궂은일을 돌보는 시종이자 마구간지기인 호노리오에게 당신을 맡기겠소." 하고 그가 말했다. 이 말과 함께 그는 말에서 내리면서 건장한 체격의 젊은이에게 필요한 당부를 하는 것이었다. 그런 다음 그는 손님들이며 시종들과 함께 홀연히 사라졌다.

남편에게 궁성 아래로 손수건을 흔들던 영주 부인은 산 쪽으로 전망이 탁 트인 뒤채로 갔다. 그곳은 강에서 좀 높은 곳에 위치한 성 자체보다 전망이 훨씬 좋아 앞뒤로 다양한 경치를 보여주고 있었다. 그곳에서 그녀는 어제저녁 사람들이 서로 대화를 나누다가 남겨둔 훌륭한 망원경을 발견했다. 그것으로 덤불, 산, 숲의 꼭대기 너머 석양을 받아 색다른 모습으로 나타나는 태곳적의 본성(本城)의 높다란 폐허를 바라볼 수 있었다. 그리고 아주 커다란 빛과 그림자의 덩어리가 이토록 위풍당당한 고대의 기념물에 관한 가장 명료한 개념을 부여해 주었다. 오늘 아침에도 저 다양한 종류의 나무들이 내는 가을다운 색조가 망원경을 통해 제법 눈에 띄게 드러났다. 그 나무들은 성벽들 사이에서 오랜 세월에 걸쳐 아무런 방해도 받지 않고 쑥쑥 자라고 있었다. 하지만 아름다운 그 부인은 망원경을 다소 밑으로 낮추어 사냥 행렬이 통과해야 하는 돌 투성이의 황량한 평지로 향했다. 그녀는 그 순간을 참을성 있게 기다린 결과 바라던 바를 성취할 수 있었다. 망원경의 배율 덕택으로 그녀의 반짝거리는 두 눈은 영주와 근위 기병대장을 또렷하게 인식할 수 있었기 때문이었다. 이들이 순간적으로 멈추어서 되돌아보았는지는 확실히 알 수 없지만 그녀가 그렇게 추측한 순간 그녀는 다시 한 번 손수건을 흔들지 않을 수 없었다.

그런 다음 숙부인 프리드리히 후작이 자신의 방문을 알리고 나서 커다란 서류철을 팔에 낀 자신의 화가와 함께 들어왔다. 정정한 노신사는 이렇게 말했다. "사랑하는 질녀님, 다양한 측면에서 생생하게 재현하기 위해 여기서 우리 본성의 광경을 담도록 합시다. 강력한 방벽과 성곽이 옛날부터 세월과 풍상을 어떻게 견디어 왔는가를 말이요. 그리고 여기저기의 성벽이 어떻게 보존되었으며, 때로는 허물어져 황량한 폐허가 되지 않을 수 없었는가를 말입니다. 이제 우리는 이러한 황무지에 보다 쉽게 접근할 수 있도록 많은 일을 했어요. 나그네나 방문객을 놀라게 하고, 황홀하게 하기 위해 더는 할 일이 없기 때문이지요."

이제 후작은 나뭇잎을 하나하나 가리키면서 말을 계속했다. "성을 둘러싼 원형 외벽을 통과하여 절벽 사이의 협곡을 올라가면서 본래의 성에 도달하는 여기에 산 전체에서 가장 단단한 바위가 우리 앞에 우뚝 솟아 있어요. 그런데 이 위에 탑이 성벽으로 둘러싸인 채 서 있지요. 하지만 자연이 어디서 끝나고, 예술과 수공업이 어디서 시작되는지 아무도 말할 수 없을 거요. 더구나 옆쪽으로는 성벽이 이어져 있고, 성곽 앞의 개활지가 테라스 모양으로 아래로 뻗어 있는 게 보이지요. 하지만 내 말이 옳은 게 아닙니다. 사실은 숲이 이러한 태곳적 산봉우리를 둘러싸고 있기 때문이지요. 여기서 도끼 소리가 울리지 않은 지 어언 150년이 되었고, 어디서나 아름드리 같은 나무들이 자라났어요. 그대들이 몰려가는 성벽에 매끄러운 단풍나무, 거친 참나무, 날씬한 가문비나무가 줄기와 뿌리로 맞서고 있어요. 우리는 이것들 주위를 구불구불 따라가며 우리의 길을 내야 합니다. 그대는 우리의 거장이 이러한 특성을 얼마나 훌륭하게 종이에 표현했는가를 볼 뿐이며, 성벽 사이에 다양한 줄기와 뿌리며 강력한 가지가 틈을 통해 얼마나 눈에 띄게 복잡하게 얽혀 있는가를 볼 뿐이지요. 이는 어디에서도 볼 수 없는 황무지이고, 우연히 만들어진 둘도 없는 장소지요. 여기서는 오래전에 사라진 인간의 힘이 남긴 옛 흔적들이 영원히 살아 계속 영향을 미치는 자연과 무척 심각한 싸움을 벌이는 것을 볼 수 있지요."

하지만 그는 다른 나뭇잎을 보여주며 말을 계속했다. "그럼 이제 성의 안뜰에 대해선 뭐라고 말하겠어요? 그것은 오래된 성문 탑이 무너져 내려서 접근할 수 없게 되었고, 아득한 옛날부터 그곳에 발을 들여놓은 사람은 아무도 없었지요. 우리는 측면에서 그곳에 도달하려고 했고, 성벽에 통로를 냈고, 둥근 천장을 부수어 버렸지요. 이리하여 편리하지만 남들이 모르는 길이 마련되었어요. 안쪽은 치울 필요가 없었어요. 이곳은 암석의 정상이 석판을 간 듯 자연스럽게 평평한 모습이었어요. 그래도 여기저기서 커다란 나무들이 다행스럽게도 기회를 잡아 뿌리를 내릴 수 있었지요. 이것들은 조용히 그러나 결연한 각오로 자랐어요. 이제 이 나무들은 기사가 평소에 이리저리 오르내리는 회랑에까지 가지들을 뻗고 있어요. 그래요, 문들을 통과하면 둥근 천장을 한 홀로 통하는 창문이 나옵니다. 우리는 이 홀에서 이것들을 쫓아내려고 하지 않아요. 이것들이 사실 주인이 되었고 계속 그러고 싶어 하죠. 겹겹이 쌓인 나뭇잎 층을 제거하면서 우리는 평평하게 된 색다른 자리를 발견했어요. 세상에서 이와 같은 곳은 다시는 볼 수 없을 겁니다.

하지만 이 모든 것에도 불구하고 여전히 주목할 만한 사실이 있어요. 그리고 계단 위에서 탑과 키 재기를 하는 단풍나무 한 그루가 뿌리를 박아 튼튼한 나무로 자랐다는 사실을 바로 그 자리에서 목격할 수 있고, 탁 트인 전망을 보기 위해 첨탑에 오르기 위해서는 간신히 그곳을 지나갈 수 있다는 사실을 알 수 있어요. 하지만 여기서도 그늘 속에서 편히 머물 수 있지요. 이 나무가 놀랍게도 다른 어떤 것보다 높이 공중에 우뚝 솟아 있기 때문이지요.

그러므로 우리가 마치 그 자리에 있기라도 하듯이 그처럼 칭찬할 만하게 여러 가지 그림들로 우리에게 모든 것에 관해 확신하는 그 늠름한 예술가에게 고마워합시다. 그는 날과 계절의 가장 아름다운 순간을 그런 일에 사용했고, 이런 대상들을 얻기 위해 몇 주 동안이나 이리저리 돌아다녔어요. 이 구석에 우리가 파수꾼으로 인정한 그를 위해 조그마하고 편안한 집이 마련되었어요. 그가 그곳의 나라며 성의 뜰과 성벽에 대한 멋진 전망과 광경을 준비했다고 생각해서는 안 됩니다. 하지만 이제 모든 것이 그토록 순수하고 특색 있게 스케치 되어 있어서 그는 이 아래에서 이를 편리하게 수행할 겁니다. 우리는 이러한 그림들을 가지고 정원으로 통하는 우리의 홀을 장식하고자 합니다. 그리고 저 위에서 옛것과 새로운 것, 불변의 것, 완강한 것, 파괴할 수 없는 것과 신선한 것, 유연한 것, 저항할 수 없는 것을 실제로 바라보면서 관찰하기를 원하지 않았던 자는 아무도 가지런하게 꾸민 우리의 화단, 정자 및 그늘진 복도를 보아서는 안 됩니다."

호노리오가 들어와서 말을 데리고 왔다고 알렸다. 그러자 영주 부인이 숙부 쪽으로 몸을 돌리고 말했다. "우리 저 위로 올라가서, 숙부님이 그림 속에서 보여주었던 것을 실제로 나에게 보여주세요. 내가 여기 온 이후로 이러한 모험적 행동에 관해 듣고 있어요. 그런데 이제야말로 제대로 요구를 해서 이야기에서는 나에게 불가능하게 생각되었고, 복제품에서는 그럴듯하지 않게 나타나는 것을 두 눈으로 보게 될 겁니다."
이에 대해 아직은 안 된다고 후작이 대꾸했다. "여기서 보았던 것은 될 수 있는 것과 되는 것입니다. 이제 많은 것이 시작 단계에서 아직 교착 상태에 있어요. 예술은 자연 앞에 부끄럽지 않을 때야 비로소 완성해야 합니다. 그러니 우리 최소한 저 위로 말을 타고 올라가 봅시다. 그래 봤자 산기슭에까지밖에 가지 못하겠지만요. 나는 오늘 세상을 두루 둘러보는 커다란 낙을 갖게 될 겁니다. 전적으로 질녀님의 의사에 따라서 말입니다."라고 후작이 대꾸했다.

"하지만 말을 타고 도시를 돌아다니는 게 어떨까요?" 숙녀가 말을 계속했다. "수많은 가게가 즐비한 조그만 도시나 야영지의 모습을 띠고 있는 광장을 지나서 말이에요. 주변 지역의 모든 가족의 욕구와 용무가 외부로 향하여 이러한 중심지에 모여서, 세상에 알려지기라도 한 것 같아요. 여기서는 주의 깊은 관찰자라면 사람이 이룩하고 필요로 하는 모든 것을 볼 수 있기 때문이지요. 사람들은 한순간이나마 돈이 필요 없으며, 모든 거래는 여기서 교환을 통해 해결될 수 있다고 생각하게 되지요. 그리고 사실 실상이 그렇기도 하지요. 어제 후작이 이러한 개관을 하도록 계기를 마련해 준 이래로 산맥과 평지가 나란히 맞닿아 있는 이곳에서 이들이 필요로 하고,

원하는 것을 양자가 그토록 또렷하게 표명하는 것을 생각하면 나는 기분이 무척 흡족해요. 그런데 고지 사람이 숲의 나무를 수많은 형태로 변형시킬 줄 알고, 철을 각자의 필요에 따라 다양하게 변형시킬 줄 알듯이 저 건너편 사람들은 다양하기 짝이 없는 물품으로 그의 청을 흔쾌히 들어주고 있어요. 그 물품들에서 사람들은 재료를 거의 구별할 수 없고, 목적을 종종 알아챌 수 없어요."

"나의 질녀님이 이것에 지대한 관심을 보일 거란 사실을 난 알고 있어요"라고 후작이 대꾸했다. "바로 이 계절에 문제의 관건이 되는 것은 주는 것보다 받는 것이 더 많다는 사실이지요. 이것에 영향을 미치는 것은 가장 작은 가정 경제의 총합이 그렇듯이 결국 전체 국가 재정의 총합이지요. 내가 말을 타고 광장과 큰 장을 돌아다니는 것을 결코 좋아하지 않는다는 사실을 용서해 주시오. 한 발짝 옮길 때마다 방해받고 막히지요. 그런 다음 엄청난 양의 물건과 물품이 불 속에 사라지는 것을 보았을 때 흡사 나의 눈이 타들어 가는 것 같은 엄청난 불행이 다시 나의 상상력에 피어오르지요. 나는 거의……"

"우리 아름다운 시간을 헛되이 낭비하지 맙시다." 그 품위 있는 남자가 벌써 몇 번씩이나 그 재앙을 상세히 묘사함으로써 그녀를 불안하게 했기 때문에 불현듯 영주 부인이 그의 뇌리에 떠올랐다. 말하자면 그가 멀리 여행하는 중에 사람들이 붐비는 대목장의 최고급 여관에서 극도로 지친 나머지 저녁에 잠자리에 누웠는데, 밤에 비명 소리와 그의 집을 향해 다가오는 화염으로 인해 끔찍하게 잠에서 깨어났다는 이야기였다. 영주 부인은 서둘러 자신의 애마에 올라타서는 뒷문으로 가서 산을 올라가는 대신, 앞문으로 가서 내키지 않아 하는 동반자와 함께 말을 산 아래로 몰았다. 그녀의 옆에서 말을 달리는 것을 누가 좋아하지 않았겠는가, 그녀의 뒤를 따르는 것을 누가 좋아하지 않았겠는가. 그래서 호노리오도 오로지 그녀에게 봉사하기 위해 평소에 그토록 갈망하던 사냥을 순순히 단념했다.

앞에서 보았듯이 이들은 시장에서 한 걸음 한 걸음씩밖에 이동할 수 없었다. 하지만 아름답고 사랑스러운 그녀는 멈출 때마다 재치 있는 발언을 해서 흥을 돋우었다. "필연성이 우리의 인내심을 시험하려고 하기 때문에 나는 어제의 교훈을 되풀이합니다." 그녀가 말했다. 그리고 사실 이들이 제대로 앞으로 나아갈 수 없을 정도로 주위의 군중이 말을 탄 사람들한테로 몰려들었다. 사람들은 즐거운 마음으로 젊은 숙녀를 바라보았고, 나라의 퍼스트레이디가 또한 가장 아름답고 가장 우아하다는 사실을 보고 그토록 많이 미소를 짓고 있는 얼굴들에서는 아주 즐거워하는 모습이 드러났다.

바위, 참나무, 소나무 사이에서 조용히 살아가는 산골 사람들, 언덕, 강 및 초지에 사는 평지 사람들, 소도시에서 장사

하는 사람들, 그리고 모인 모든 사람이 서로 뒤섞여 서 있었다. 영사 부인은 이런 광경을 조용히 살펴본 후에 이들이 어디서 왔건 간에 이들 모두가 자신들의 옷가지에 필요 이상의 옷감을, 즉 필요 이상의 천과 아마포를, 레이스 장식에 필요 이상의 리본을 사용했음을 동반자에게 지적했다. 여자들은 혹처럼 부풀어 올라야 만족하고, 남자들은 획일적이라야 만족하는 것 같았다.

"인간이 자신에게 남는 것을 어디에다 쓰든 그것은 자기 마음이지요"라고 숙부가 대꾸했다. "그럴 때 그의 기분이 좋은 것이며, 남는 것으로 자신을 꾸미고 차려 있을 때가 가장 좋은 것이지요." 아름다운 숙녀는 동의한다는 뜻으로 눈짓을 했다.

이리하여 이들은 점차 교외로 통하는 확 트인 장소에 도달하게 되었다. 거기 수많은 노점과 소매점 가판대의 끝에 비교적 큰 판잣집이 눈에 들어왔다. 이들이 그것을 바라보자마자 귀청을 찢는 커다란 울음소리가 이들에게 들려왔다. 거기에 전시된 맹수에게 사료를 줄 시간이 다가온 모양이었다. 사자가 숲과 황야에서 울부짖던 어마어마한 소리를 내자, 말들이 두려움에 몸서리를 쳤다. 교양 있는 세계의 평화로운 본성과 작용에서 황무지의 왕이 그토록 끔찍하게 울부짖는다는 지적을 사람들은 외면할 수 없었다. 노점에 좀더 가까이 다가갈수록 이들은 강렬한 색채와 힘찬 형상으로 저 낯선 동물들을 재현한 알록달록하고 거대한 그림을 제대로 조망할 수 없었다. 평화로운 시민이라면 이를 보고 말할 수 없는 즐거움을 느낄 것이 분명하다. 무시무시한 호랑이가 어떤 무어인에게 달려들어 그를 갈기갈기 찢어버리려는 찰나였다. 사자는 자신 앞의 먹이에 신경 쓸 필요가 없다는 듯 의젓하고도 위엄 있게 서 있었다. 다른 알록달록한 놀라운 피조물들은 이러한 강력한 맹수 옆에서 별다른 주목을 끌지 못했다.

"돌아오는 길에 말에서 내려 진기한 손님들을 관찰하도록 해요." 영주 부인이 말했다. "인간이 끔찍한 사물을 통해 늘 흥분한 상태에 있으려고 하는 것은 놀라운 일입니다"라고 후작이 대꾸했다. "저 안에서는 호랑이가 자신의 감옥에서 잠자코 누워 있어요. 사람들이 내부의 일도 이와 마찬가지로 본다고 생각하도록 여기서는 호랑이가 분노에 차 무어인을 습격해야 합니다. 살인하거나 때려죽이는 것, 화재나 파멸로는 아직 충분치가 못해요. 유랑 가인들은 골목 구석마다 이를 되풀이해야 합니다. 착한 사람들은 겁을 먹을 필요가 있지요. 자유롭게 숨을 쉴 수 있다는 게 얼마나 멋지며 칭찬할 만한지를 나중에 제대로 느낄 수 있도록 하려면 말입니다."

하지만 성문 밖으로 나가 가장 청명한 지역에 들어섰을 때 그러한 끔찍한 형상들 중에서 불안스러운 것이 남아 있다 하더라도 모든 것은 죄다 즉시 소멸되어 버렸다. 먼저 강을 따라 길이 나 있었다. 사실 아직 좁은 강이라 가벼운 나룻배만

다닐 수 있었다. 하지만 그 강물은 점차 가장 커다란 강으로 변하면서 자신의 이름을 간직하며, 먼 나라들을 생기 넘치게 해주었다. 그러다가 잘 손질된 과수원과 유원지를 지나 잔잔하게 저 위쪽으로 흘러갔다. 그리고 처음에는 관목이, 그런 다음에 조그만 수풀이 두 사람을 맞이할 때까지 이들은 점차 사람들이 살기 좋은 탁 트인 지역을 둘러보았다. 그리고 말할 수 없이 우아한 지역을 둘러보며 생기를 얻었다. 위쪽으로 나 있는 풀밭으로 덮인 골짜기는 얼마 전에야 두 번째로 풀을 베어서 벨벳처럼 보였다. 갑자기 풍부하게 물이 솟아 나오는 위쪽의 수원에서 활기차게 흘러내리는 물이 이들을 반갑게 맞이했다. 그래서 이들은 숲에서 빠져나와 가파른 비탈길을 지난 후 좀더 높고 좀더 탁 트인 곳으로 이동했다. 그런 다음 새로운 나무 그룹을 지나 앞쪽으로 상당한 거리에 이들의 순례의 목적지인 오래된 성이 암석과 숲의 정상으로 우뚝 솟아 있는 것을 보았다. 하지만 뒤쪽으로는—여기서는 발길을 돌리지 않고는 어디에도 도달할 수 없었기 때문이었다.—높다란 나무 사이로 우연히 난 틈으로 왼쪽으로 아침 햇살에 반짝이는 위풍당당한 성이 보였다. 이리하여 도시의 잘 건설된 높은 부분이 가벼운 뭉게구름으로 무색해졌다. 그리고 즉시 오른쪽의 도시에 이어 아래쪽의 도시가 나타나고, 몇 번 굽이치며 강물이 흘러가며, 초지와 물레방아가 나타난다. 맞은편에는 비옥한 지대가 넓게 펼쳐진다.

이들은 이런 광경을 마음껏 즐긴 후에, 또는 오히려 이렇게 높은 곳에서 주위를 둘러볼 때 으레 그렇듯이 이제야 비로소 보다 넓고 탁 트인 전망에 대한 갈망이 생긴 후에 이들은 돌투성이의 넓은 평지로 다가갔다. 거기서는 거대한 폐허가 녹색의 왕관을 쓴 봉우리 모양으로 이들을 딱 가로막고 있었다. 저 아래 산기슭에는 오래된 나무들이 드문드문 자라고 있었다. 이들은 말을 타고 이곳을 통과해 갔다. 그리하여 이들은 더 나아갈 수 없는 측면의 급경사 지역에 도달하게 되었다. 거대한 암석이 태곳적부터 어떤 변화에도 까딱하지 않고 앞쪽에 떡 하니 버티고 서 있었다. 이렇게 앞쪽으로 탑처럼 우뚝 솟아 있었다. 그 사이에 무너져 내린 커다란 석판들과 폐허 조각들이 아무렇게나 쌓여 있어, 아무리 대담한 자라도 이를 보면 공격할 마음이 사라질 것 같았다. 하지만 가파르고 험준한 산세가 젊은이에게 이렇게 약속하는 것 같다. 용기를 내고 덤벼들어 정복하는 것이 젊은이들의 즐거움이라고 말이다. 영주 부인은 시도해 보고 싶은 애착을 보였고, 호노리오는 그녀의 손을 쥐고 이끌고 있었다. 마음이 좀더 편해진 후작인 숙부는 이를 받아들였고, 그래도 또한 약한 모습을 보이고 싶지 않았다. 말들은 산기슭의 나무 아래에 매어두어야 했다. 그리고 일행은 튀어나온 거대한 바위가 평평한 모습을 보이는 곳까지 가려고 했다. 그곳에서는 사방을 조망할 수 있었고 그림 같은 전망을 보여주었다.

거의 중천에 떠 있는 것으로 보이는 태양은 가장 밝은 조명을 보여주었다. 본부 건물, 측면 건축물, 둥근 지붕 및 탑들이 있는 웅장한 성은 위풍당당하게 보였다. 위쪽 도시의 전모와 아울러 아래쪽 도시도 마음 편히 내려다볼 수 있었다. 그러니까 망원경을 통해 장터의 노점들도 분간할 수 있을 정도였다. 호노리오는 늘 이러한 유용한 도구를 사용하는 데 익숙해 있었다. 사람들은 강물의 위쪽과 아래쪽을 바라보았다. 이쪽은 산악지형이라 땅이 계단식으로 단절되어 있었고, 저쪽은 완만한 경사를 이루는 평평한 땅으로 적당한 높이의 언덕이 교대로 나타나는 비옥한 땅이었다. 무수히 많은 촌락이 보였다. 이 위에서 얼마나 많은 마을을 볼 수 있는지 그 숫자에 대해 진작부터 논란이 많았다.

날씨가 맑은 가운데 정오 때 으레 그렇듯이 넓은 범위에 걸쳐 정적이 감돌았다. 이럴 때 나이 든 사람들은 목양신인 판이 잠자고 있다고, 온갖 자연이 그를 깨우지 않기 위해 숨을 죽이고 있다고 말했다.

영주 부인은 맑은 자연이 이처럼 순수하고 평화롭게 보여서 세상에서 못마땅한 것이 있을 수 없는 듯한 인상을 보이는 이렇게 높은 곳에서 사방 주위를 둘러보며 관찰하는 게 처음은 아니라고 말했다. 그러다가 다시 자기가 사는 곳으로 되돌아가면 그 집이 높든 낮든, 또는 넓든 좁든 간에 싸우고, 다투고, 중재하고, 조정할 것이 항상 존재하는 법이다.

그러는 동안 망원경을 통해 도시 쪽을 바라보던 호노리오가 이렇게 소리쳤다. "저쪽을 보세요! 저쪽을 보세요! 장터에서 불이 나기 시작해요." 이들은 도시 쪽을 바라보고 약간의 연기가 피어오르는 것을 목격했다. 낮이라 불꽃이 희미하게 보였다. "불이 계속 번지고 있어!" 계속 망원경으로 보면서 사람들이 소리쳤다. 그리고 영주 부인은 맨눈으로도 재앙이 일어난 것을 알아챌 수 있었다. 때때로 붉은 화염이 이글거리는 모습이 보이기도 했다. 연기가 무럭무럭 솟아오르자, 후작인 숙부는 이렇게 말했다. "우리 되돌아가도록 하자! 느낌이 좋지 않아. 두 번이나 불행한 일을 겪는 게 늘 두려워." 이들은 말들이 있는 곳으로 내려가면서 영주 부인은 노신사에게 이렇게 말했다. "마부와 함께 빨리 저곳으로 가세요! 나는 호노리오와 함께 즉시 따라가겠어요." 숙부는 이 말이 이치에 맞고 필요하다고 느꼈다. 그리고는 말을 타고 돌투성이의 황량한 비탈길을 전속력으로 달려 내려갔다.

  영주 부인이 말에 올라타자 호노리오는 천천히 가자고 하며 이렇게 말했다. "성이나 도시에는 불에 대한 대비가 완벽합니다. 뜻하지 않은 이러한 이례적인 사건이 발생했지만 사람들은 당황하지 않을 겁니다. 하지만 여기는 길이 나쁩니다. 조그만 돌멩이들이 많고 풀이 짧아서 급히 달리다간 위험합니다. 그렇지 않아도 우리가 그곳에 도달할 때쯤이면 이미 불이 꺼져 있을 겁니다." 영주 부인은 그렇게 생각하지 않았다.

그녀는 연기가 넓게 퍼지는 것을 보았고, 불꽃이 활활 타오르는 것을 보았고, 우지끈 꽝꽝하는 소리를 들었다고 생각했다. 이제 그녀의 상상력 속에서는 훌륭한 숙부가 직접 체험하고 몇 번이나 들려준 대목장 화재 이야기가 너무나 깊게 그녀의 마음에 아로새긴 온갖 끔찍한 광경이 다시금 되살아났다.

날림으로 지어진 이러한 오두막에서 자는 사람들이 아직 깊은 꿈에서 깨어나기 전인 야밤에 노점이 죽 늘어선 넓은 장터에서 갑작스럽게 화재가 일어나 가게를 하나하나 덮칠 때, 사실 그 사건은 평생 동안 되풀이되는 불행의 예감과 생각을 불안하게 남겨줄 정도로 끔찍했고, 놀라움을 주었으며 인상적이었다. 피곤에 지친 나머지 먼저 잠이 들었던 후작 자신은 창가로 달려가, 좌우로 불꽃이 튀며 자신에게도 혀를 날름거리는 끔찍한 화염이 솟아오르는 모든 광경을 목격했다. 불꽃에 반사되어 붉은색을 띤 시장의 집들은 이미 이글거리는 것 같았고, 금방이라도 불이 붙어 화염에 휩싸일 것 같았다. 아래에서는 자연의 기본 원소인 불이 계속 맹위를 떨치고 있었다. 널빤지들은 타닥타닥 소리를 내며 불탔고, 판자들은 탁탁 소리를 내며 타고 있었다. 아마포들이 공중으로 날아올라, 양 끝에서 불이 붙어 톱니 모양이 된 음산한 헝겊 조각들이 공중에 이리저리 나부꼈다. 마치 사악한 유령들이 원소로 모습을 바꾸고 마음대로 춤추다가 힘이 다해서는 여기저기 화염 속에서 다시 모습을 드러내려고 하는 것 같았다. 하지만 그런 다음 날카로운 고함을 지르고 울부짖으며 다들 손에 든 것을 구하려고 했다. 하인과 하인들은 주인들과 함께 화염에서 건져낸 짐 꾸러미를 끌고 가느라, 불타는 뼈대에서 아직 몇몇 개를 잡아채서는 상자에 집어넣느라 무진 애를 썼다. 하지만 이것은 결국 날뛰는 화염에 희생되는 운명을 면할 수 없었다. 몇몇은 정신을 수습하고 주위를 둘러보면서 잠깐만이라도 활활 타오르는 불이 멎기를 바랐다. 그의 모든 소유물은 이미 불의 손아귀에 들어갔다. 한편으로는 불타오르며 이글거리고 있었고, 다른 한편으로는 아직 어둑한 밤에 서 있었다. 완강한 성격의 사람들과 의지가 강한 사람들은 잔혹한 적에 격렬하게 저항했고, 자신들의 눈썹이나 머리카락을 희생하면서 많은 것을 구해냈다. 이제 유감스럽게도 영주 부인의 아름다운 정신 앞에서 그러한 무질서한 혼란이 새로 부각되었다. 이제 아침에 맑게 보이던 가시 영역이 뿌옇게 연기에 뒤덮인 것 같았고, 그녀의 두 눈은 흐릿해졌다. 숲과 초지는 놀라울 정도로 불안한 면모를 보였다.

말을 타고 평화로운 골짜기로 들어가면서 계곡의 상쾌하게 해주는 서늘한 작용을 맛보지도 못한 채 이들이 가까이서 흘러내리는 시냇물의 활기찬 수원에서 채 몇 발짝 나아가지 못했을 때 영주 부인은 저 아래 골짜기의 덤불에서 아주 이상한 것을 보았다. 즉각 그녀는 그것이 호랑이임을 직감했다. 얼마 전에 그림에서 보았던 것처럼 호랑이는 풀쩍 뛰어오르면서 다가오는 것이었다. 그녀가 얼마 전에 보았던 끔찍한 그림들 중에서 이 그림이 가장 이상한 인상을 주었다. "도망치세요, 부인!" 하고 호노리오가 소리쳤다. "도망치세요!" 그녀는 말머리를 돌리고 이들이 내려온 가파른 산으로 내달렸다. 하지만 그 괴수(怪獸)와 맞선 젊은이는 권총을 꺼내 들고, 그 짐승이 충분히 가까이 왔다고 생각했을 때 방아쇠를 당겼다. 하지만 유감스럽게도 총알은 빗나갔고, 짐승은 옆쪽으로 뛰어올랐으며, 말은 놀라 멈칫했다. 하지만 격분한 그 짐승은 영주 부인이 간 쪽으로 내달았다. 그녀는 돌이 많고 가파른 길을 말이 달릴 수 있는 한 빨리 내몰았다. 이렇게 힘든 일에 익숙하지 않은 그 섬세한 동물이 자신을 배겨내지 못할 거라는 사실은 거의 안중에 없었다. 주인이 마구 몰아대는 바람에 흥분한 말은 도를 넘게 되었고, 비탈길의 조그만 자갈 더미에 자꾸만 부딪치게 되었다. 그러다가 급기야는 지나치게 힘을 쏟는 바람에 맥없이 땅에 쓰러지고 말았다. 단호하고 기민한, 아름다운 부인은 툭툭 털고 다시 땅에서 똑바로 일어났고, 말도 몸을 일으켰다. 하지만 호랑이가 비록 빠른 속도로 다가온 것은 아니었지만 이미 가까이 접근하고 있었다. 울퉁불퉁한 땅과 날카로운 돌멩이가 호랑이의 전진을 더디게 하는 것 같았다. 그리고 말을 탄 호노리오가 급히 뒤쫓아와서는 호랑이 옆에서 적당한 속도로 올라오자 호랑이는 새로 힘을 내고 자극을 받는 것 같았다. 호랑이와 호노리오는 영주 부인이 말

옆에 서 있던 장소에 동시에 도달했다. 말을 탄 호노리오는 몸을 숙이고 권총을 발사했다. 그리고는 두 번째 총으로 머리를 관통시키자 괴수는 곧장 고꾸라졌다. 그 괴수는 길게 뻗은 후에야 자신의 힘과 끔찍함을 여실히 보여주었다. 그 끔찍함 중에서 육체적인 것만은 아직 남은 채 거기에 누워 있었다. 호노리오는 말에서 뛰어내려 그 동물 앞에 무릎을 꿇고는 동물의 마지막 움직임을 완화시켜 주었다. 그리고 사냥 칼을 꺼내서는 오른손에 쥐었다. 용모가 준수한 그 젊은이는 영주 부인이 마상에서 창으로 둥근 고리를 찌르는 시합이나 마상 창 시합을 하는 그를 보았을 때처럼 빠른 속도로 달려왔다. 이와 마찬가지로 마장에서 말을 타고 질주하면서 그의 총알이 기둥에 묶인 터키인의 머리를 맞혔던 것이다. 바로 터번 아래의 이마를 말이다. 이와 마찬가지로 그는 날 듯이 질주하면서 번쩍거리는 휘어진 검으로 땅 위에 놓인 무어인의 머리에 꽂았다. 이러한 모든 재주를 부릴 때 그는 기민했고 성공적이었다. 여기서는 두 가지 재주가 다 그에게 도움이 되었다.

"최후의 일격을 가해요", 영주 부인이 말했다. "아직 그 녀석이 발톱으로 해칠지도 몰라요. 용서해 주세요!" 젊은이가 대답했다. "이미 죽었으니까요. 다음 겨울에 썰매를 반짝반짝 윤이 나게 해줄 가죽을 망치고 싶지 않아요."—"나쁜 짓을 저지르지 말아요!" 영주 부인이 말했다. "마음 깊은 곳에 담겨 있는 경건한 본질이 죄다 그런 순간에 발휘되니까요."—"저도 사실 지금보다 더 경건한 순간이 없었어요." 호노리오가 소리쳤다. "하지만 그 때문에 나는 이를 가장 기쁘게 생각해요. 나는 이 가죽이 부인을 즐겁게 해줄 수 있는 것으로 생각할 뿐입니다."—"나는 이 끔찍한 순간이 언제나 뇌리에서 지워지지 않을 거예요." 그녀가 대꾸했다.—"하지만 이는 아무런 죄가 되지 않는 승리의 상징이지요. 맞아 죽은 적의 무기가 승리자 앞에 놓여 있는 꼴이라고나 할까요." 젊은이가 상기된 뺨으로 대꾸했다.—"나는 당신의 대담함과 기민함을 잊지 않을 겁니다. 하지만 평생 내가 고마워하고 영주가 은총을 내릴 거라고는 생각하지 마세요. 하지만 일어나세요. 이제 완전히 짐승의 목숨이 끊어졌어요. 우리 다음 일을 생각해요. 무엇보다 일어나세요!"—"일단 무릎을 꿇은 이상, 다른 식으로는 금지되었을 자세로 있기 때문에 이 순간 나에게 은혜와 은총을 보장해 줄 것을 간청하는 바입니다. 높으신 영주님께 이미 여러 번 휴가와 특별히 멀리 여행을 보내달라고 간청했어요. 부인의 식탁에 앉아 상류사회가 누구를 대접하는가를 지켜보는 행운을 지닌 자는 세상을 보았음이 틀림없습니다. 여행객들이 각지에서 쇄도하고 있습니다. 어떤 도시에 대해, 세상의 어떤 중요한 점에 대해 누가 이야기하면 그대들은 그가 직접 그곳에 있었는가 하는 질문을 매번 합니다. 누가 그 모든 일을 보았는가 하는 것 말고는 사람들은 다른 사람들의 오성을 신뢰하지 않습니다. 마치 다른 사람들을 위해서만 정보를 얻어야 할 때처럼 말입니다."

"일어나세요!" 영주 부인이 거듭 말했다. "나는 남편이 확신하는 바에 대해 무언가를 바라고 간청하고 싶지 않아요. 하지만 내가 잘못 생각하는 것이 아니라면 그가 지금까지 댁을 잡아두고 있는 이유가 금방 드러났어요. 그의 의도는 댁이 독자적인 귀족으로 성숙해 가는 것을 보는 것이었어요. 그러면 지금까지 궁정에서 그랬던 것처럼 자신과 그에게도 외부적으로 명예로운 일이겠지요. 그리고 나는 당신의 행위가, 젊은 이가 세상으로 휴대하고 다닐 수 있는 바람직한 여권처럼 생각됩니다."

영주 부인은 그의 얼굴에 젊은이다운 기쁨 대신에 어떤 슬픔이 스쳐 가는 것을 눈치챌 시간이 없었고, 그는 자신의 감정을 고려할 틈이 없었다. 어떤 여자가 어떤 소년의 손을 잡고 급히 산을 올라와서는 우리가 알고 있는 그룹을 향해 다가왔기 때문이었다. 호노리오가 정신을 차리고 일어서자마자 그 여자는 시신에 눈길을 보내며 소리치고 울부짖었다. 깔끔하고 단정하지만, 알록달록하고 이상한 복장으로 금방 알아챌 수 있기는 하지만 이러한 행동으로 미루어 보건대 그녀는 쓰러져 죽은 짐승의 주인이자 돌보는 사람인 모양이다. 플루트를 손에 쥐고 있는 까만 눈동자와 까만 머리카락을 한 소년도 어머니처럼 눈물을 흘렸다. 그는 어머니처럼 격렬하지는 않지만 깊이 상심한 듯 어머니 옆에 무릎을 꿇었다.

이러한 불행한 여인의 격정이 마구 분출되는 가운데 마치 시냇물이 바위 위를 흘러내리고 바위를 스치면서 흘러내리듯 사실 이따금 끊기기는 했지만 말이 쏟아져 나왔다. 무뚝뚝하고 끊기면서 이어지는 자연스러운 말이 절실하고도 감동적인 효과를 냈다. 이를 우리의 방언으로 옮기려는 일은 헛수고에 지나지 않을 것이다. 그래도 대략적인 내용은 밝히지 않을 수 없다. "네가 스스로를 죽였어, 불쌍한 짐승 같으니라고! 아무 까닭 없이 죽임을 당했단 말이야. 너는 온순했고, 즐겨 차분히 앉아서 우리를 기다리곤 했지. 엄지발가락 아래쪽의 볼록한 부분이 아프기 때문이었지. 그리고 너의 발톱은 더는 힘이 없었어! 뜨거운 태양이 부족해서 성숙하지 않은 거지. 너는 친구들 가운데 최고 멋진 녀석이었어. 왕처럼 당당한 호랑이가 그렇게 근사한 모습으로 잠을 자는 모습을 본 사람이 누가 있겠어. 그런데 이제 이렇게 다시는 깨어나지도 못하고 죽은 채 누워 있다니. 네가 아침마다 아침 햇살을 받으며 잠에서 깨어나 아가리를 딱 벌리고 붉은 혀를 쑥 내밀 때면 우리를 보고 미소 짓는 것 같았지. 그리고 벌써 으르렁거리며 너는 장난치듯이 어떤 여자의 손에 든 사료를 아이의 손가락에서 잡아채듯 낚아채 갔지! 우리는 얼마나 오랫동안 네가 가는 길을 따라 다녔으며, 너의 사회가 우리에게 얼마나 오랫동안 중요하고 쓸모 있었던가! 우리에게 말이야! 사실 엄밀히 말하자면 사료 먹는 짐승들은 우리에게 요리를 제공해 주었고, 이러한 강한 동물들은 우리에게 상쾌한 힘이 샘솟게 해주었지. 이젠 이런 일도 없을 게 아닌가! 슬프고 슬프구나!"

산중턱을 지나서 영주를 필두로 해서 영주의 사냥 일행으로 여겨진 말 탄 사람들이 성 아래로 내려갔을 때 그녀는 아무런 하소연도 하지 않았다. 이들은 뒷산에서 사냥을 하면서 화재로 인한 구름이 피어오르는 것을 보았고, 무리하게 쫓아가는 사냥을 할 때 으레 그렇듯이 골짜기와 협곡을 통과하여 이러한 슬픈 신호를 따라 반듯한 길을 택했다. 돌투성이의 공지를 지나 돌파해 가다가 이제 텅 빈 평지에서 색다른 모습을 띠는 뜻하지 않은 그룹을 알아채고 이들은 놀라 멈칫하면서 뚫어지라 바라보았다. 처음에 이들은 놀라 말문을 열지 못했다. 어느 정도 정신을 차린 후에 그 광경이 직접 말해주지 않은 것이 몇 마디 말로 설명되었다. 이렇게 영주는 말 탄 사람들과 걸어서 급히 뒤쫓는 일군의 사람들에 둘러싸인 채 이상한 미증유의 사건 앞에 직면하게 되었다. 사람들은 뭘 어떻게 해야 할지 알지 못했다. 커다란 몸집의 사내가 여자나 어린이처럼 알록달록하고 이상한 복장을 하고 무리 속으로 밀치고 들어왔을 때 영주는 지시를 내리며 일을 수행하고 있었다. 그리고 이제 그 가족은 고통과 놀라움을 함께 인식시켜 주었다. 하지만 단단히 각오한 그 사내는 공손하게 영주에게서 어느 정도 거리를 유지한 채 이렇게 말했다. "지금은 슬퍼

할 시간이 아닙니다. 아, 훌륭한 사냥꾼이신 영주님, 사자도 달아났습니다. 산속으로요. 하지만 사자를 보호해 주시고 죽임을 당하지 않도록 자비를 베풀어주십시오. 이 착한 짐승에게 그러듯이 말입니다."

"사자라고? 어디로 갔는지 발자취를 알고 있는가?"라고 영주가 말했다. "네, 나리! 영문도 모르고 나무 위로 올라가 목숨을 구한 저 아래의 한 농부가 저 위 왼쪽으로 갔다고 일러주었습니다. 하지만 일군의 사람들과 말이 앞에 가는 것을 보고 궁금한 데다가 도움이 필요해서 급히 이곳으로 왔습니다.", "그러므로 이쪽으로 사냥감이 이동하고 있음이 분명하니, 총을 장전하고 차분히 일에 착수하라." 영주가 이렇게 지령을 내렸다. "너희들이 그 사자를 깊은 숲속으로 몬다면 다행한 일이야. 하지만 이보게, 결국 우리는 자네의 짐승을 지킬 수 없을 것 같아. 왜 단단히 주의를 기울이지 못하고 그놈이 달아나게 했는가?"—"불이 났어요"라고 그자가 대꾸했다. "우리는 긴장해서 그대로 지켜보고 있었어요. 그런데 갑자기 불이 크게 번지더군요. 우리를 방어할 만큼 물이 충분했지만 폭죽이 폭발했어요. 그래서 우리가 있는 곳까지 불똥이 튀었어요. 우리 위를 넘어갔지요. 우리는 허겁지겁 서둘렀지요. 그래서 우리는 지금 불행한 사람들이 되어 있습니다."

아직 영주는 지시를 내리고 있었다. 하지만 저 위 고성에서 어떤 남자가 급히 달려 내려오는 것이 보이자 모든 것이 일순간 멈춘 것 같았다. 곧 그가 화가의 작업장을 감시하는 파수꾼으로 채용된 사람임을 알 수 있었다. 그는 그 안의 집에서 살면서 노동자들을 감독하고 있었다. 그는 가쁜 숨을 몰아쉬며 헐레벌떡 뛰어왔다. 하지만 그는 이내 몇 마디의 말로 사정을 알렸다. 저 위 제법 높은 환상 성벽 뒤에 사자가 햇살을 받으며 누워 있다는 것이다. 백 년 묵은 너도밤나무 아래에 말이다. 그리고 아주 차분히 행동하고 있다는 것이다. 하지만 그 사내는 화가 나서 이렇게 말을 맺었다. "왜 내가 어제 엽총을 시내로 가져가서 소제하게 했는지 모르겠어요. 그것만 있었다면 그놈을 쓰러뜨릴 수 있었는데 말입니다. 하지만 가죽이 내 차지가 되었을 텐데 말입니다. 그랬다면 나는 일평생 당연히 뻐기고 자랑하며 살 수 있었을 텐데 말입니다."

어쩌면 이미 사방에서 피할 수 없는 재앙이 들이닥치는 경우에 처한 적이 있었기 때문에, 자신의 전투 경험이 여기서도 도움이 되었던 영주는 이에 대해 이렇게 말했다. "우리가 너희들의 사자를 보호해 준다면 그놈이 나의 백성들에게 해를 끼치지 않는다는 보증을 나에게 해주겠느냐?"

"여기의 제 아내와 이 아이는 그 짐승을 길들여서, 조용히 있게 하겠다고 나서고 있습니다"라고 아버지는 급히 대답했다. "쇠를 박아 넣은 상자를 이 위에 가져올 때까지 말입니다. 그 동물에게 해를 입히지 않고, 그 동물이 해를 입지 않게 해서 도로 데리고 올 것이기 때문입니다."

소년은 플루트를 불려는 것 같았다. 보통 사람들은 이 악기를 부드럽고 달콤한 플루트라고 부르곤 했다. 그것은 피리처럼 입으로 부는 쪽이 짧은 모양을 하고 있다. 플루트를 부는 법을 터득한 자는 그것으로 말할 수 없이 우아한 음을 낼 줄 알았다. 그러는 사이에 영주는 파수꾼한테 사자가 어떻게 이 위로 올라왔는지 물어보았다. 하지만 이 자는 이렇게 대꾸했다. "양쪽이 벽으로 된 협곡을 통과해 왔습니다. 옛날부터 그 길밖에 없었고 지금도 마찬가지지요. 이 위로 올 수 있는 두 개의 좁은 길은 심하게 훼손되었습니다. 첫 번째의 좁은 길을 통하지 않고는 어떻게 해서든 프리드리히 후작의 정신과 취향을 형성하고자 하는 마의 성에 아무도 도달할 수 없습니다."

계속 잔잔하게 즉흥적으로 연주하는 것 같은 아이를 둘러보면서 약간 생각에 잠긴 후에 영주는 호노리오에게 몸을 돌리고 이렇게 말했다. "넌 오늘 많은 일을 했어. 하루의 일을 마무리하도록 하라. 좁은 길에 사람을 배치하고 엽총을 준비하라. 하지만 너희들이 그 동물을 위협해 물러나게 하지 못할 때까지는 쏘지 말거라. 어쨌거나 그 동물이 이 밑으로 내려오려고 하면 겁을 먹도록 불을 지피도록 하라. 남편과 아내는 남은 일을 위해 대기하는 게 좋겠다." 호노리오는 지시받은 내용을 수행하기 위해 급히 몸을 움직였다.

소년은 자신의 선율을 추구했다. 법칙이 없는 선율의 진행은 아무것도 없었다. 그리고 어쩌면 그 때문에 심금을 울리는 것인지도 모르겠다. 주위에 선 사람들은 가곡 풍의 선율이 주는 감동에 적이 매혹당한 것 같았다. 아버지는 우아한 열정으로 말하기 시작하면서 말을 계속했다.

"하느님이 영주님께 지혜를 주셨습니다. 그리고 동시에 하느님의 모든 피조물이 각자 자기 나름대로 현명하다는 인식을 주셨습니다. 단단하게 자리 잡고 흔들림이 없는 바위를 보십시오. 비바람에도 햇볕에도 끄떡하지 않습니다. 태곳적의 나무들이 바위의 머리 부분을 꾸며주고 있어요. 그래서 왕관을 쓴 듯 멀리 주위를 둘러보고 있습니다. 그렇지만 어떤 부분이 무너지면 원래대로 그대로 있지 못합니다. 수많은 조각으로 으스러지고 부서져서 비탈면을 뒤덮습니다. 하지만 이때도 그것들은 자신의 상태를 고집하려고 하지 않습니다. 저 아래로 마구 굴러 내려가고, 시냇물이 이를 받아들입니다. 시냇물은 이를 강물로 떠내려 보냅니다. 저항하지 않고, 말을 안 듣고 반항하지도 않습니다. 아니, 매끄럽고 둥글둥글해져서 보다 빨리 자신의 길을 갑니다. 그리고 강을 흐르고 흘러 마침내 거인들이 떼를 지어 이동하고, 난쟁이들이 깊은 곳에 우글거리는 바다에 이릅니다.

하지만 영주님의 명예를 칭송하는 자를 별들은 영원히 찬미합니다! 하지만 여러분들은 왜 멀리서 둘러보는 건가요? 여기 꿀벌을 보십시오. 이것은 늦은 가을에도 부지런히 꿀을 모으고, 장인과 도제로 수직과 수평으로 집을 짓습니다. 저기 개미들을 보십시오! 개미는 자신이 갈 길을 알고 있으며, 이를 잃어버리지 않습니다. 개미는 풀줄기, 흙 부스러기, 솔잎으로 집을 짓습니다. 개미는 집을 높다랗게 만들고 천장을 둥글게 만듭니다. 하지만 아무 이유 없이 집을 짓지는 않았습니다. 말이 모든 것을 짓밟고 파헤쳐 버리기 때문입니다. 저기를 보십시오! 말이 들보를 짓밟아 널빤지들을 부숴 버립니다. 말은 참지 못하고 코로 씩씩거리며 숨을 쉬고, 쉴 수 없습니다. 남편이 원하는 대로 태워주고, 부인이 바라는 대로 태워주도록 주인이 준마를 바람의 동무로 삼고, 폭풍우의 동반자로 삼았기 때문입니다. 하지만 종려 숲에서 사자가 나타났습니다. 진지한 발걸음으로 사자는 황무지를 돌아다녔습니다. 거기서는 사자가 모든 동물 위에 군림하며, 사자와 맞설 동물은 아무것도 없습니다. 하지만 인간이 사자를 길들일 수 있습니다. 잔학무도한 그 피조물은 신의 형상을 닮은 인간에게 경외심을 갖고 있습니다. 주와 주의 종들에게 봉사하는 천사들도 신의 형상으로 빚어졌지요. 다니엘은 사자 굴에서 겁먹지 않았기 때문이지요. 그는 확고부동했으며 자신만만했습니다. 사자의 거친 포효에도 그는 자신의 경건한 찬송을 멈추지 않았지요."

자연스러운 열정을 표현하며 행해지는 이러한 말에 아이는 이따금 우아한 음으로 반주를 넣었다. 하지만 아버지가 말을 끝마치자 아이는 순수하고 낭랑한 목소리와 능숙한 동작으로 음을 내기 시작했다. 그러자 아버지는 플루트를 집어 들고 조화를 이루며 소리를 냈다. 그러나 아이는 이렇게 노래 불렀다.

"동굴에서, 여기 굴에서,
난 예언자의 노래를 들었지.
천사들은 떠돌며 그의 힘을 북돋워 주는데,
그렇다고 그 선한 자가 두려워할까?
수사자와 암사자가 여기저기
그의 주위에 달라붙어 있네.
그래, 부드럽고 경건한 노래들이
이들의 마음을 사로잡았기 때문이지!"

아버지는 플루트로 이 소절에 맞추어 계속 반주했다. 어머니는 가끔씩 두 번째 목소리로 여기에 함께 참가했다.

하지만 아이가 그 다음부터는 이 소절의 행들을 다른 순서로 뒤죽박죽으로 만드는 것이 아주 특이했다. 이로써 새로운 의미가 생긴 것은 아니었지만 감정이 자체적으로 긴장감 있게 고조되었다.

"천사들이 위아래로 떠돌며

음으로 우리에게 힘을 북돋워 주었지,
이는 천국의 합창이 아니던가.
동굴에서, 굴에서
그렇다고 아이가 두려워할까?
이 부드럽고 경건한 노래들은
불행이 못 오게 하지.
이미 그랬듯이
천사들은 이리저리 떠돌고 있구나."

그런 다음 셋이 모두 힘차게 소리 높여 이렇게 시작했다.

"지상에서는 영원한 자가 다스리고,
그의 눈길이 바다를 지배하기 때문이지.
사자들은 어린양이 되어야 해,
그러면 파도가 요동치며 물러나지.
번쩍이는 검이 내리치는 중에 굳어진다.
믿음과 희망이 이루어졌다.
기도 속에서 모습을 드러내는
사랑이 놀라운 힘을 발휘하였구나."

사위가 조용한 가운데 모두 들으며 귀 기울였다. 음의 울림이 멎었을 때야 비로소 그것이 준 인상을 알아차릴 수 있었고, 어쨌거나 관찰할 수 있었다. 다들 흥분이 진정된 것 같았다. 각자 자기 나름대로 감동을 받았다. 얼마 전에 자신을 위협한 재앙의 전모를 이제야 파악한 듯이 영주는 자신의 부인을 내려다보았다. 그녀는 남편에게 몸을 기댄 채 수놓은 천을 끌어당겨 그것으로 자신의 눈을 덮는 것을 마다하지 않았다. 이로써 젊은 그녀는 얼마 전에 받은 정신적 압박으로부터 마음이 홀가분해지는 것을 느꼈다. 사람들에게 완전한 정적이 감돌았다. 사람들은 화재와 저 위에서 심상치 않게 쉬고 있는 사자의 존재와 같은 위험을 잊어버린 것 같았다.

영주가 말들을 좀 더 가까이 데리고 오라는 손짓을 보내자 처음으로 다시 무리들에게 움직임이 일어났다. 그런 다음 그는 여인에게 몸을 돌리고 이렇게 말했다. "그러니까 너희는 너희들의 노래로 사자를 만나는 곳에서 이 아이의 노래를 통하여 이 플루트 음의 도움으로 달아난 사자를 달래서, 그 동물이 남에게 해를 입히지 않고 해를 입지도 않은 채 다시 자신의 우리로 되돌려 보낼 수 있다고 생각하는 거지?" 이들은 확신하고 장담하며 그렇다고 말했다. 성주(城主)가 이들의 길을 안내하는 역할을 맡았다. 영주는 이제 몇몇 사람과 함께 신속히 멀어져 갔으며, 영주 부인은 나머지 일행보다 천천히 따라갔다. 하지만 어머니와 아들은 힘으로 총을 차지한 파수꾼을 따라 좀더 가파른 산길을 올라갔다.

성으로 통하는 길목에 있는 협곡에 들어가기 전에 이들은

노벨레 263

사냥꾼들이 어쨌거나 큰불을 내기 위해 마른 나뭇가지를 모으는 것을 발견했다. "그럴 필요가 없어요"라고 여인이 말했다. "그러지 않아도 일이 잘 되어갈 거예요."

이들은 저 멀리 어떤 벽이 무너진 조각 위에 앉아 있는 호노리오를 바라보았다. 그는 연발총을 무릎에 얹고 있었다. 총알을 장전하고 어떤 일이 닥쳐도 대처하겠다고 단단히 각오하고 있는 모습이었다. 하지만 다가오고 있는 무리를 알아채지 못한 것 같았다. 그는 깊은 생각에 빠진 듯이 앉아 있었다. 그는 아무 생각이 없는 듯 멍하니 주위를 둘러보았다. 여인이 불을 지르지 말라는 부탁을 하면서 그에게 말을 걸었다. 하지만 그는 그녀의 말에 별로 주의를 기울이지 않는 듯이 보였다. 그녀는 격렬하게 계속 말하다가 이렇게 소리쳤다. "멋진 젊은이, 당신이 내 호랑이를 쏘아 죽였어요. 당신을 저주하진 않겠어요. 내 사자는 죽이지 마세요, 착한 젊은이, 그러면 그대를 축복하겠어요."

호노리오는 앞쪽을 똑바로 바라보았다. 그쪽에서는 자신의 궤도에서 해가 지기 시작했다. "서쪽을 바라보세요!" 여인이 외쳤다. "잘하고 계십니다. 어쩌면 거기서는 할 일이 많을 거예요. 주저하지 말고 서둘러요. 그대는 극복할 겁니다. 하지만 먼저 자신을 극복하세요." 그러자 그는 미소 짓는 것 같았다. 여인은 계속 올라갔다. 하지만 뒤에 남은 사람을 또 한 번 되돌아보지 않을 수 없었다. 붉은 태양이 그의 얼굴을 비추어주었다. 그녀는 이보다 더 멋진 젊은이는 본 적이 없다고 생각했다.

"당신들이 자신하듯이 당신의 아이가 플루트를 불고 노래를 부르면서 사자를 꾀어서 진정시킬 수 있다면 우리도 그런 일을 쉽게 터득할 겁니다"라고 이젠 파수꾼이 말했다. "막강한 그 짐승이 부수어져 열린 둥근 천장 바로 옆에 누워 있기 때문이지요. 중앙 성문이 파묻혀 있기 때문에 우리는 그 둥근 천장을 통해 성의 안마당으로 통하는 입구로 갈 수 있지요. 아이가 사자를 그 안으로 꾀어 들이면 열린 구멍을 쉽게 막을 수 있을 겁니다. 그리고 소년은 적절한 순간에 구석에 보이는 나선형 계단을 통과해 사자로부터 살그머니 달아날 수 있을 겁니다. 우리는 몸을 숨기려고 합니다. 하지만 나는 문제가 생기면 소년을 돕기 위해 언제라도 총을 쏠 자세를 취할 것입니다."

"이러한 상황이 모두 필요한 것은 아닙니다. 하느님과 예술, 경건함과 행운이 최상의 일을 해야 합니다.", "그럴지도 모르지요", 파수꾼이 대꾸했다. "하지만 나는 내가 해야 할 일을 알고 있어요. 먼저 나는 여러분을 힘겨운 비탈길을 통과해 성벽이 있는 곳으로 데려다주어야 합니다. 바로 내가 언급한 입구 맞은편으로 말입니다. 아이는 아래로 내려가서 진정이 된 사자를 원형 경기장으로 꾀어 들이는 게 좋겠습니다." 그가 말한 대로 일이 진행되었다. 파수꾼과 어머니는 몸을 숨긴 채, 아이가 나선형 계단을 내려가 환한 안뜰에 모습을 드러내서는 어두컴컴한 구멍 맞은편으로 사라지는 모습을 위에서 아래로 내려다보았다. 하지만 곧장 플루트 소리가 울리다가 점차 소리가 약해지더니 결국은 울림이 멎고 말았다. 조용해지자 형언할 수 없는 불길한 예감이 들었다. 진기한 인간적 사건이 산전수전을 다 겪은 늙은 사냥꾼의 마음을 갑갑하게 했다. 그는 차라리 자기가 직접 그 위험한 동물에게 다가가겠노라고 말했다. 하지만 어머니는 밝은 얼굴로 몸을 구부리고 귀 기울이면서 불안한 표정을 조금도 보이지 않았다.

이윽고 플루트 소리가 다시 들려왔다. 아이는 적이 흡족한 눈빛으로 구멍에서 모습을 드러냈다. 사자는 그의 뒤 구멍 안에 있었다. 하지만 좀 힘이 드는 듯 서서히 모습을 드러냈다. 사자는 이따금 주저앉기도 하였다. 하지만 소년은 사자를 동굴 속에서 이끌어서 거의 잎이 떨어지지 않고 가지각색의 잎이 무성한 나무들을 통과해 갔다. 마침내 폐허의 틈으로 변용한 듯 내리쬐는 햇볕을 받으며 사자가 완전히 모습을 드러냈다. 그리고 사자를 진정시키는 노래가 또 한 번 시작되었다. 우리도 이 노래를 되풀이하지 않을 수 없다.

"동굴에서, 여기 굴에서,
난 예언자의 노래를 들었지.
천사들은 떠돌며 그의 힘을 북돋워 주는데,

그렇다고 그 선한 자가 두려워할까?
수사자와 암사자가 여기저기
그의 주위에 달라붙어 있네.
그래, 부드럽고 경건한 노래들이
이들의 마음을 사로잡았기 때문이지!"

그러는 동안 사자는 소년의 바로 옆에 앉고는 자신의 무거운 오른쪽 앞발을 그의 무릎에 올려놓았다. 소년은 계속 노래를 부르며 우아하게 앞발을 쓰다듬어 주었다. 하지만 소년은 이내 사자의 발가락 사이에 가시가 박혀 있는 것을 깨달았다. 조심스럽게 그는 상처를 입히는 뾰족한 가시를 빼내 주고는, 목덜미에 두른 자신의 알록달록한 비단 목도리를 집어들었다. 그리고는 짐승의 무시무시한 앞발을 묶어주었다. 그러자 어머니는 너무 기쁜 나머지 두 팔을 활짝 펴고 몸을 뒤로 젖히는 것이었다. 파수꾼이 우악스러운 손으로 붙잡아 위험이 지나가지 않았음을 상기시켜 주지 않았더라면 그녀는 어쩌면 익숙한 방식으로 환호성을 지르고 손뼉을 쳤을지도 모른다.

아이는 몇몇 음으로 먼저 선을 보인 다음 계속 멋지게 노래 불렀다.

"지상에서는 영원한 자가 다스리고,

그의 눈길이 바다를 지배하기 때문이지.
사자들은 어린양이 되어야 해,
그러면 파도가 요동치며 물러가지.
번쩍이는 검이 내리치는 중에 굳어진다.
믿음과 희망이 이루어졌다.
기도 속에서 모습을 드러내는
사랑이 놀라운 힘을 발휘하였구나."

그토록 잔혹한 피조물, 숲의 독재자, 동물 세계의 전제군주의 용모에서 고마워하고 흡족해하는 친절한 표정을 느낄 수 있다는 것이 가능하다면 이곳에서 그러한 일이 일어난 것이다. 정말 그 아이는 변용된 자신의 얼굴에서 강력하고 성공적인 극복자처럼 보였다. 그렇다고 해서 사자가 극복된 자처럼 보인 것은 아니었다. 그의 힘이 아이 속에 숨어 있었기 때문이었다. 하지만 그래도 길들어진 자처럼, 자신의 평화로운 의지에 자신을 맡긴 자처럼 보였다. 아이는 플루트를 불었고 자신의 방식으로 행을 바꾸고 새로 덧붙이면서 계속 노래를 불렀다.

"그리하여 착한 아이들에게
축복받은 천사는 기꺼이 충고한다.
나쁜 의욕을 저지하고,

아름다운 행동을 하도록.
그리하여 마법으로 사로잡으려고
경건한 뜻과 선율이
사랑하는 아들의 부드러운 무릎에
숲의 최고 독재자를 불러낸다."

해설
괴테의 삶과 『젊은 베르터의 고뇌』, 체험인가 가공인가?

홍성광

부족함이 없는 삶

요한 볼프강 폰 괴테(Johann Wolfgang von Goethe, 1749~1832)는 1749년 8월 28일 독일 마인 강가의 프랑크푸르트에서 황실 고문관인 아버지와 프랑크푸르트 시장의 딸인 어머니 사이에서 태어나 매우 유복한 환경에서 자랐다. 부계 쪽은 농업, 수공업, 여관업에 종사했던 가문의 후손이었고, 모계 쪽은 학자와 법률가 후손이었다. 그는 계몽주의 작가 고트홀트 에프라임 레싱보다 20년 늦게, 고전주의 작가 프리드리히 폰 실러보다 10년 일찍 태어났다. 북독일계 아버지로부터는 '체격과 진지하고 근면한 생활 태도'를, 예술을 사랑하는 어머니로부터는 '이야기를 지어내는 재주'를 이어받았다. 활기차고 명랑한 성품을 타고난 어머니는 지성을 강조하는 아버지의 인품에 대한 하나의 균형추를 이루었다. 아버지는 괴테가 태어나기 7년 전 황실 고문관이라는 칭호를 돈을 주고 샀다. 괴테는 부족할 것이 없는 도시 명문가에서 영재 교육을 받고 다양한 문화와 예술을 접할 수 있었다. 여러 대학에서 법률 공부를 했지만, 많은 유산을 물려받아 평생 돈을 버는 직업을 갖지 않고 명예직만 지녔던 아버지는 그림과 박물 표본을 수집하는 일에 관심이 많았다.

이러한 아버지와 가정교사로부터 괴테는 여동생 코르넬리아와 함께 지리, 법학, 수학 등의 여러 학과목과 그리스어, 라틴어, 영어, 불어, 히브리어 등 여러 외국어를 배웠다. 구약과 신약을 매일 읽었다. 보수적인 신앙을 지닌 아버지는 괴테가 프리드리히 고틀리프 클롭슈토크의 『메시아』를 읽는 것은 용인하지 않았다. 게다가 춤, 승마, 펜싱도 배웠으며 그림과 음악도 배웠다. 아홉 살 소년은 김나지움의 최상급 학생의 라틴어를 혼자 힘으로 베껴 쓰고 번역할 정도였다. 괴테와 긴밀하고 내밀하게 연결되어 있는 코르넬리아는 여러 면에서 괴테와 닮았지만, 그와는 달리 시적 형상화를 통해 내면적인 회의에서 벗어날 수 있는 재능은 갖추지 못했다. 괴테의 친구 요한 게오르크 슐로서와 결혼한 그녀는 1777년 27세의 나이로 사망했다. 괴테는 재능이 많은 아이였고, 평생 동안 부족함이 없는 축복을 누렸다. 13세 때 브란트라는 여자가 유아 살해범으로 처형되었는데, 이 사건은 『초고 파우스트』의 그레트헨 장면을 구상하는 데 결정적으로 기여했을 것으로 보인다.

괴테는 1755년 리스본에서 일어난 대지진으로 어린 마음에 신의 존재에 관해 종교적인 혼란을 겪었다. 그 사건은 그의 마음의 평화를 처음으로 가장 깊은 곳까지 뒤흔들어 놓았다. 그러자 신을 두려워하는 사람들은 신에 대해 숙고했고, 철학자들은 위안의 근원을 찾기 시작했으며, 성직자들은 형벌에 대해 설교했다. 공포의 악령이 지상을 뒤덮자 사람들은 자신과 자신의 가족에 대한 근심으로 더욱더 불안해졌다. 7년 전쟁(1756~1763) 때는 2년 반 동안 프랑스군의 프랑크푸르트 점령으로 그의 집이 몰수당한 결과 토랑 백작을 통해 처음으로 프랑스 문화와 접하고 그 영향을 받게 되었다. 백작의 예술 취향은 괴테에게 강한 인상을 남겼다. 백작이 네덜란드풍의 그림을 그리는 화가들을 자기 집에 와서 그리게 함으로써 괴테는 일찍부터 가까운 거리에서 미술의 세계를 직접 체험하게 되었다. 그런데 괴테 가정에는 풍파가 일었다. 오스트리아를 옹호하는 할아버지와 프로이센 쪽으로 기운 아버지 사이에 긴장이 조성되었고, 가족 간에 불화가 생겼다. 괴테는 정치적인 문제는 고려하지 않고 프로이센 왕의 인품에 이끌려 아버지 편을 들었다. 그러나 여자들과 괴테는 세련된 프랑스적인 것을 좋아했다. 또한 그는 프랑스 연극단의 공연으로 라신과 몰리에르의 작품에 친숙해질 수 있었다. 어린 시절 인형극을 통해 문학에 소박하게 접근했던 괴테는 그럼으로써 연극에 대한 관심이 더해졌다. 1764년 4월에는 요셉 2세의 신성로마제국 황제 대관식을 보았다.

그 사이에 괴테는 주막집 딸 그레트헨과 어렴풋한 첫사랑을 겪었다. 그러나 법정 심리에서 그녀가 괴테를 진지하게 생각하지 않았다고 진술하자 그는 이내 그녀에게서 마음을 돌렸다. 스스로를 지극히 영리하고 노련한 소년으로 자부하고 있던 자신을 고작 몇 살 위인 그녀가 어린아이 취급한 것에 참을 수 없었던 것이다. 16세의 괴테는 1765년 법학을 공부하러 라이프치히로 떠났다. 그는 고전학을 공부하러 괴팅겐으로 가고 싶었지만 아버지는 자신이 다닌 라이프치히 대학에서 법학을 전공할 것을 고집했다. 아버지는 아들이 고위 행정법률가의 길을 걷기를 희망했다. 1875년 10월 3일 '쇠사슬에서 풀려난 포로'의 심정으로 라이프치히에 도착한 괴테는 인습에 사로잡힌 고향의 환경에서 벗어나서 처음으로 자유롭게 레싱과 빌란트를 읽고, 요한 요하임 빙켈만의 책으로 그림에 눈을 뜨며, 동시에 여관집 딸 아나 카타리나 쇤코프에 대한 사랑을 불태운다. 하지만 이유 없는 우매한 질투의 짓거리로 인해 둘은 우호적인 결별로 관계를 마감했다. 이 쇤코프에 대한 사랑의 환희와 고뇌를 드러낸 편지는 문학에 대한 그의 최초의 표현 충동이었다. 그는 사람들이 자신의 시를 알아주지 않고 프로이센에 비호의적인 것을 알게 된다. 독수리처럼 고고하게 난다고 여겼지만 먼지 속에서 벌레가 꿈틀거리는 것에 불과하다는 것을 깨닫는다. 1768년 6월에 심한 각혈로 학업을 중단하고 귀향한 그는 3년간 향락적인 생활을 보낸 후 1년 반 동안 심사숙고하는 기간을 갖는다. 그는 어머니의 친구 클레텐베르크의 이른바 '아름다운 영혼'의 몰아적인 귀의의 가르침을 받아들여, 필리푸스 파라켈수스 등 신비주의자들 서적을 탐독한 결과 범신론적 세계관이 싹트기 시작했다.

1770년 봄에 괴테는 이번에는 독일 남쪽 슈트라스부르크에 가서 법학과 아울러 의학 강의도 들었다. 그는 그곳에서 헤르더와 접촉하면서 호메로스, 성서, 오시안, 핀다로스, 민요 그리고 셰익스피어의 위대성을 알게 된다. 헤르더를 통해 괴테는 로코코적인 요소와 결별하고 하만의 신비 사상을 접하게 되었다. 독일인들 중 레싱, 빙켈만은 괴테의 청년 시절에, 이마누엘 칸트는 그의 노년 시절에 영향을 준다. 자연이란 신의 창조적인 형성력의 표현이라는 것과 생성 변전하는 근원력에 대한 외경심을 배워 질풍노도(Sturm und Drang) 운동에 대한 준비를 갖추게 된다. 슈트라스부르크 시절 그는 제젠하임 출신의 프리데리케 브리온과 사랑에 빠진다. 괴테는 사랑, 슬픔, 고통과 같은 모든 감정을 언어로 표현할 줄 알았다. 그래서 프리데리케와의 관계에서도 아름다운 사랑의 시들을 지었다. 1771년 박사 논문을 기각당한 그는 구술시험을 치러 준 법학박사의 학위를 취득하고 귀향했다. 학업을 마친 후 괴테는 프랑크푸르트에서 변호사 일을 시작했지만 그 일에 그다지 흥미를 느끼지 못했다. 그는 오히려 독립적인 문필가가 되고 싶었으나 이 직업으론 먹고 살아갈 수 있을 것 같지 않았다.

괴테는 이성을 중시한 계몽주의와는 달리 자연적인 감정을 높이 평가한 질풍노도 시대를 이끌었다. 청춘의 약동하는 생명력에 취하여 무한히 확장하려는 자아에 대한 긍지, 쇠잔한 합리주의에 대한 감정의 반역, 프랑스의 의고전적인 규칙이나 상식의 인습으로부터의 자유, 독일 정신의 확립, 인간성의 해방, 이러한 여러 가지 정신적인 방향 전환을 하면서 나온 첫 희곡 작품이 『괴츠 폰 베를리힝겐』이었다. 이 희곡은 대중의 열광적인 갈채는 물론, 거의 모든 지식인의 찬사를 받아, 괴테는 작가로 이름을 떨치게 되었다. 괴테는 그 작품을 쓴 지 몇 년 후에 비극 작품 『에그몬트』를 썼다.

1772년 5월부터 9월까지 괴테가 체류한 베츨라에서 친구의 약혼녀에 대한 불행한 사랑으로 『젊은 베르터의 고뇌』가 생겨났고, 이 작품으로 그는 일약 전 유럽에서 문명을 떨쳤다. 그러나 괴테는 로테, 즉 샤를로테 부프와 케스트너와의 삼각관계에서 의도적으로 떨어져 나와 귀향하여, 예루잘렘의 자살을 경험하고서 그 작품을 집필하게 되었다. 게다가 로테와 케스트너는 약속과는 달리 괴테에게 알리지도 않고 결혼했다. 불행한 사랑을 겪은 몇몇 남자들은 이 소설을 읽고 실제 자살을 하기도 했다.

그 후 3년간의 프랑크푸르트 체류 기간(1773~1775)은 괴테의 일생에서 가장 결실이 많은 시절이었다. 즉, 가슴 속에서 끓어오르는 창조에 대한 충동에 몸을 내맡긴 생산적인 시기, 마성적인 청춘이 발효하는 시기, 무한성과의 융합을 열렬히 원하던 질풍노도의 시기였다. 괴테의 무한에 대한 동경이나 정처 없는 자기 확장에의 위험성은 베르터 소설을 집필함으로써 간신히 극복되었다. 이 시기에 릴리 쉬네만에 대한 연정과 약혼은 무한히 상승하려는 그의 충동에 장애가 될 뿐이었다. 이 사랑의 여운으로 여느 때처럼 아름다운 서정시들이 나왔다.

1775년에 바이마르의 카를 아우구스트 대공이 괴테를 자신의 공국으로 초빙했다. 그리하여 그에게 릴리 쉬네만과 질풍노도로부터 도피할 기회가 주어졌다. 18세의 그는 큰 나무가 될 싹을 보인 군주였다. 괴테의 말을 빌리면 그는 아직 강력하게 발효하고 있는 고급 포도주 같았다. 처음에는 괴테에게 곤경과 걱정을 안겨주었지만 그의 유능한 천성이 곧 자정 능력을 발휘하여 곧장 최상으로 성장했다. 대공의 측근 중에 '괴테 박사와 같은 인물'을 초빙하는 것에 반대하는 인물도 있었다. 그러자 대공은 '천재가 자신의 특별한 능력을 발휘할 수 있는 곳에서 천재를 이용하지 않는 것은 천재를 오용하는 것'이라며 조언자의 의견에 반박한다. 그는 자신의 공직을 윤리적인 것의 시험대로 간주하면서 그날그날의 의무를 실천해 나갔다. 이제 시인은 바이마르에서 자신의 임무를 엄격하게 수행해야 하는 생활을 하게 되었다. 바이마르에서 그는 일곱 살 연상의 폰 슈타인 부인을 사귀며 1600여 통의 편지를 남긴다. 1776년 2월에 벌써 그는 멋지고 훌륭한 부인 곁에 붙어서 둥지를 튼다. 그러나 그녀를 향한 시들은 다른 여자들을 위해 쓴 시들과는 달리 지속적인 체념이라는 특이한 분위기를 지니고 있다. 이 무렵 「마왕」이나 「어부」와 같은 담시들이 생겨났다. 하지만 그 후에 젊은 작가 실러를 사귀면서 괴테의 문학 창작력이 다시 새롭고도 강하게 생겨났다.

1776년 6월 괴테는 추밀 외교참사관으로서 바이마르의 국가의 업무를 공식적으로 시작했다. 그가 바이마르에서 체류한 10년간은 정무 활동과 아울러 슈타인 부인과 우정을 나눈 시기였다. 1779년 추밀 고문관이 된 괴테는 1782년에는 귀족 작위를 받았으며, 인구 10만의 소공국이긴 하지만 새로운 건설, 재정, 병사, 광산, 학예 등의 행정 업무를 총괄 지휘했다. 이리하여 무한을 동경하는 감정인은 자신의 존재를 다시 높이기 위해 행위의 인간이 된다. 이와 동시에 '무한'에 대한 역할로 그는 슈타인 부인을 자신을 인도하는 수호신으로 삼고, 인격의 상호 형성을 추구하는 10년간의 연애가 이루어졌다.

이 시기에도 괴테의 자연에 다한 관심은 지대하여, 세 번에 걸친 하르츠 기행과 스위스 여행을 했고, 지질학, 광물학, 해부학 등을 연구했으며, 바뤼흐 스피노자의 사상에 동감하여 그의 독특한 유기적인 자연관이 확립되었다. 1784년에는 동물에게만 있다고 여겨진 악간골이 인간에게도 있다는 사실을 증명함으로써 다윈보다 거의 백 년 앞서 생물학적인 진화론을 지적하기도 했다. 1775년 프랑크푸르트에서 거의 완성되었던 『에그몬트』는 1778년과 1782년에 가필되어 1787년에 완성되었다. 삶이 개화되는 절정에서 죽는다는 최초의 모티프는 그동안 괴테의 변화와 더불어 국민을 위해 정치적 권리를 지키고자 하는 고귀한 인격의 몰락이라는 모티프로 변화하게 되었다. 그러나 괴테는 과중한 업무에 시달리면서 점차 정무 의욕이 식어갔고, 정치에서 예술로 도피하려는 생각이 싹트게 되어 북방의 조국에서 남방의 이탈리아로 몰래 도망치게 되었다. 그는 공직 생활에 대해 점점 더 많은 식견과 노련미가 생긴다고 믿었지만, 동시에 자신이 꼬인 실에 얽매여 빠져나올 수 없는 새와 같다고 생각했다. 날개를 가지고 있다고 여기는 그가 그것을 사용할 수 없다는 느낌을 갖게 된 것이다. 정치 분자들과 투쟁하느라 그는 자신의 본분이자 적성에 맞는 학문과 예술에 전념할 수 없었다. 그의 탈출은 1772년 베츨라와 1775년 프랑크푸르트에서처럼 마치 도주하듯이 하룻밤 사이에 실행되었다. 그는 대공과 슈타인 부인에게조차도 구체적인 계획에 대해 말하지 않았다. 1786년 9

월 3일 그는 여행 가방과 오소리 가죽 배낭만을 꾸린 채 상인 요한 필리프 묄러라는 가명을 쓰고 홀로 우편 마차에 몸을 실었다. "나는 새벽 세 시에 몰래 카를스바트를 빠져나왔다. 그러지 않으면 사람들이 나를 놓아주지 않을지도 모르기 때문이었다. 8월 29일인 내 생일을 극진히 축하해 주고 싶어 한 사람들은 아마 이를 핑계 삼아 나를 붙잡아 둘 권리를 확보했을지도 모른다. 하지만 여기서 더는 꾸물거릴 수 없었다."[1]

절제된 고전주의 작가

괴테의 이탈리아 기행(1786. 8~1788. 4)과 함께 그의 고전주의 시대가 시작되었다. 1년 10개월에 걸친 괴테의 이탈리아 여행은 괴테에게 예술의 위대한 양식과 법칙을 마련해 주고, 투철한 미의 세계로 이끌어가는 구원의 도정이었다. 1786년 10월 29일 그는 오랫동안 소망해 온 목적지 로마에 도착하고 드디어 고대 세계의 수도에 왔다는 기쁨을 감추지 못한다. 처음에 로마에 넉 달을 체류하면서 미술 작품 관람에 정성을 쏟았다. 그는 영혼의 구원을 느낀 그는 매일 새로운 껍질을 하나씩 벗어 던지는 기분이었다. 날마다 수많은 엄청난

---

1   괴테, 『이탈리아 기행 1』, 홍성광 역, 웅진씽크빅, 2008, 9쪽.

작품들을 내면에 수용하면서 그는 스스로 운명의 위대한 결정에 동참한 동지가 된 느낌이었다. 그는 연극 공연을 관람하고 재판을 방청했으며, 축제 행렬과 교회의 축제, 마침내 로마의 카니발까지 보았다. 그는 가장 내밀한 골수에까지 이르는 변화를 겪으면서 자신을 내면으로부터 개조하는 환생을 체험했다고 썼다. 그는 여행을 통해 예술가로서의 자신을 재발견하고 자신의 시인으로서의 속성에서 고대 예술과 창조적인 자연과의 내적인 동일성을 재확인하게 되었다. 이리하여 1787년 『타우리스의 이피게니에』가 완성되어 순수한 자연과 인간으로 복귀를 실현한 괴테는 순수한 인간성의 구원하는 힘을 찬양하는 명랑한 극을 여행 중에 완성했다. 1790년에 나온 『토르콰토 타소』도 이탈리아에서 구상한 산물이었다. 이 작품은 더 이상 감정만을 강조하지 않고, 미적인 조화를 위해 파우스트적으로 동경을 단념하고 자유를 제한하며, 지성으로 감정을 억제하고 정화하게 되었다. 이리하여 한 인간이 윤리적으로 점점 더 완성된 존재로 발전하게 되었다.

이탈리아 기행에서 돌아온 후에 괴테는 크리스티아네 불피우스를 집에 맞아들여 함께 살게 되었다. 정무에서 떠나 고독 속에 침잠하면서 18년 후인 1806년에 정식 결혼식을 올릴 때까지 그는 소박하고 관능적인 사랑을 추구하면서, 세상의 온갖 멸시를 뒤로하고 가정의 평화와 행복을 지켰다. 폰 슈타인 부인은 1년 반 전 괴테가 몰래 여행을 떠난 데 대해 여전히 화를 내고 있었다. 크리스티아네는 여러 명의 자식을 낳았지만, 이들 중에서 아들 아우구스트만 살아남았다. 하지만 그 아들도 괴테가 죽기 2년 전에 이탈리아 여행 중 돌연 사망하고 말았다. 괴테는 점점 더 유명해졌다. 각국에서 사람들이 바이마르로 몰려들어 그에게 경의를 표했지만 그는 사람들과 그들의 견해를 멀리하게 되었다. 그는 아름다움과 이상적인 형식이라는 자신의 세계를 구축했다. 그는 자연을 탐구했고, 자연의 위대한 법칙을 면밀히 조사했다.

1789년 프랑스 대혁명과 그에 뒤따른 동란은 괴테에게도 지대한 영향을 끼쳤다. 카를 아우구스트 공이 출정함에 따라 괴테도 종군하였으며, 대체로 그는 혁명에는 냉담한 편이었다. 법칙과 질서를 사랑하고 존중한 그는 제도의 혁명보다 인간과 그 정신을 더 중히 여겼다. 이때 나온 『헤르만과 도르테아』는 그 모티프의 일부로 대혁명과 관련되어 있으면서도 독특한 방법으로 형상화했는데, 이는 괴테의 체험을 통해 높여진 독일 시민 생활의 빛나는 찬가로서 베르터와 아울러 많은 애독자를 갖고 있다.

독일과 유럽에서 나폴레옹의 통치에 대항한 민족 해방전쟁이 일어났을 때 그는 아들에게 자유 전쟁에 참가하지 말라고 했다. 그는 나폴레옹을 위대한 남자로 숭배했지만, 전쟁과 유혈 사태를 혐오했다. 그는 새로 대두하는 민족적이고 자유로운 이념을 거부하며 맞서고 있었다.

실러와의 우정

이탈리아에서 돌아와서 몇 년 동안 아무런 결실이 없는 시기를 보낸 후 괴테는 실러와 고귀하고 아름다운 우정(1794~1805)을 맺게 된다. 직관적인 사람과 사변적인 사람, 현실주의와 이상주의, 소박과 성찰, 이렇게 성향이 다른 두 사람이 자연과 예술과의 본질적 통일이라는 확신에 동감하고 순수 객관성을 추구하는 시적 노력에 서로 일치했다. 이리하여 다시 시심이 떠오른 괴테는 실러가 주재하는 문학잡지 〈호렌〉과 〈시신연감〉에 기고하면서 담시에서 큰 수확을 얻는다. 또한 실러에게 자극받아 『빌헬름 마이스터의 수업시대』와 『파우스트』 1부가 결실을 맺는다. 그는 실러가 살고 있던 예나를 자주 찾아가 슐레겔 형제, 피히테, 헤겔, 셸링, 훔볼트 형제, 브렌타노, 티크와 같은 당대 최고의 지식인들과 사귀었다. 1803년에 젊은 시절의 스승 헤르더가 사망하고, 1805년에는 실러마저 세상을 뜨자 그는 '자신의 존재의 반'을 잃었다며 슬퍼하다가 병에 걸려 목숨이 위태로워지기도 했다.

1805년부터 1815년에 걸친 나폴레옹 전쟁에 의한 유럽의 동란에 바이마르까지 휩쓸리게 된다. 그 사이 괴테는 세 번이나 나폴레옹을 만났으며, 그의 인간적인 매력에 애착을 느끼고 나폴레옹으로부터 해방되려던 독일의 애국적인 격정과 반대되는 입장을 취하기도 했다. 그는 국수주의가 지배하던 시절 이미 세계 국가, 세계 시민이라는 이상에 사로잡혀 있었다. 1809년에는 자연이 지닌 맹목적인 강제력과 마성적인 충동에 대한 인간의 자각적인 의지의 항쟁과 승리를 그린 소설 『친화력』이 나왔다. 이 작품은 그의 근대적인 작품의 하나로써 명확한 구도와 투철한 인생 통찰을 지닌 독일 문학 최초의 사회 소설이다.

1808년 어머니를 여읜 그는 고타 출판사에서 12권의 전집을 낸 것을 계기로 자서전 집필에 착수하여 『시와 진실』을 간행한다. 이는 괴테의 자전인 동시에 독일과 유럽의 정신사, 사회사 및 문화사라 할 수 있으며, 시인이라는 자신의 자각의 또다른 표현이었다. 나폴레옹이 몰락한 후 그의 관심도 혼란한 유럽에서 순수한 동방 세계로 향하여 이슬람에 관심을 가지며 페르시아의 시인 하피스에 경도하게 된다.

괴테는 늙어서도 아름답고 재기발랄한 여성에게 매혹당했다. 마리아네 폰 빌레머와의 관계에서 1819년 『서동 시집』이 생겨났다. 이것은 노시인의 환희와 예지의 표현이며, 또한 현재와 과거, 고백과 세계가 어우러진 아름다운 시집이다. 아내 크리스티아네가 1816년 51세의 나이로 저세상으로 떠난 후 일순간의 청춘의 불꽃은 사라지고, 그의 주위는 점점 공허와 죽음의 정적이 깃들게 된다. 그러는 동안 『이탈리아 기행』

을 쓰는 동시에, 『파우스트』 제2부를 구상하고, 자연과학과 예술 연구에 전념한다.

그는 자주 요양지 마리엔바트에서 요양을 했는데, 1821년 그곳에서 알게 된 소녀 울리케 폰 레베초에게 뜻하지 않은 격렬한 사랑을 느끼고 스스로 놀란다. 그러나 이것 역시 체념으로 끝나고 노년의 위기는 1823년 『마리엔바트의 비가』로 극복된다. 이것은 한탄, 청춘의 격정 및 노년의 예지가 융합하고, 순수 인간성에 귀의하며 신의 사랑에 대한 믿음이 격조 있게 울리는 시편이다.

만년에 가서 비서 요한 페터 에커만은 외로운 괴테와 대화를 나누면서 『괴테와의 대화』를 남겨 괴테의 모습을 후세에 생생하게 보여주었다. 1826년부터 괴테의 심중에는 '세계 문학'이란 개념이 성숙하게 되었는데, 그는 도덕적이고 미적인 통일로서의 인류를 확신하고 그것을 바탕으로 개성적인 문학 세계를 이룩할 수 있다고 주장했다. 어느덧 80세가 된 노시인은 주위의 가까웠던 친지들이 하나둘 저세상으로 떠나는 것을 경험해야 했고, 외아들인 아우구스트마저 로마에서 객사하여 그의 비통과 적막감은 한층 더해졌다. 만년에 가서도 놀라운 창작력을 보인 그는 사랑과 경건한 마음으로 폭력을 제어하는 것을 그린 단편 「노벨레」를 1826년에 집필했고, 1829년에는 『빌헬름 마이스터의 편력시대』를 완성했다. 이 작품은 구성이 혼란스럽긴 하지만 대작가의 인생에 대한 집

대성이자 절정으로 무한한 의미를 지니고 있다.

말년의 괴테는 고전주의 이념의 틀을 뛰어넘어 훨씬 자유롭고 풍부한 문학 세계를 펼친다. 즉 근대화의 부정적 측면에 대한 비판에 근거하여 자연과 상상력, 무한성을 추구하는 낭만주의의 특징까지 포괄하고 있다. 하지만 그는 "진정한 상상력이란 이 지상의 현실적 토대를 떠나지 않으며, 현실적인 것과 이미 알려진 사실을 척도로 삼아서 예감하고 추정할 수 있는 대상을 향해 나아가는 것"[2]이라고 말한다. 그래서 괴테는 이념적으로는 슐레겔 형제[3]를 비롯한 당시의 낭만주의자들과 거리를 두고 그들의 문학을 비판했다. 괴테는 세상 사람들의 자신에 대한 비난을 의식해 만년에 "나의 몫으로 정해진 분야에서 밤낮으로 쉬지 않고 일하면서, 힘닿는 한 끊임없이 노력하고 연구하고 실행해 왔다"[4]고 자평한다.

사망하기 직전인 1831년에 그는 『파우스트』 2부를 완성한다. 우주 근원의 비밀을 규명하려고 하늘에서는 가장 아름다운 별을, 땅에서는 최고의 향락을 요구하는 파우스트라는 인물에서 그는 방황하고 헤매는 가운데 영원하고 신적인 이념

---

2 『괴테와의 대화 2』, 장희창 역, 민음사 2008, 283쪽.

3 괴테는 슐레겔이 몰리에르와 에우리피데스를 깎아내린 것을 비판하고, 슐레겔처럼 제 아무리 박학다식하다 해도 그것이 판단 기준이 될 수는 없으며 그의 비평은 편파적이라고 말한다.

4 『괴테와의 대화 2』, 앞의 책, 313쪽.

을 찾는 길을 묘사한다. 그것은 인류의 복지를 위해 일하고 공동체를 위해 봉사하는 길이다. 그런 후에 파우스트는 천국에 이르는 문에 들어서게 된다. 그때 "항상 노력하고 애쓰는 자는 구원받는다"는 말이 귀에 들린다. 『파우스트』는 괴테가 평생에 걸쳐 쓴 대작인 만큼 '질풍노도기'부터 '고전주의'와 '낭만주의'의 특징을 모두 담고 있는, 따라서 어느 한 가지 사조로 규정할 수 없는 작품이다. 『파우스트』의 완성과 아울러 지상에서의 괴테의 인생도 종결되어 1832년 3월 16일 감기로 자리에 누운 괴테는 22일 바이마르의 자택에서 영원히 눈을 감는다. 그는 바이마르의 한 묘지에서 함께 고전주의의 길을 연 지기였던 실러 곁에 묻힌다. 에커만은 그의 마지막 모습을 이렇게 묘사한다. "그의 숭고하고 고귀한 얼굴에는 깊은 안식과 평온함이 감돌고 있었다. 힘찬 이마는 아직도 생각에 잠겨 있는 것처럼 보였다."[5]

자기 구원

괴테는 세계 도처에서 신적인 힘을 보았는데, 특히 중요한 사람이나 자연의 법칙에서 그러했다. 그는 누구나 신적인 불

---

5   같은 책, 738쪽.

꽃을 자체 내에 지니고 있다고 생각한다. 이것으로 그는 자신의 힘으로 점점 더 완성된 인간으로 발전해 간다. 이 때문에 그의 본성이 선하게 되는데, 사물을 이렇게 보는 자를 괴테는 인문주의자라고 칭한다.

하지만 오늘날 우리는 세상에서 수많은 끔찍한 것을 보며, 인간은 여전히 불완전하고 사악하다. 그래서 괴테가 말한 것처럼 자기 구원이 있을 것 같지 않다. 그는 우리에게 방향만 제시할 뿐 우리가 짊어진 멍에로부터 우리를 해방시켜 주는 것은 아니며, 우리는 그를 통해 더욱 사랑하고 더욱 고뇌하는 것을 배우게 된다. 그는 니체처럼 세상과 인생을 긍정하며, 사물과 인간을 사랑하여 화해와 타협을 도모한다. 그가 말한 것에는 모두 호의와 선의의 분위기가 감지된다. 애정을 지닌 관조, 유화적인 긍정, 이성과 분별, 세상과 인간의 풍성함에 대한 감수성, 이 모든 것을 지향하는 독자적인 충동이 약화한다고 느끼는 자는 누구든 괴테에게서 그 힘을 도로 찾을 수 있을 것이다.

괴테는 작품 활동을 하면서 많은 여성들을 사랑했다. 이들은 그에게 새로운 작품을 쓰도록 계기를 마련해 주었다. 하지만 그는 자유를 원했고, 독립적인 생활을 유지하고자 했다. 괴테는 평생 안락함을 추구하지 않았고, 그의 참다운 행복과 구원은 마음속에 시를 떠올리고 창작하는 데 있었다. 그는 자신의 생애에 대해 끊임없이 돌을 밀어 올리려고 애쓰면서 그

돌을 영원히 굴리고 있는 것과 같았다고 에커만에게 털어놓는다.

질풍노도 운동기의 대표작 『젊은 베르터의 고뇌』

괴테는 부친의 권고로 1772년 5월부터 9월까지 베츨라 소재 제국 고등법원에서 법률가 실무 수습을 했다. 베츨라는 프랑크푸르트에서 북쪽으로 60여 킬로미터 떨어진 소도시로, 4천여 명의 주민 중 거의 4분의 1이 법원에서 근무했다. 1772년 6월 9일 당시 23세였던 괴테는 근처 도시인 볼퍼츠하우젠에서 열린 무도회에 참석했다가 19세의 샤를로테 부프(1753~1828)를 알게 되었다. 그는 무도회로 가는 마차에서 샤를로테를 만나 그녀에게 완전히 마음을 빼앗겼다. 영지 수렵관의 딸로 열한 명의 자녀 가운데 둘째였던 그녀는 공사관의 서기관인 케스트너(1741~1800)와 이미 약혼한 사이였다. 샤를로테는 열다섯 살 때 케스트너를 처음 만났고 1771년 그녀의 어머니가 세상을 떠난 후 그녀가 케스트너의 마음을 받아들이자 주변 사람들은 둘의 약혼을 기정사실로 받아들였다. 그래서 샤를로테, 케스트너 그리고 괴테, 그들 사이에는 묘한 우정의 관계가 성립되었다.

처음에 케스트너는 베츨라에 온 괴테를 호메로스나 핀다로스 등을 좋아하는 문학청년으로 보았고 괴테도 케스트너를 부지런하고 분별 있는 사람으로 생각했다. 케스트너는 친구에게 보낸 편지에서 괴테를 "재능과 상상력이 뛰어난 진정한 천재이자 인격자"라고 묘사하기도 했다. 그가 괴테에게 상당한 호감을 갖고 있었다고는 하지만 괴테가 로테와 함께 즐거워하는 모습을 보는 것을 달가워하지는 않았다. 그래도 세 사람의 우정에 별다른 마찰은 없었고, 괴테와 로테도 절도를 지켰으므로 두 사람의 우정은 순수했다고 볼 수 있다. 괴테는 로테가 둘 사이에 우정 이상의 것은 기대하지 말라고 했기에 상심을 하기도 했지만, 자신의 고통과 좌절을 어쩔 수 없는 행복의 일부로 받아들였다. 1772년 9월 10일 저녁 세 사람은 함께 만남을 가졌고, 로테는 저세상에 대한 것을 주제로 이야기를 이끌었다. 다음 날 아침 괴테는 한마디 말없이 돌연 베츨라를 떠났고 세 사람의 애매한 관계는 끝나게 되었다.

그런데 여기에 또 다른 사건이 일어났다. 괴테는 베츨라를 떠난 직후 코블렌츠로 가서 문필가 조피 폰 라 로슈(1731~1807)의 집을 방문했고 거기서 조피의 맏딸 막시밀리아네(1756~1793)를 알게 되었다. 그리하여 옛 열정이 채 사라지기도 전에 괴테는 그곳에서 새로운 열정이 불타올랐고 막시밀리아네와 다시 사랑에 빠져들었다. 그러나 2년 후인 1774년 1월 9일 막시밀리아네는 자기보다 스무 살 많은 상인 페터 브렌타노와 결혼했고, 괴테는 또다시 실연의 아픔을 맛보았다. 막시밀리아네는 프랑크푸르트에서 결혼생활을 했고, 그래서 괴테와 막시밀리아네, 질투심이 강한 브렌타노가 자주 만나게 되었다. 그러자 베츨라에서와 같은 상황이 재연되었고 괴테는 곤혹스러운 상황에 처해져 막시밀리아네의 집을 드나들 수 없게 되었다.

그런데 괴테가 베츨라를 떠나고 한 달 반쯤 지난 1772년 10월 29일과 30일 밤사이에 공사관 서기관 예루잘렘(1747~1772)이 권총 자살하는 사건이 발생했다. 신학자의 아들로 인문학적 소양을 갖춘 그는 괴테와 같은 시기에 라이프치히 대학에서 법학을 전공했고, 1770년 괴팅겐에서 학위를 받았으며, 1771년 9월부터 베츨라에서 일하고 있었다. 소도시에서 세인의 주목을 끈 이 자살의 동기는 어느 공사관 서기관의 부인인 엘리자베트 헤르트에 대한 그의 짝사랑 때문이었다. 괴테는 자기보다 두 살 많은 그 금발 청년과 가끔 어울리곤 했고, 그 당시 그를 안 지 7년쯤 되었을 때였다. 예루잘렘은 영국식 복장을 모방해 파란 연미복과 노란색 조끼, 승마바지에 갈색 줄이 달린 부츠를 신고 다녔다. 괴테는 하필이면 자신의 연적이었던 케스트너의 총을 빌려 자살한 그의 슬픈 운명에 큰 충격을 받았다. 괴테는 1772년 11월 6일부터 11일까지 베츨라에 머무는 동안 케스트너로부터 자살에 관한 상세한 설명을 듣게 된다. 헤르트의 집에 드나들지 못하게 된 예루잘렘은 케스트너에게 편지를 보내 권총을 빌려달라고 했고 아무 영문도 모른 케스트너는 그의 요청을 들어주었다.

예루살렘은 서류를 정리하고 소소한 빚을 갚은 뒤 산책하면서 오후 시간을 보내고, 하인에게는 난로에 불을 지피고 포도주를 한 잔 가져오라고 시켰다고 한다. 이 이야기를 듣는 순간 괴테에게는 『젊은 베르터의 고뇌』에 대한 구상이 떠올랐다. 그의 자서전 『시와 진실』에 따르면 정확한 사실을 입수한 순간 소설의 전체 구조가 온전히 그의 머리에 떠올랐다고 한다. 그러던 차에 막시밀리아네의 결혼 소식으로 괴테는 몽유병자와 같은 무의식적인 확신을 가지고 순식간에 소설을 써 내려 갔다고 밝힌다. 그리고 1774년 2월과 3월 철저히 고립된 상황에서 『젊은 베르터의 고뇌』 집필에 착수하여 4주 만에 완성하게 되었다. 그 때문에 소설의 인물에는 샤를로테 부프, 케스트너, 예루살렘의 특징뿐만 아니라 막시밀리아네와 페터 브렌타노의 특징도 들어가 있다. 그리고 로테의 모습 역시 샤를로테 부프보다 오히려 막시밀리아네를 더 많이 닮아 있다.

1775년 『젊은 베르터의 고뇌』가 라이프치히의 바이간트 출판사에서 출간되자 청년 괴테는 독일을 넘어 프랑스, 영국, 이탈리아 등 유럽 전역에서 명성을 떨치기 시작했다. 그러나 정작 괴테 자신은 베르터 열풍이 부는 동안 자신의 작품을 다시 되돌아보지 않았으며, 베르터의 세계에서 점점 멀어져 간다. 베르터적인 기질은 파멸을 맞이하든가 제정신을 차리든가 해야 하는 양자택일의 소재였기 때문이다. 누구나 베르터처럼 사랑하고 누구나 로테처럼 사랑받고 싶어 하겠지만, 베르터의 뒤를 따라가는 것이 작가의 의도는 아니었던 것이다.

1780년 괴테는 다시 소설을 읽으면서 베르터적 인물에 대한 비판적 자세를 보이며 내용을 약간 수정하여 1787년 제2판을 발간했다. 그리하여 제1판의 질풍노도적인 성격이 다소 완화되어, 독자로 하여금 베르터에게 감정이입을 하지 않고 그를 객관적으로 바라보게 했다. 이 책도 현재 정본으로 인정받고 있는 제2판을 판본으로 하고 있다. 제2판에는 편집자의 비판적 역할이 강화되고, '하인의 일화'가 새로 삽입되어 있다. 또한 문체를 매끄럽게 하고 상스러운 표현을 줄인다. 그리고 제1판에서 다소 소시민적 성격으로 등장했던 알베르트가 제2판에서는 견실하고 관용적인 인물로 등장함으로써 호의적으로 그려진다. 특히 후반부에 가서 편집자가 등장하는 부분에서 많은 변화가 생긴다. 괴테는 편집자를 통해 베르터의 비참한 사고 현장을 냉정하게 보고하도록 하여 객관적인 관찰자의 입장을 견지한다. 요컨대 베르터 자신에게는 이 죽음이 절대적인 사랑을 위한 숭고한 희생처럼 보이지만, 괴테에게는 이러한 죽음이 끔찍한 종말에 불과하다는 것이다.

소설은 1771년 5월 4일에 시작하여 1772년 12월 23일에 끝난다. 소설의 제1부는 5월 4일에서 9월 11일까지 이어지고, 제2부는 10월 20일부터 시작하여 이듬해 12월 23일까지 계속된다. 5월 31일부터 6월 15일까지는 편지가 없는데, 이는 베르터가 로테에게 사랑에 빠져 편지를 쓸 겨를이 없었기 때문으로 보인다. 제1부에서는 마음이 안정되어 있던 베르터가 로테를 만나 사랑에 빠지면서 마음의 동요를 겪는 과정이 다루어진다. 제2부에서는 베르터가 결국 발하임을 떠나 타지를 떠돈 뒤 다시 베츨라를 찾아가 로테 옆에서 행복과 절망을 겪는 과정이 그려진다. 이때 호메로스에서 클롭슈토크, 골드스미스를 거쳐 오시안에 이르는 베르터의 독서 목록이 그의 내면을 충실하게 반영한다. 마지막에는 베르터의 책상에 레싱의 드라마 『에밀리아 갈로티』가 펼쳐져 있다. 1772년 12월 6일 이후에는 편집자가 등장하여 베르터의 편지와 편집자의 보충 설명이 뒤따른다. 결국 크리스마스이브에 베르터는 심부름 소년이 로테의 집에서 빌려온 알베르트의 권총으로 자살함으로써 이 세상에서의 삶을 하직한다.

『젊은 베르터의 고뇌』의 제1부는 괴테가 베츨라에서 여름날에 보낸 사건을 중심으로 벌어진다. 민감한 젊은이인 베르터는 몇 가지 유산 문제를 정리하기 위해 소도시 발하임으로 온다. 그는 어느 날 무도회에서 영지 수렵관의 딸인 로테를 만나 사랑에 빠진다. 로테의 약혼자 알베르트가 여행에서 돌아오자 베르터는 도시를 떠나기로 결심한다. 베르터는 행복감뿐만 아니라 격정 때문에 로테의 약혼자 모습을 보는 것을 더 이상 견딜 수 없었기 때문이다. 그렇지만 괴테와는 달리 베르터는 곧 다시 로테 곁으로 돌아온다. 독자들은 베츨라에서 일어난 일과 소설에서 벌어진 일의 유사성에 관심을 가졌지만, 괴테는 그들이 소설과 자전적 사실에 이처럼 관심을 보이는 것에 곤혹스러워했다.

그런데 우리는 베르터가 곧 괴테라고 지레 짐작해서는 안 된다. 소설의 제1부에서는 괴테의 경험이 소재가 되었다면, 제2부에서는 괴테가 아닌 예루잘렘의 운명이 다루어진다. 허구적 소설에서 현실을 문학으로 재창조했기 때문에 괴테의 체험은 가공되어 문학으로 녹아들어 갔다. 그러나 괴테가 현실을 문학으로 바꿔놓은 것을 불만스럽게 생각하는 고지식한 독자들도 있었다. 1776년 봄에는 실제로 사람들이 횃불을 들고 예루잘렘의 무덤까지 행진을 했다. 그리고 전 유럽에서 순례자들이 그의 무덤을 찾아오기도 했다. 그 이후 자살 사건이 잇따랐다. 그렇지만 그들이 괴테의 소설 때문에 자살했다고 볼 수 있는 명확한 증거가 있는 것은 아니다. 작가 빌란트는 소설의 상상력이 자살을 옹호하는 것과는 거리가 멀다고 밝혔다. 괴테 자신은 오토 황제처럼 정신의 위대성과 자유를 보여주지 못하는 사람은 마음대로 세상을 떠나선 안 된다는 입장이었다. 그런데 당시 사람들은 불쾌감과 권태감에 사로잡혀 힘든 삶을 영위하면서 더 이상 삶을 견딜 수 없게 되면 마음대로 목숨을 버릴 수도 있다는 생각이 만연했다. 그런 탓에 『젊은 베르터의 고뇌』가 당시 젊은이들에게 큰 영향력을 미칠 수 있었다.

그렇지만 이러한 이야기는 소설의 외적 차원을 구성하는 것이고, 은밀한 내적 차원에서는 여동생 코르넬리아(1750~1777)가 결혼한 것에 대한 괴테의 트라우마가 담겨 있다고도 볼 수 있다. 1773년 11월 1일 코르넬리아는 괴테의 친구 슐로서와 결혼했는데 괴테는 그를 달가워하지 않았다. 그리고 후에 괴테가 릴리 쇠네만과 결혼하려 할 때는 코르넬리아도 역시 양쪽 집안 분위기가 맞지 않다며 극구 반대해 결혼이 성사되지 않았다. 무엇보다도 괴테는 자신이 '릴리에 대한 사랑'과 '가정적으로 행복한 삶'에 매여버리는 것에 만족하지 못하리라는 느낌 사이에서 방황했다. 또한 공간적으로 멀리 떨어짐으로써 영혼의 위기를 극복하려고 그는 친구들과 함께 스위스로 여행을 떠나기도 했다. 자신을 매이게 하지 않기 위해, 영혼의 용기를 빼앗기지 않기 위해 자유로운 세상으로 훌훌 떠난 것이다. 그런데 심층 심리학적으로 본다면 로테의 배후에는 괴테의 여동생이 숨어 있고, 그렇다면 괴테의 실제 연적은 케스트너나 브렌타노가 아니라 슐로서가 될지도 모른다. 그러므로 『젊은 베르터의 고뇌』의 집필은 괴테에게 임박한 파국의 저지와 여동생과의 내밀한 관계의 가공뿐만 아니라 자기 치유의 목적에 도움이 되었을지도 모른다.

괴테는 현실을 문학으로 변화시킴으로써 마음이 홀가분해졌지만 그의 친구들은 그 작품을 읽고 혼란을 일으켰다. 그들은 문학을 현실로 변화시켜 급기야는 권총 자살이라도 해야 한다고 생각하게 되었다. 그리하여 처음에 몇 사람이 자살했고 그다음엔 일반 대중들 사이에서도 그런 일이 일어났다. 그 바람에 괴테 자신에게는 유익했던 작품이 대중에게는 유해한 책이 되고 말았다. 따라서 라이프치히 신학대학 교수들이 종교를 조롱하고 자살과 간통이라는 악덕을 미화했다는 이유로『젊은 베르터의 고뇌』에 대한 판매 금지를 신청하자 시의회는 이틀 만에 판매 금지 명령을 내렸다. 덴마크에서도 역시 번역본이 판매 금지를 당했다. 사실『젊은 베르터의 고뇌』는 쓰인 직후에 바로 파기될 위기를 겪었다. 괴테가 메르크라는 친구에게 사랑의 편지를 낭독해 주었는데 그는 시큰둥한 반응을 보였다. 괴테는 소설의 주제나 음조, 문체 면에서 무슨 문제가 있는 게 아닌가 싶어 만약 옆에 난로가 있었다면 집어넣고 싶은 충동을 느꼈다고 한다. 그러나 메르크는 자기 아내가 다른 남자의 아이를 임신하고 있었기 때문에 괴테의 말이 귀에 들어오지 않았던 것이다. 그 당시 니콜라이라는 작가는 자살을 옹호하는 그 작품에 거부감을 보여『젊은 베르터의 기쁨』이라는 소설을 썼다. 질풍노도 극작가 렌츠는 괴테의 작품을 그런 식으로 해석하는 것은 호메로스의『일리아드』가 분노와 불화, 적의를 유발한다고 보는 것과 같다고 말했다.

우리는『젊은 베르터의 고뇌』에서 괴테가 전하고자 하는

것에 주목할 필요가 있다. 베르터는 직업 활동을 하면서 시민계급의 제한된 환경에 갑갑해한다. 그래서 공사와 불화를 겪은 것에 대해 공사관에서 직업 활동을 한 탓으로 돌리기도 한다. 그는 자아와 자연의 상태를 동일시함으로써 모든 규칙을 거부하는 질풍노도 시기 천재들의 태도를 취한다. 그리고 이성과 합리성을 기반으로 한 계몽주의적 세계관을 무시하고 감정이나 마음, 열정을 중시하는 감상주의적 인간의 입장에서 사회적 활동보다 고독으로 빠져드는 것을 좋아한다. 그에게는 지식의 축적보다 마음이 더 중요하다. 즉 "내가 아는 것은 누구나 알 수 있지만, 내 마음은 오직 나만의 것이다."라는 게 그의 생각이다.

당시 독일에서는 30년 전쟁 이래로 고급관료 자리를 독점한 귀족에 밀려 시민계급은 하급 관직이나 맡을 수 있었고, 그것도 귀족에게 굽실거리고 잘 보여야 기껏 공사나 추밀 참사관 자리까지 올라갈 수 있었다. 이런 점에서 베르터는 고립된 개인이 아닌 당시 시민계층의 청년이 처한 암울한 시대 상황의 대변자 역할을 맡고 있다고 볼 수 있다. 그러므로 이 소설은 어느 감상적인 청년의 사랑과 죽음 이야기로 국한되는 것이 아니라 청년 괴테가 속했던 당대 시민계급의 한계와 결부되어 있다. 베르터는 상관인 공사에 대해 정신적 우월감을 느낀다. 이런 우월감은 직업 세계와 주변 사회에 제대로 편입되지 못하는 좌절감에 대한 보상으로 작용한다. 그러나 베르터는 귀족 모임에서 쫓겨나는 수모를 겪으면서 자신이 시민 계급의 테두리를 벗어나 자유롭게 활동할 수 없다는 사실을 분명히 확인한다.

베르터의 호메로스 수용도 괴테에 비해 일면적이고 주관적인 성격을 띤다. 괴테가 호메로스에게서 표현력뿐만 아니라 행동력도 배웠던 반면, 베르터는 그의 문학에서 사회에서 벗어나 편히 쉴 수 있는 도피처만을 찾고 있다. 결국 두터운 신분의 벽 앞에 좌절한 베르터는 돌파구를 찾지 못하고 독일 시민 계급 특유의 내면화의 길로 들어선다. 그리하여 귀족 모임에서 쫓겨난 후 베르터의 편지는 굴욕적인 관료사회로의 편입을 거부하고 무기력에 빠져드는 과정으로 진행된다. 그는 답답한 가슴에 숨통을 틔우려고 수없이 칼을 집어 들기도 한다. 그러나 그는 결국 시민적 한계에 부딪히면서 로테와의 이룰 수 없는 사랑 때문에 좌절하는 것 말고도 이미 사회로부터 병적으로 고립되면서 죽음에 이르는 병을 앓게 된다.

1790년대 영국의 보수주의자들은 현재의 일반적인 관점과는 달리 괴테를 급진주의자로 보기도 했다. 하인리히 하이네 역시 베르터의 비극적 사랑 이야기나 자살의 문제에만 초점을 맞추는 것을 못마땅해했다. 그는 이 소설이 1770년대가 아니라 1820년대에 쓰였더라면 베르터가 귀족사회에서 추방되는 사건을 소설의 핵심 부분으로 인식했을 거라고 말했다. 그러나 괴테의 동시대인은 계급 문제에 그다지 관심이 없었고, 베르터의 주변 사람들도 귀족사회에 적대감을 표하기보다는 베르터가 상류사회의 모임에 갔다가 험한 꼴을 당했다고 비아냥거리는 정도였다. 사실 베르터 자신도 그 사건이 있기 전에 계급의 차이는 인정하고 있다. 그리고 소설 속에 귀족사회와 평범한 시민 간의 깊은 골이 첨예하게 계속 상존하고 있는 것은 틀림없는 사실이다. 괴테의 동시대인들이 간과했던 이런 점을 언급했다는 점에서는 하이네의 지적이 옳다. 괴테의 경우에도 개인과 사회 간의 갈등이 소설 속이나 자신의 마음속에서 끝까지 완전히 해소되지는 않았다고 볼 수 있다.

후일 바이마르로 괴테를 찾아간 샤를로테

『젊은 베르터의 고뇌』의 주인공 로테와 베르터는 보통 현실에서의 샤를로테와 괴테의 분신으로 알려져 있다. 그러나 대체로 그렇지만 반드시 일치하지는 않는다. 소설 1부에서는 베르터가 괴테를 어느 정도 닮아 있지만, 2부에서는 괴테 친구 예루잘렘의 모습이 반영되어 있기 때문이다. 그리고 로테의 검은 눈은 샤를로테가 아닌 막시밀리아네의 눈을 닮고 있다.

샤를로테와 괴테는 제국법원 도시 베츨라에서 석 달간 사귀며 우정을 나누었다. 그러나 샤를로테에게는 케스트너라는 약혼자가 있었기에 괴테는 불타는 사랑을 뒤로 하고 돌연 베츨라를 떠나버렸다. 괴테는 샤를로테가 둘 사이에 우정 이상의 것은 기대하지 말라고 했기에 상심하기도 했지만, 자신의 고통과 좌절을 그냥 행복의 일부로 받아들였다. 베르터와 로테는 겨우 석 달 동안 만나고 불멸의 연인의 표상처럼 되었다. 그런데 베르터같은 사랑이 현실에서 가능할까? 그는 사랑하는 사람을 위해서라면 모든 것을 바치는 절대적 사랑을 희구했으며, 로테에 대한 사랑 역시 그러한 종류의 사랑이다. 소위 질풍노도식 사랑인 것이다. 베르터는 일을 하며 남는 시간과 그리고 재산에서 필요한 것을 제한 액수를 애인에게 바치는 인간을 속물이라며 경멸한다.

이렇게 볼 때 베르터가 생각하는 이상적인 사랑은 8명의 어린 동생들을 돌보는 소녀 가장이나 다름없는 로테의 모습과 상충된다. 게다가 로테에게는 이미 약혼자나 다름없는 알베르트가 있다. 그가 있어서 베르터가 로테에게 청혼한 것이 아닐까? 베르터는 로테에게서 애정 공세만 퍼부었을 뿐 결혼할 생각은 애당초 없었을지도 모른다. 어찌 보면 순수한 로테의 마음을 헤집어 놓기만 하는 무책임한 사랑이 아닌가.

베르터가 떠나기 전날인 1772년 9월 10일 저녁 알베르트를 비롯하여 세 사람은 같이 만났고, 로테는 어머니의 죽음을 떠올리며 저세상에 대한 것을 주제로 이야기를 이끌었다.

베르터는 헤어지면서 영원한 이별이라면 견디기 힘들겠지만 "우리는 다시 만날 겁니다"라고 말한다. 그러자 로테는 그 말이 작별 인사인 줄 모르고 "내일 보자는 말이겠지요"라며 농담처럼 받아들인다.

그리고 나서 무려 44년 후인 1816년 63세의 샤를로테는 네 살 연상인 괴테가 사는 바이마르를 방문한다. 명목상으로 여동생을 방문한다는 핑계였다. 샤를로테의 남편인 하노버의 궁정 고문관 케스트너는 이미 16년 전에 사망했고, 괴테의 부인 불피우스 크리스티아네 역시 석 달 전 병으로 세상을 떠났다. 그럼으로써 베르터 소설에서 다시 만날 거라고 한 그의 말이 먼 훗날 현실이 된다. 이러한 실제 만남을 형상화한 소설이 토마스 만의 『로테, 바이마르에 오다』이다. 그는 나치의 박해를 피해 스위스와 미국으로 망명하는 중에 이 소설을 집필한다. 그러나 이것도 어디까지나 허구적 소설일 뿐 실제 현실과는 다소 차이가 난다.

샤를로테는 딸 클라라와 함께 여동생 집에 묵다가 괴테의 초대를 받지만, 소설에서는 엘레판트 호텔에 묵는 중에 괴테의 초대를 받는다. 모임의 참석자도 다르다. 실제로는 딸, 여동생 부부와 만나지만 소설에서는 십수 명이 같이 연회에 초대된 것으로 되어 있다. 괴테는 점심 초대 이후로도 로테의 연극관람에 여러 차례 함께 했으며, 괴테 친구가 로테를 초대한 모임에도 합석한 것으로 알려져 있다.

그러나 토마스 만은 샤를로테와 괴테가 딱 한 번만 만난 것으로 알고 그렇게 쓰고 있다. 소설에서 샤를로테가 괴테 전용석에서 연극관람을 마치고 나오는데 괴테가 마차에서 기다리고 있다가 집으로 가면서 둘이 대화를 나누는 장면이 나온다. 그런데 실제로 대화를 나누는지 괴테의 환영과 만나는지 모호하게 처리되어 있다. 『파우스트 박사』에서 아드리안 레버퀸이 실제로 악마를 만나는지 불분명하게 처리되었듯이 말이다.

괴테는 샤를로테와 막시밀리아네를 만나기 전 시골 목사 딸 프리데리케 브리온을 사귀다가 헤어졌다. 괴테, 렌츠, 프리데리케라는 삼각관계에서 괴테는 렌츠로부터 그녀를 빼앗은 뒤 그녀를 버린 것이다. 만난 지 몇 달 후에 벌써 괴테의 편지에는 회의의 음조가 섞이기 시작한다. 괴테는 훗날 자서전에서 아무 목적 없이 품은 청춘기의 짧은 애정을 '밤에 던져진 폭탄'에 비유한다. 즉 폭탄은 밤하늘을 아름답게 수놓지만 결국 그 자리에 떨어져 파멸을 가져온다는 것이다. 그는 영혼의 불안을 느꼈다고 둘러댄다. 괴테는 가장 아름다운 마음의 가장 깊숙한 곳에 상처를 입힌 이 일로 평생 죄책감을 느꼈다고 털어놓는다. 그는 자신의 불확실성을 결별의 이유로 들었다. 결별 선언도 직접 만나서 얘기한 것이 아니라 편지로 했다. 그녀는 괴테의 일방적인 결별 선언에 큰 충격을 받고 평생 독신으로 지낸다. 이 프리데리케에 빠져 있을 때 괴테는 헤르더를 만나 자연, 자유, 감정을 모토로 하는 질풍노도 문학이 탄생하는 계기가 된다. 그리고 1775년 약혼까지 했지만 신분상의 차이로 헤어진 릴리 쇠네만이 있다. 그는 연애를 지성과 무관하게 생각했다. 아름다움, 젊음, 익살과 신뢰감, 성격, 결함, 변덕 그리고 그 밖의 것들 때문에 여성을 사랑하는 것이지 지성 때문은 아니었다. 그는 삶을 살았고 사랑했으며 많은 고통을 받았다. 사실 릴리는 괴테 마음속에 "깊이 진실하게 사랑한 첫 번째 여성이자, 마지막 여성"[6]이었다. 그렇지만 괴테는 반복적인 도주라는 방식으로서만 자신을 구할 수 있었다. 『시와 진실』 제4부를 1830년이 될 때까지 미룬 것도 살아 있었던 릴리의 입장을 고려한 이유도 있었다.

괴테가 '충동과 혼란' 속에서 프리데리케를 마지막으로 보고 그녀와 헤어져 말을 타고 드루젠하임으로 가는 도중 다음과 같은 일이 일어났다. "나는 신체의 눈으로가 아니라 정신의 눈으로 나 자신이 같은 길로 말을 타고 다시 나를 마중 오는 것을 보았다. 더구나 내가 한 번도 입지 않은 금색이 약간 섞인 담회색 옷을 입고. 내가 꿈에서 깨어나 이러한 생각을 떨쳐버리자마자 그 형상이 완전히 사라졌다."[7] 이처럼 "육

---

6 『괴테와의 대화 2』, 앞의 책, 299쪽.

7 야스퍼스, 『정신병리학총론』, 홍성광 외 역, 아카넷 2014, 211쪽.

안이 아니라 심안(心眼)으로"[8] 자신을 향해 말을 타고 같은 길을 오는 자신을 본 괴테는 "8년 후 우연히 같은 옷을 입고 그 길을 따라 프리데리케를 방문하러 갔다."[9] 카를 야스퍼스는 괴테의 사례를 들어 "본래적인 지각 속에서든, 단순한 상상이나 망상, 신체적 의식 속에서든, 자신의 신체를 외부 세계에서 다른 제2의 신체로 지각하는 현상을 분신 망상"[10]이라고 칭한다.

그런데 정작 괴테에 앞서 프리데리케와 사귄 사람은 비운의 천재작가 야코프 렌츠(1751~1792)였다. 그는 괴테와 그 나름 경쟁을 벌이다가 비극적인 결과를 맞고 말았다. 렌츠가 젊은 괴테에 버금갈 정도로 뛰어난 재능을 과시한 것이 괴테에게는 모욕이었기 때문이다. 렌츠는 제젠하임의 목사 딸 프리데리케 브리온을 연모했는데, 렌츠가 그녀에게 편지로 이별 통고를 하기 전에 괴테가 그녀와 사랑에 빠진 것이다. 렌츠에게 프리데리케는 놓치고 싶지 않은 연모의 대상이었다. 하지만 가난한 데다 외모도 보잘것없는 그는 괴테의 적수가 될 수 없기에 "내가 정말 그녀를 사랑해도 될까?"라며 자신의 속마음을 한 친구에게 털어놓은 것이 고작이었다.

---

8 괴테, 『시와 진실』, 전영애, 최민숙 역, 민음사 2009, 635쪽 참조.

9 같은 책, 635쪽 참조.

10 『정신병리학총론』, 앞의 책, 211쪽.

그런데 괴테로서는 렌츠가 자기에 앞서 프리데리케를 사랑한 것을 평생 불쾌하게 생각한 모양이다. 괴테는 후일 제젠하임을 방문했을 때 프리데리케에게서 따끔한 쓴소리를 들었다. 괴테의 연애편지로 자신이 렌츠에게 정숙하지 못한 여자 취급을 받았다는 것이다. 괴테는 수십 년이 지난 1813년 『시와 진실』에서 렌츠에 대해 '프리데리케가 그를 알아주지 않자 유치하게도 자살 소동까지 벌였고', 그가 괴테를 "상상 속의 가장 걸출한 증오의 대상으로 삼고, 모험적이고 망상적인 추적의 표적으로 택했다"[11]며 악담을 늘어놓는다. 그것은 괴테에게 피해를 주고 주위의 동정을 끌어내 그를 파멸시키려는 의도가 깔려 있었다는 것이다.

반면에 샤를로테와의 만남에서는 괴테의 죄책감이 덜하다고 할 수 있다. 괴테는 베츨라를 떠난 후 여기저기를 떠돌다가 여류작가 조피 폰 라 로슈의 딸 막시밀리아네를 만나 다시 사랑에 빠진다. 하지만 그녀가 상인 브렌타노와 결혼함으로써 다시 쓴맛을 보게 된다. 조피의 딸이 후일 괴테를 흠모한 여류작가 베티나인데 그녀는 어머니와 괴테가 서로 사랑하는 사이였다는 것을 알고 크게 놀란다. 로테의 검은 눈이 막시밀리아네의 검은 눈과 닮았기 때문에 샤를로테는 소설에서 은근히 그녀를 질투하고 있다. 샤를로테의 눈은 푸른색

---

11 『시와 진실』, 앞의 책, 783쪽.

이기 때문이다.

『로테, 바이마르에 오다』에서 샤를로테는 엘레판트 호텔에서 여러 사람을 만난다. 유명인의 초상화를 그리는 커즐 양, 괴테의 비서 리머 박사, 철학자 아르투어 쇼펜하우어의 여동생 아델레, 괴테의 아들 아우구스트가 그들이다. 이들과의 대화를 통해 제우스 같은 괴테의 복합적인 면모가 드러난다. 호텔 앞에는 로테를 보려고 군중이 운집해 있다.

리머 박사는 괴테를 열렬히 숭배하면서도 열패감을 느끼며 그가 자신의 지식을 착취한다고 원망 섞인 착잡한 감정을 토로한다. 아델레는 괴테를 자상한 아버지처럼 묘사하면서도 좌중에 폭군처럼 굴기도 하는 변덕스러운 성품의 소유자로 그린다. 그녀가 샤를로테를 찾아온 이유는 자신의 똑똑한 친구 오틸리에가 괴테의 부족한 아들 아우구스트와 결혼하는 것을 막기 위해서이다. 오틸리에는 괴테에 대한 흠모 때문에 그의 아들과 결혼해 마성에 쒼 그를 구원하려고 한다. 반면 아델레의 말에 의하면 아우구스트는 자기 생각은 없이 아버지 괴테가 그녀를 좋게 보고 며느리로 삼았으면 해서 오틸리에와 결혼하려고 한다는 것이다. 괴테가 버릇을 잘못 들여서인지 오틸리에는 사교적인 생활을 즐겼고, 규율을 중시하지 않는 자유분방한 성향 때문에 괴테의 집에 자주 평지풍파를 일으켰다.

이어서 아우구스트가 찾아와 괴테의 근황을 전하고 아버

지가 사흘 후 일행을 점심식사에 초대한다는 소식을 전한다. 샤를로테는 아우구스트에게 그와 오틸리에가 서로 정말 사랑하는지 진지하게 생각해 보라고 충고하지만, 결국 둘의 결혼을 축복해 주고 급기야는 아우구스트를 '아들'이라고 부른다. 그런 태도에서 결혼 전 소녀 가장으로 많은 동생을 돌보고, 결혼 후에는 아홉 명의 자녀를 키운 샤를로테의 깊은 모성애가 드러난다.

그러나 괴테와 샤를로테의 실제 만남은 무미건조한 것으로 그려진다. 괴테의 기록은 1816년 9월 25일 자 일기에 '리델 가족, 케스트너 부인과 함께 점심식사'라는 메모가 전부이다. 샤를로테가 큰아들에게 보낸 편지에서도 사정은 비슷하다. "너도 알다시피 나는 이번 만남에 별로 기대를 걸지 않았고, 그래서 전혀 스스럼없이 대했단다. 그 사람도 태도가 뻣뻣하긴 했지만 그래도 나한테 상냥하게 대하려고 무척 애쓰더구나."[12]

그러나 식사에 참석한 클라라의 편지는 좀더 직설적이다. 샤를로테의 딸로 엄마가 괴테를 만나는 것에 심통을 부리곤 하는 그녀는 괴테의 가슴에서 감동이라는 것을 찾아볼 수 없었다며 괴테의 말은 '너무 진부하고 피상적이었다'라고 불만을 피력한다. 심지어 클라라는 식사 자리에서 괴테의 딱딱한

---

12 『로테, 바이마르에 오다』, 임홍배 역, 창비 2017, 519쪽.

태도를 꼬집어 말했고, 궁정 재무관인 이모부 리델은 클라라의 무례한 말에 용서를 구했다고 한다.

샤를로테는 괴테와 개인적인 대화를 나누지 못해 실망하지만 그가 젊은 시절 샤를로테와의 추억을 암시하는 일화를 들려주어 얼굴을 붉힌다. 또 그 옛날 괴테와 헤어진 후 자신이 선물로 보내준 실루엣 그림을 그가 아직도 보관하고 있다고 보여줘서 그녀의 마음이 어느 정도 풀린다. 그런데 괴테식의 사랑은 여성의 입장에서 보면 원망을 살 수 있는 도피적인 사랑이다. 그의 사랑은 여성을 수단으로 삼아 더 높은 예술의 세계로 나아가기 때문이다. 괴테의 사랑은 '아이도 생기지 않는 키스'로 끝나고 괴테는 매번 사랑이 무르익으려는 순간 달아나고 만다.

소설에서 로테는 베르터에게 하필 남의 아내가 된 자신을 좋아하느냐, 임자가 있는 몸이라서 오히려 마음 놓고 덤비는 게 아니냐고 따진다. 이렇게 보면 괴테에게 사랑은 예술의 원재료에 불과하다. 괴테에게는 원형 식물이 있듯이 원형 여성이 있는 것이다. 괴테는 사랑을 하면서도 속으로는 예술을 염두에 둔다. 노년의 괴테 역시 "예술을 위해서라면 얼마든지 사랑과 인생과 인간을 배반할 용의가 있다"라고 시인하고 있다.

이렇게 보면 사랑에 걸려든 당사자가 볼 때는 그것이 불쾌한 일이고 치명적인 독이 될 수 있다. 아델레는 괴테가 오틸리에를 며느리로 점찍은 것은 그녀가 젊은 시절의 로테를 닮았기 때문이라고 말한다. 그렇다면 아들이 아니라 괴테가 그 귀여운 처자를 좋아하는 셈이다. 아들 아우구스트도 오틸리에가 로테와 닮았음을 강조한다.

소설 끝부분에서 연극관람을 마친 샤를로테는 마차 속에서 환영인지 실제인지 구분이 안 되는 괴테에게 반말로 대화를 나눈다. 괴테가 샤를로테에게 '청산되지 않은 빚'에 대해 사과하자 그녀는 자기가 아닌 프리데리케에게 사과해야 한다고 질타한다. 괴테의 진정한 첫사랑인 그녀는 그에게 버림받은 후 혼자 쓸쓸히 여생을 보내다가 몇 년 전 세상을 하직하고 말았다. 샤를로테는 그런 그녀에 대해 스스로 자신의 길을 개척하지 못했다며 안타깝게 생각한다. 괴테는 자신이 사랑한 여성들도 이름은 다르더라도 다 같은 유일한 존재라며 샤를로테에 대한 사랑이 변함없음을 우회적으로 고백한다. 이로써 44년 만에 만난 두 사람은 젊은 시절의 사랑을 재확인한다.

고전주의 이념을 담은 「노벨레」

괴테의 「노벨레」(1826)는 산악지대에 위치한 어느 조그만 나라의 이야기이다. 소설은 자본주의가 막 태동하는 시기를 그리고 있다. 산악 지역과 평지와의 교역이 원만하게 이루어지고 있다. 나라의 백성들은 활발하고 근면하게 살아가고 있다.

영주는 손님들과 사냥에 나가고, 영주 부인은 후작인 숙부, 시종이자 마구간지기 호노리오를 데리고 산행에 나선다. 부인은 그곳 숲속의 평화로운 주민들을 불안하게 할까 봐 멀리 산속으로 들어갈 계획이다. 부인 일행이 사람들로 북적이는 장터를 지난다. 사람들은 즐거운 마음으로 젊은 숙녀를 바라보며, 나라의 퍼스트레이디가 가장 아름답고 우아하다는 사실에 미소 지으며 즐거워한다. 여자들은 필요 이상의 레이스 장식과 리본에 만족하고, 남자들은 획일적이라야 만족한다.

교외로 통하는 탁 트인 장소에 도달하자 수많은 노점과 소매점 가판대의 끝에 비교적 큰 판잣집이 나타난다. 거기서 귀청을 찢는 커다란 울음소리가 들려온다. 거기에 전시된 맹수에게 사료를 줄 시간이 다가온 모양이다. 사자가 숲과 황야에서 울부짖던 어마어마한 소리를 내자 말들이 두려움에 몸서리를 친다.

무어인에게 덤벼들려는 사자를 보고 후작이 말한다. "사람들이 내부의 일도 마찬가지로 생각하도록 호랑이가 분노에 차 무어인을 습격해야 합니다. 살인하거나 때려죽이는 것, 화재나 파멸로는 아직 충분치가 못해요. [……] 착한 사람들은 겁을 먹을 필요가 있지요. 자유롭게 숨을 쉴 수 있다는 게 얼마나 멋지며 칭찬할 만한지를 나중에 제대로 느낄 수 있도록 말입니다."

탁 트인 곳에 올라가니 웅장한 성과 위쪽 도시, 아래쪽 도시, 장터의 노점과 강도 내려다보인다. 이때 장터에서 불이 나기 시작하는 것이 보인다. 시종은 성이나 도시에 불에 대한 대비가 완벽하니 안심하라고 말하지만 영주 부인에게는 연기가 넓게 퍼지고 불꽃이 활활 타오르는 모습이 보이고, 우지끈 꽝 하는 소리가 들리는 것 같다.

그래서 서둘러 골짜기로 들어서 내려오는데 저 아래 골짜기의 덤불에서 호랑이가 보인다. 불이 나자 놀라서 우리에서 뛰쳐나간 모양이다. 괴수가 풀쩍 뛰어오르면서 다가오고 있다. 호노리오가 방아쇠를 당겼으나 총알은 빗나갔다. 부인이 말을 마구 몰아대자 말은 땅에 푹 쓰러지고 호랑이는 가까이 접근하고 있다. 호노리오가 재차 권총을 발사해 머리를 관통시키자 괴수는 고꾸라진다. 가죽은 부인을 즐겁게 해주기 위해 쓸 예정이다. 시종은 영주에게 부탁해 휴가와 여행을 보내주게 해달라고 부인에게 간청한다.

이때 호랑이의 주인인 듯한 어떤 여자와 소년이 다가와 무릎을 꿇고는 눈물을 흘린다. 여자는 호랑이가 평소에 온순한 동물이라며 통곡을 한다. 그런데 몸집이 큰 사내의 말에 따르면 사자도 달아났다는 것이다. 사내는 사자를 보호해 주고 죽임을 당하지 않도록 자비를 베풀어 달라고 영주에게 애원한다. 사내는 쇠 우리를 가져올 때까지 아내와 아이가 짐승을 길들여 조용히 있게 하겠다고 말한다.

사내는 피리를 불고 셋이 소리 높여 노래를 부른다.

"지상에서는 영원한 자가 다스린다.
그의 눈길이 바다를 지배하기 때문에
사자들은 어린양이 되어야 해
그러면 파도가 요동치며 물러가지.
번쩍이는 검이 내리치는 중에 굳어진다.
믿음과 희망이 이루어졌다.
기도 속에서 모습을 드러내는 사랑이
놀라운 힘을 발휘하였구나."

사자를 우리 안으로 무사히 데려와야 하는 과제는 어린 소년한테 맡겨진다. 신의 질서에 대한 인식과 신앙심에서 비롯하는 경건함이 이들 동양인 가족의 말에서 드러난다. 이들이 언어와 생각은 단순하고도 자연스럽다. 그러기에 이들의 언어는 순수하게 들리며, 감동적으로 사람의 마음에 파고든다. 이들 언어에서 표현되는 것은 바로 '신의 세계에 대한 고지'이며, 모든 피조물이 나름의 지각을 갖고 있다는 확신이다. 비록 세상사가 불합리하고 이들 가족에게 불리한 것처럼 보이지만, 그들은 이런 현실에 절망하지 않는다. 이 모순 뒤에 창조주의 질서가 주재하고 있음을 경건한 마음으로 믿기 때문이다. 야성과 불가항력에 대한 도전은 소년의 사랑과 경건함에 의해 승리를 거둔다. 이들이 여러 가지 노래를 부르는 동안 사자는 소년의 바로 옆에 앉고 자신의 앞발을 그의 무릎에 올려놓자 소년은 계속 노래를 부르며 앞발을 쓰다듬는다. 그리고 사자의 발가락 사이에 박힌 가시를 빼내 주고는 자신의 비단 목도리로 짐승의 앞발을 묶어준다. 그러고는 아이는 피리를 불며 노래 부른다.

> "그리하여 축복받은 천사는
> 착한 아이들에게 기꺼이 충고하지요.
> 나쁜 생각을 막아내고
> 선행을 하도록.
> 그리하여 경건한 뜻과 선율이
> 마법으로 사로잡으려고
> 사랑스런 아이들의 부드러운 무릎에
> 숲속의 제왕을 불러내지요."

이처럼 우리를 탈출한 호랑이를 쏘아 죽인 젊은이와는 달리 아이는 피리를 불면서 위험한 사자를 부드러운 노래로 어우르고, 사자는 아이 옆에 붙어 앉아 정겨운 친구가 된다. 무시무시한 맹수 얼굴은 이제 정겨움과 감사의 표정으로 바뀌고, 아이는 무적의 승리자처럼 보인다. 그렇다고 사자가 패배자처럼 보이지도 않는다. 사자의 힘은 몸속에 숨겨져 있고, 그것은 길들여져 스스로의 평화로운 의지에 모든 것을 내맡긴 것처럼 보인다.

소년이 부르는 노래에 사람들은 그들이 처한 위험도 잊고 만족하고 감동받은 듯한 모습을 보인다. 이들 사이에는 완전한 적막함만이 흐른다. 호노리오는 "우선 자신을 극복하라"는 여인의 말에 동의하듯 미소짓는다. 자기 극복이란 절제되지 못한 자신의 감정이 질서를 찾는 것이며, 세상 질서와의 화해이고, 자신의 입장에서는 체념을 의미하는 것이다.

영주와 영주 부인은 자리를 뜨고, 소년의 부모도 자리를 비켜준다. 텅 빈 극장의 무대 위에서처럼 이제 소년과 사자만 남아 있다. 소년이 사자의 가시를 뽑아주자 숲의 제왕은 마치 길들어진 가축처럼 소년에게 감사함과 다정함을 표현한다. 소년은 신의 현존을 찬양하며, 기쁜 마음으로 사랑을 통한 승리를 노래한다. 여기서 영주 가족은 이상적으로 근대화된 문명사회를 보여주는 반면, 이와 대조적으로 문명사회에 바깥에서 자연에 순응하며 살아가는 원시적이고 원초적인 동양인 가족이 등장한다. 집시처럼 떠돌아다니는 이 서커스 가족은 서커스 일원인 동물들도 신의 피조물로서 그 나름대로 존재의 의미를 지녔다고 생각한다. 또 인간이 그들을 길들일 수 있는 것도 신의 은총이라 여기며, 한 가족처럼 생명의 고귀함과 그들의 현명함을 믿는다.

이 작품은 괴테가 77세인 1826년에 쓴 노벨레로, 대가의 고전주의 이념이 잘 드러난 수작이다. 괴테는 에커만의 『괴테와의 대화』에서 노벨레를 쓰게 된 동기를 말한다. "제어하기 어렵고 극복하기 어려운 것은 때로는 강제력에 의해서가 아니라 오히려 사랑과 경건한 마음을 통해 해결될 수 있음을 보여주려는 게 이 노벨레의 목표였네. 아이와 사자의 모습으로 구현되어 있는 이러한 아름다운 목표가 나의 창작을 이끌어주었던 걸세. 바로 이것이 이상적인 것이고, 바로 이것이 꽃인 셈이야. [……] 우리들 내부의 보다 고귀한 본성에 정말로 도움이 되는 것은 오직 시인의 마음으로부터 솟아 나오는 이상적인 것일 뿐이네."[13]

에커만이 「노벨레」의 시로 끝나는 갑작스러운 종결 부분을 불만스럽게 생각하자, 괴테는 종결부에 다른 인물들을 등장시키거나 그들에 대한 언급을 하며 끝냈다면, 이 전대미문의 사건에 대한 놀라운 효과가 반감되었을 거라고 설명한다. 괴테는 에커만의 이해를 돕기 위해 나무와 비유하여 노벨레 이론을 설명한다. "나무는 뿌리에서 나와 사방으로 푸른 잎을 뻗지만 결국 꽃으로 끝을 맺지요. 그 꽃은 뜻밖이고 놀랍

---

13 『괴테와의 대화 1』, 앞의 책, 300쪽.

습니다. 푸른 잎들의 작업은 단지 이 꽃을 위해 존재하며, 꽃이 없다면 아무 소용이 없는 일이지요."[14]

이 노벨레는 한편으로는 인간적이고 법 규정에 따르는 질서, 다른 한편으로는 이 인간 세계의 질서와 자연의 질서를 위협하는 근원적인 자연력과 야생적인 것의 갈등을 다루고 있다. 양자 대립의 화해는 완력을 통해 이루어지는 것이 아니라 사랑과 경건함 속에서 이루어진다. 따라서 이 작품은 평화롭게 인도주의적으로 끝을 맺는다. 화해의 순간이라 할 수 있는 '사랑과 경건함'은 서로 적대시하는 다툼이 아니라 상대방에 대한 다정한 포용에 있다. 존재하는 모든 것은 그 나름대로 직접 신과 연결되어 있으며, 인간은 이런 높은 의지를 신뢰하고 이에 따라야 한다. 경건함이란 용감함이나 유능함을 뜻하는 것이 아니라 신을 경외하는 것을 의미한다.

음악의 카타르시스적 효과를 인식한 괴테는 예술에서 디오니소스적인 것을 아폴로적인 것으로 순화시키려고 했다. 오르페우스의 음악처럼 음악이 사자에게 영향력을 행사한다. 자연의 제왕은 달콤한 피리의 선율에 순종하며 순진무구한 소년이 인도하는 대로 따라간다. 모든 영원함 속에서 작용하는 드높은 존재가 눈에 보이지 않게 개입하고 있기 때문이다. 피리 소리로 사자를 길들인다는 감동적인 주제는 괴테가

---

14 같은 책, 300쪽.

1797년에 이미 실러, 훔볼트와 의논했지만 그들은 그 주제로 글을 쓰는 것을 말렸다고 한다.

노벨레는 본래 이탈리아 작가 조반니 보카치오의 『데카메론』을 원형으로 하는 문학 장르의 명칭으로, 독일에서는 18, 19세기 및 20세기 초 괴테, 하인리히 폰 클라이스트, 게르하르트 하우프트만, 토마스 만, 프란츠 카프카 등의 작가들에 의해 발전되었다. 특히 괴테는 노벨레의 이론을 제시하여 노벨레를 '예기치 않은 전대미문의 사건'으로 규정하기도 했다. 「노벨레」는 장르 명칭이 그대로 작품명으로 사용되고 있는 것만으로도 괴테의 노벨레 이론이 작품의 실제 속에 충실히 반영된 작품임을 짐작하게 한다. 노벨레는 실제로 일어난 엄청난 일이나 가공의 충격적인 사건(화재·지진·역병·전쟁·홍수 등)에 바탕을 둔 이야기로 역설적인 어조로 끝나는 짧은 줄거리, 세련되고 부드러운 문체, 감정의 억제, 주관적인 표현 대신 객관적인 표현 등을 특징으로 한다. 이 작품에서도 평화로운 궁성과 백성들의 평온한 삶 속에서 일어난 대화재와 맹수들의 탈출이라는 전혀 예기치 않은 끔찍한 사건이 줄거리를 이끌면서 인간과 자연의 상생과 조화라는 중심 모티브를 형성한다.

이 작품은 사람과 맹수와의 교감을 소재로 인간과 자연이 평화롭게 공존하는 이상적 세계상을 그림으로써 세계의 조화와 균형이라는 고전주의 문학 이념을 고스란히 담고 있다.

피리 부는 소년은 무조건 맹수를 죽이려 하지 않고 지혜롭게 내부의 평화로운 의지가 깨어나도록 한다. 맹수는 신비로운 노래를 부르며 피리를 불어주니 다소곳해진다. 괴수라고 지칭되는 사나운 맹수도 때로는 압박과 강제력이 아니라 신의와 성실, 사랑과 경건한 마음으로 순화시켜 충분히 길들일 수 있다는 것이다.

괴테의 고뇌와 아픔

괴테는 거의 모든 면에서 최고 경지에 이른 거인 같은 완벽한 인물이다. 그러니 우러러볼지언정 인간적으로 좋아하고 사랑하기에는 어딘지 썩 내키지 않는 점도 있다. 병적인 것을 싫어하고 건강한 것을 사랑하는 그지만 자신도 라이프치히 대학 시절과 실러가 사망하기 전후 중병을 앓아 목숨이 위태로운 적도 있었다. 매년 요양지를 찾아다닌 것도 몸이 좋지 않아서였다. 그런데 평생 행복하게 살고 잘 지냈을 것 같은 괴테도 만년에 비서에게 털어놓는다. "평생 동안 단 한 달이라도 진정으로 즐겁게 보냈노라고 말할 수 없다."[15]

즉 마음 편히 산 적이 거의 없다는 말이다. 당시 문화 권력의 핵심에 있던 괴테의 말은 곧 진리나 마찬가지였다. 그는 문학의 제우스, 오딘(보탄)과 같은 존재였다. 괴테는 비서 에커만과의 대화에서 그의 인격을 걸고넘어지는 사람들에 대한 불만을 털어놓는다. 괴테의 재능에 대해서는 누구도 이의를 제기할 수 없기 때문이다.

"내가 거만하다느니 이기적이라느니 젊은 인재들에 대해 질투심이 많다느니 육욕에 빠져 있다느니 기독교를 믿지 않는다는 등 별의별 말을 다 하다가 마침내는 나의 조국과, 내가 사랑하는 독일 사람들에 대해 애정이 없다는 말까지 하는 걸세."[16]

어느 정도는 맞는 말이다. 하지만 괴테는 시인의 애국을 일반인의 그것과 다르게 본다. 또한 재능 과잉의 괴테는 겸손을 좋게 보지 않는다. 하이네도 재능은 있지만 인격이 없다는 비난을 받았다. 이 점에서 쇼펜하우어도 괴테의 후계자다. 재능이 뛰어난 사람이 겸손을 떠는 것은 위선이라는 것이다. 동양과는 다른 사고방식이다. 『이 사람을 보라Ecce homo』에서 "나는 왜 이리 영리한가"라고 외치는 니체 역시 마찬가지다.

괴테가 젊은 인재들에 대해 질투심이 많다는 것도 어느 정도 사실이다. 친구 렌츠는 괴테와 맞먹으려다가 바이마르에

---

15 『괴테와의 대화 1』, 앞의 책, 110쪽.
16 『괴테와의 대화 2』, 앞의 책, 314쪽.

서 쫓겨나 이곳저곳을 떠돌다가 미쳐버렸다. 괴테는 요한 크리스티안 횔덜린과 클라이스트를 평가하고 인정하는 것에도 인색했다. 위대한 시인이지만 괴테에게 외면당한 횔덜린은 장수했지만 인생의 중반부에 미쳐버렸고, 뛰어난 작가였지만 괴테의 인정을 받지 못한 클라이스트는 30대 중반에 베를린의 반제에서 권총 자살로 삶을 마감했다.

괴테가 뭇 여성으로부터 창조력을 얻었다는 것은 유명하다. 근데 최근에 놀라운 사실이 밝혀졌다. 괴테는 바이마르에 가서 백작 부인인 폰 슈타인과 유명한 플라토닉 러브를 했는데 실은 염문 상대가 바이마르의 대공 아우구스트의 어머니 아말리아였다는 것이다. 1875년 괴테가 바이마르에 갔을 때 그녀는 20대 초에 남편을 잃은 후 17년 동안 용의주도하게 공국을 통치하고 있었다. 괴테는 후일 그녀를 '완전한 인간적 분별력을 지닌 완벽한 여왕'이라고 칭했다. 그녀는 크리스토프 마르틴 빌란트, 헤르더 등 학자와 예술가들을 주위에 불러모아 학문과 예술을 다양하게 진흥시켰다. 그녀는 이런 탁월한 사람들의 모임을 통해 공국과 독일 전체를 위해 그토록 활력 있고 중요한 작용을 한 모든 것의 근거를 마련했다. 그럼 괴테를 바이마르로 부른 것도 대공 아우구스트가 아니라 그의 어머니란 말인가? 또 슈타인 부인에게 1600여 통의 편지를 보냈다는데 그럼 최종 목적지는 아말리아일지도 모른다. 하긴 괴테는 폰 슈타인 부인과는 지척에 살았기에 그렇게 많은 편지를 보낼 필요도 없었을 것이다. 괴테의 『이탈리아 기행』에도 아말리아의 안부를 묻는 구절이 나온다.

괴테는 자유의 문제에 무관심하다는 비난을 받기도 했다. 그는 폭력 혁명을 통해 정치적 폐해를 제거하려는 생각에 거리를 두었다. 혁명의 잔인함이 그를 화나게 하는 반면, 혁명의 선행 결과는 찾아볼 수 없었기 때문이다. 그는 1824년 에커만에게 자신이 프랑스 혁명의 친구가 될 수 없었음을 토로한다. 그는 프랑스에서 필연적으로 일어난 일을 독일에서 인위적인 방법으로 비슷하게 일으키려는 것에 수수방관 할 수 없었다. 정부가 지속적으로 공정하게 깨어 있어서 시의적절한 개선을 통해 혁명의 요구를 받아들이고, 필연적인 것이 아래로부터 강요될 때까지 버티지 않는다면 그 순간부터 혁명이 불가능하다는 것이다. 그렇지만 혁명을 혐오한다고 사람들이 그를 기존하는 것의 친구라는 애매한 칭호도 거절하고 싶어 한다. 또한 시간은 끊임없이 계속 앞으로 나아가기 때문에 1800년에 바람직해 보였던 제도도 1850년이면 벌써 결함 투성이의 제도로 변할 수 있다고 말한다. 혁명적인 구호도 민족주의적인 구호도 그에게는 낯선 것이었다. 이런 그를 청년 대학생들은 좋아하지 않았다. 그는 정치적으로 불명료한 시절에는 전쟁의 밤이 지나고 평화의 날이 밝아 올 때 필수적인 프로메테우스의 불이 꺼지지 않도록 작업장을 고수하며, 학문과 예술의 신성한 불을 세심하게 보존하는 것이 최선이라고 믿었다.

조국을 사랑하지 않는다는 비난에 대해서도 괴테는 다르게 응수한다. "평생에 걸쳐 해로운 편견과 맞서 싸우고 편협한 견해를 제거하고 국민정신을 계몽하고 또 국민의 미적 감각을 순화시키고 국민의 지조와 사고방식을 고상하게 만들려고 노력해 왔다면, 그게 애국이다."[17] 그는 작가란 자유로운 시선을 갖고 여러 나라 위에 떠 있는 독수리와 같다고 말한다. 독수리에겐 자기가 사로잡는 토끼가 프로이센 땅에 있든 작센 땅에 있든 상관없기 때문이다. 그는 정치적인 파당에 가입하는 것을 멸시하고 싫어한다. 군인의 애국이란 자신의 본업을 망각하고 정치 일선에 뛰어드는 것이 아니라 병사들을 잘 훈련시키고 규율과 질서를 잘 지키도록 하는 것이다. 군인은 섣불리 정치에 나서지 말고 유능한 군인으로서 자신의 본분을 다하는 것이 애국이라는 것이다.

괴테가 친불적, 친나폴레옹적이고 프로이센을 싫어한 것은 사실이다. 7년 전쟁 때 자기 집에 주둔한 장군인 프랑스 백작으로부터 세련된 프랑스 문화를 접하고 반했기 때문이다. 괴테 집의 어린이와 여자들은 어른들과는 달리 프랑스적인 것을 좋아했다. 하지만 만년에 괴테는 자기가 친불적인 것은 프랑스를 극복하기 위한 것이라고 털어놓는다. 그리고 프

---

17 『괴테와의 대화 1』, 앞의 책, 736쪽.

랑스의 젊은이들이 잡지에 자신의 작품을 읽고 비평한 것을 뿌듯하게 생각한다. 물론 중년 이후에는 셰익스피어를 좋아했으니 친영적이기도 했다. 그의 필생의 작업은 프랑스와 영국에 맹종하는 것이 아니라 두 선진국을 넘어서기 위한 것이었다. 괴테는 만년에 문화적으로는 영국, 프랑스를 어느 정도 따라잡았다고 자평하며 흐뭇해했다. 그러니 그의 입장은 친불보다는 지불, 지불보다는 극불이 맞는 표현이라 하겠다.

괴테는 '이성이 대중화된다는 것은 바랄 수도 없는 일'이라며 대중이 감정에 휘둘리는 것을 아쉽게 생각했다. 그는 적대자들로부터 기독교 신앙이 없다는 비난을 받았지만 그들의 신앙이 너무 편협해서 그들 식의 신앙을 갖지 않았을 뿐이라고 반박한다. 당시 무신론자라는 것은 빨간 딱지나 다름없었다. 내세를 믿는지 집요하게 물어대는 어떤 인간에게 괴테는 "저세상에 가면 내세가 있느니 없느니 그따위 질문하는 사람이 제발 없었으면 좋겠다"라며 어리석은 질문에 현명한 대답을 했다. 그는 사실 시인과 예술가로서는 다신론자인 반면 자연과학자로서는 범신론자라고 할 수 있다. 그는 만년에 들어 도그마적으로 경직된 모든 종교관을 젊은 시절보다 더욱 강하게 거부했다. 그는 문학적으로 은폐한 범신론과 사적으로 이용한 기독교 사이에서 윤리적 인본주의를 주장하면서, 자기 본성의 다양성으로 인해 어느 한 가지 사고방식에 점점 더 만족할 수 없게 되었다. 매 순간 영원성이 자신에게 현존한다면 우리는 무상한 세월 때문에 괴로워하지 않게 된다.

괴테는 자신의 생일을 축하하러 1831년 8월 말 일메나우의 키켈한 산 정상에 위치한 사냥꾼 오두막으로 간다. 그것이 그의 마지막 생일이 되었다. 그곳에서 그는 1780년 9월 7일 벽에 써놓은 자신의 시를 보고 회한에 잠긴다. 그는 손수건을 꺼내 눈물을 닦으며 슬픈 어조로 시의 한 구절을 읊는다. "그래, 기다려라, 너도 곧 안식을 얻을지니."

요한 볼프강 폰 괴테 연보

1749~1765 프랑크푸르트 암 마인

1749년 8월 28일 독일의 프랑크푸르트 암 마인에서 태어남. 요한 볼프강이라고 명명. 법학박사인 아버지 요한 카스파르 괴테(1710~1782)는 이탈리아, 프랑스 등지를 여행한 학문이 깊고 부유한 명목상의 황실 고문관이었음. 어머니 카타리나 엘리자베트(1731~1808)는 프랑크푸르트 시장의 딸로, 엄격한 아버지 요한 볼프강 텍스토르와는 달리 명랑 쾌활하며 이해심이 깊은 여인이었음.

1750년 누이동생 코르넬리아 출생(남동생 둘, 누이동생 둘은 출생 후 얼마 안 되어 사망)

1752년 3년간 유치원 다님.

1953년 크리스마스 날 외할머니로부터 인형극 상자를 선물 받음.

1755년 부친의 감독하에 독일어, 프랑스어, 라틴어, 수학, 성서 등을 배움. 리스본에 지진이 일어나자 괴테는 종교적 충격을 받음.

1757년 조부모에게 신년 시를 지어 보냄. 이것이 보존된 것 중에서 가장 오래된 것임.

1759년 프랑스군이 프랑크푸르트 점령. 괴테의 집에 머문 군정장관 토랑 백작을 통해 미술과 프랑스 연극을 접하게 되고 인형극을 통해 파우스트를 알게 됨.

1763년 연상의 평민 소녀 그레트헨과 사랑에 빠지지만 이듬해 연락이 두절됨.

1764년 요제프 2세가 신성로마제국의 독일 황제로 즉위. 괴테는 관람객들 틈에서 대관식을 구경함.

1765~1768 라이프치히

1765년 라이프치히 대학에 입학하여 법학을 전공. 그러나 베리쉬, 슈톡, 외저 등의 예술가와 사귀며 법률보다 문학, 의학, 판화에 열을 올림. 그리스 예술사가 빙켈만의 글을 읽고 레싱의 연극도 관람함. 「그리스도의 지옥행」에 관한 시상을 씀.

1766년 여관 주인 쇤코프의 딸 아나 카타리나 쇤코프와 사귀며 그녀에게 시집 『아네테Annette』를 바침.

1768~1770 프랑크푸르트 암 마인

1768년 희곡 『연인의 변덕Die Laune des Verliebten』 완성. 쇤코프와 이별. 6월에 빙켈만의 살해 소식을 듣고 충격을 받음. 7월 말 각혈을 동반한 폐결핵에 걸려 학업을 중단하고 귀향. 1년간 요양함. 어머니 친구인 경건주의자 클레텐베르크와 교제.

1769년 희곡 『공범자들Die Mitschuldigen』 완성. 죽음을 몰고 올 뻔했던 병에서 회복. 신비주의와 연금술에 관심을 쏟음. 최초의 시집 『새로운 노래』 출판.

1770~1771 슈트라스부르크

1770년 슈트라스부르크 대학 입학하여 법학 공부. 『독일 건축술에 관해서』 집필. 슈트라스부르크에 눈병 치료차 온 헤르더를 만나 많은 영향을 받음. 10월 제젠하임의 목사 딸 프리데리케 브리온(Friederike Brion)과 사랑에 빠져 많은 서정시를 남김.

1771~1772 프랑크푸르트 암 마인

1771년 교회사 문제를 다룬 학위 논문이 민감한 내용으로 불합격 처리되고 대신 이에 준하는 학위로 학업을 마침. 8월 프리데리케 브리온과 헤어짐. 고향에서 변호사 일을 시작하지만 문학에 몰입하여 질풍노도풍의 희곡 『괴츠 폰 베를리힝겐Götz Berlichingen』 집필. 『파우스트』 구상.

1772 베츨라

1772년 베츨라 소재 제국고등법원에서 법률가 수습 생활. 『젊은 베르터의 고뇌Die Leiden des jungen Werther』에 등장하는 로테의 모델이 된 샤를로테 부프(Charlotte Buff)를 연모하나 약혼자 케스트너가 있어 포기함. 법원 동료 예루잘렘이 베츨라에서 권총 자살함.

1772~1775 프랑크푸르트 암 마인

1773년 『파우스트Faust』 집필 시작. 『괴츠 폰 베를리힝겐』 출간. 『에르빈과 엘미네Erwin und Elmine』 집필 시작.

1774년 4월에 소설 『젊은 베르터의 고뇌』 출간. 『괴츠 폰 베를리힝겐』 초연. 희곡 『클라비고Clavigo』 탈고. 당대의 대시인 클롭슈토크와 서신을 주고받음. 라바터, 바제도브와 함께 란과 라인 지방 여행.

1775~1786 바이마르

1775년 시 「마호메트Mahomet」, 「프로메테우스Prometheus」 씀. 오페레타 『에르빈과 엘미레』 탈고. 희곡 『스텔라Stella』 탈고. 프랑크푸르트 은행가의 딸 릴리 쇠네만과 약혼 후 반년 만에 파혼. 10월 바이마르의 카를 아우구스트 대공의 초청을 받아 바이마르를 방문함.

1776년 바이마르에 정착하기로 결심. 7월 추밀 참사관에 임명. 샤를로테 폰 슈타인 백작 부인과 애정 관계를 시작함. 광물학 연구.

1777년 『빌헬름 마이스터의 연극적 사명Wilhelm Meisters theatralische

Sendung』집필 시작. 5월에 베를린, 포츠담 등지를 여행. 여동생 코르넬리아 사망.

1778년 희곡『에그몬트Egmont』집필 시작.

1779년 국방위원회 및 도굴공사위원회의 지도를 맡음. 희곡『타우리스의 이피게니에Iphigenie auf Tauris』산문본 완성. 추밀 참사관에 임명됨. 다섯 달 동안 스위스 방문.

1780년 광물학 연구에 몰두. 바이마르 극장 신축.『타우리스의 이피게니에』수정본 탈고. 희곡『타소Tasso』집필 시작.『파우스트』원고를 아우구스트 공 앞에 낭독한 것이『초고 파우스트』의 기반이 됨.

1781년 해부학 강연.

1782년 독일 황제 요제프 2세에 의해 귀족 작위를 받음. 아버지 사망.『빌헬름 마이스터의 수업 시대Wilhelm Meisters Lehrjahre』집필 시작.

1783년『젊은 베르터의 고뇌』개작. 두 달간 하르츠 여행.

1784년 괴테, 악간골(顎間骨) 발견.

1785년 식물학 연구 시작.『빌헬름 마이스터의 연극적 사명』탈고.

1786~1788 이탈리아

1786년 카를 아우구스트 공, 슈타인 부인, 헤르더 등과 휴양 차 카를스바트에 머물다가 8월 몰래 이탈리아 여행길에 올라 화가 티슈바인, 앙겔리카 카우프만, 고고학자 라이펜슈타인 등과 교제하며 이탈리아 고대 유물에 관심을 가짐. 1788년 6월에 바이마르에 돌아옴.『타우리스의 이피게니에』를 운문 형식으로 개작.

1787년 이탈리아에 좀더 머물며 나폴리와 시칠리아까지 둘러봄.『에그몬트』를 완성하여 원고를 바이마르로 보냄.

1788~1832 바이마르

1788년 6월에 스위스를 거쳐 바이마르로 돌아옴. 귀환한 후 슈타인 부인과 소원해짐. 아내가 될 크리스티아네 불피우스(Christiane Vulpius)와 동거 시작, 실러(Friedrich von Schiller)와 처음 만남. 실러는 괴테의 주선으로 예나 대학 역사학 교수 자리를 얻음.『로마의 비가Römische Elegien』집필 시작.

1789년 『토르콰토 타소Torquato Tasso』탈고. 크리스티아네가 아들 아우구스트를 낳음(그 후 네 명의 아이를 낳았으나 아우구스트를 제외하고 모두 어려서 사망함).

1790년 『파우스트』미완성 단편 발표. 두 번째 이탈리아 여행. 색채론과 비교해부학 연구에 몰두.

1791년 바이마르에서『에그몬트』첫 상연. 괴테의 감독하에 궁정극장 개장. 9월 아우구스트 공을 따라 프랑스 원정에 참가. 이때의 경험으로『프랑스 종군기Campagne in Frankreich』를 집필함.

1792년 프랑스 혁명군에 대항하는 독일 연합군에 소속되어 베르탱 공방전에 참가.

1793년 연합군의 일원으로 프랑스군 점령지인 마인츠 포위전에 참전했다가 8월에 귀환함. 이때의 체험을 살려『흥분한 사람들Die Aufgeregten』집필.

1794년 새로 건립된 예나의 식물원을 맡아 관리. 실러가 바이마르의 괴테 집에 머뭄. 식물의 원형에 대한 대담.『빌헬름 마이스터의 편력시대』개작. 실러가 발행하는 잡지〈호렌Die Horen〉에 연작시「로마의 비가」기고.

1795년 「동화Märchen」발표.『독일 피난민과의 대화Unterhaltungen deutscher Ausgewanderten』출간. 훔볼트 형제와 함께 해부학 이론에 관심을 가짐. 실러와 공동으로 경구집『크세니엔Xenien』출간

구상.

1796년 『빌헬름 마이스터의 수업시대』 출간.

1797년 세 번째 스위스 여행. 프랑크푸르트에서 어머니를 마지막으로 봄. 서사시 『헤르만과 도로테아Hermann und Dorothea』 집필. 『파우스트』 집필에 재착수하여 '헌사', '천상의 서곡', '발푸르기스의 밤'을 완성함. 「노벨레Novelle」 구상.

1798년 『식물 변형론Die Metamorphose der Pflanzen』 출간.

1799년 티크, 슐레겔과 친교. 실러가 예나에서 바이마르로 이주. 볼테르 작 『마호메트』 번역.

1801년 안면 단독(丹毒)에 걸림. 『파우스트』 집필에 박차를 가함.

1802년 희곡 『사생아 딸Die natürliche Tochter』 집필.

1803년 예나대학 자연과학 연구소 최고 감독을 맡음. 절친했던 헤르더 사망. 『사생아 딸』을 완성하여 첫 상연.

1804년 추밀 고문관에 임명되고 각하의 칭호를 받음.

1805년 5월 9일 실러 사망. 그의 죽음에 큰 충격을 받고 "내 존재의 절반을 잃은 것 같다"라며 애도함.

1806년 나폴레옹군이 프로이센을 침공하고 바이마르도 점령당함. 프랑스군이 괴테의 저택에 침입하자 크리스티아네가 목숨을 걸고 저지함. 이를 계기로 크리스티아네와 정식 결혼. 『파우스트』 1부 탈고.

1807년 『빌헬름 마이스터의 편력시대Wilhelm Meisters Wanderjahre』 집필 시작. 민나 헤르츠를 짝사랑 함.

1808년 『파우스트』 1부 발표. 나폴레옹과 두 차례 회견. 9월 모친 사망.

1809년 『친화력Die Wahlverwandtschaften』 완성.

1810년 카를스바트와 드레스덴 여행.『색채론Zur Farbenlehre』 탈고. 열세 권으로 된 전집 발간.

1811년 베토벤으로부터 〈에그몬트 서곡〉 헌정 편지를 받음. 자서전 『시와 진실Dichtung und Wahrheit』 제1부 완성.

1812년 베토벤과의 만남. 나폴레옹이 러시아에서 패주 도중 괴테에게 인사를 보냄.『시와 진실』 제2부 탈고.

1813년 빌란트 사망.

1814년 『시와 진실』 제3부 완성. 페르시아 시인 하피스의 시집을 읽고 50여 편의 시를 씀(1819년의 『서동 시집West-östlicher Divan』의 일부). 마리안네 폰 빌머를 사랑하게 됨.

1815년 크리스티아네 중병. 마리안네 폰 빌머를 깊이 사랑함. 12월 재상으로 임명됨.『서동시집』의 시 140편 이상을 씀. 희곡『에피메니데스의 깨어남Des Epimenides Erwachen』 공연.

1816년 크리스티아네 사망.『이탈리아 기행Italienische Reise』 제1부 완성.

1817년 바이마르 궁정 극장 운영 책임. 아들 아우구스트의 결혼. 바이런 및 인도 문학을 연구.『이탈리아 기행』 제2부 완성,『자연과학 일반에 관해서, 특히 형태학에 관해서』가 나오기 시작.

1818년 손자 발터 출생.

1819년 『서동 시집』 출간.

1821년 『시와 진실』 제4권 집필.『빌헬름 마이스터의 편력시대』 초판본 탈고. 에커만이 처음으로 괴테를 방문함. 울리케 폰 레베초와의 사랑을 노래한『마리엔바트 비가Marienbader Elegie』 발표.

1822년 『프랑스 종군기』 완성.

1823년 에커만이 괴테를 찾아와 그의 조수가 됨.『마리엔바트 비가』 출간.

1825년 『파우스트』 제2부 착수. 바이마르 극장 화재. 괴테의 바이마르 도착 50주년 축하연.

1826년 「노벨레」 탈고.

1827년 샤를로테 폰 슈타인 부인 사망. 수에즈 운하를 예견.『파우스트』의 프랑스어 번역 허락함.

1828년 『파우스트』 파리에서 상연.『실러와의 편지 교환 Schiller: Briefwechsel』 출판. 카를 아우구스트 대공 사망.

1829년 『두 번째 로마 체류 Zweiter Römischer Aufenthalt』를 탈고하여 『이탈리아 기행』 전편을 완결함.『빌헬름 마이스터의 편력시대』 수정본 탈고. 8월 28일 생일 축하로 바이마르와 프랑크푸르트에서 『파우스트』 초연. 파가니니의 바이올린 연주를 들음. 식물의 나선 경향을 연구.

1830년 아우구스트 대공 부인 루이제 사망. 네르발에게서『파우스트』 프랑스 번역본을 받음. 아들 아우구스트와 에커만이 이탈리아로 여행 떠남. 10월 아우구스트가 로마에서 객사. 폐결핵에 걸려 각혈함.

1831년 8월『파우스트 제2부』를 봉인, 사후 발표할 것을 유언. 여든두 번째 생일을 일메나우에서 보냄.『시와 진실』 완결.

1832년 2월 말 리버풀, 맨체스터 간의 철도 부설 소식을 들음.

3월 14일 최후의 마차 산책.

3월 16일 발병. 1775년 이래 단속적으로, 1807년부터 규칙적으로 써오던 일기에 최후로 기입.

3월 17일 알렉산더 폰 훔볼트로부터 마지막 편지를 받음.

3월 22일 11시 30분에 사망.